반상_{盤上} 위의 전쟁

반상_{盤上} 위의 전쟁

반상盤上 위의 전쟁

초판 1쇄 발행 | 2016년 6월 1일
초판 1쇄 발행 | 2016년 6월 10일

지은이 | 김영상
펴낸이 | 박영욱
펴낸곳 | 깊은나무

편 집 | 권희중 · 이소담
마케팅 | 최석진 · 임동건
표지 및 본문 디자인 | 서정희 · 심재원
세무자문 | 세무법인 한울 대표 세무사 정석길(02-6220-6100)

주 소 | 서울시 마포구 서교동 468-2
이메일 | bookrose@naver.com
페이스북 | facebook.com/bookocean21
블로그 | blog.naver.com/bookocean
전 화 | 편집문의: 02-325-9172   영업문의: 02-322-6709
팩 스 | 02-3143-3964

출판신고번호 | 제313-2007-000197호

ISBN 978-89-98822-23-1 (13810)

이 도서의 국립중앙도서관 출판예정도서목록(CIP)은 서지정보유통지원시스템
홈페이지(http://seoji.nl.go.kr)와 국가자료공동목록시스템
(http://www.nl.go.kr/kolisnet)에서 이용하실 수 있습니다.
(CIP제어번호: CIP2016011764)

반상 盤上 위의 전쟁

김영상 지음

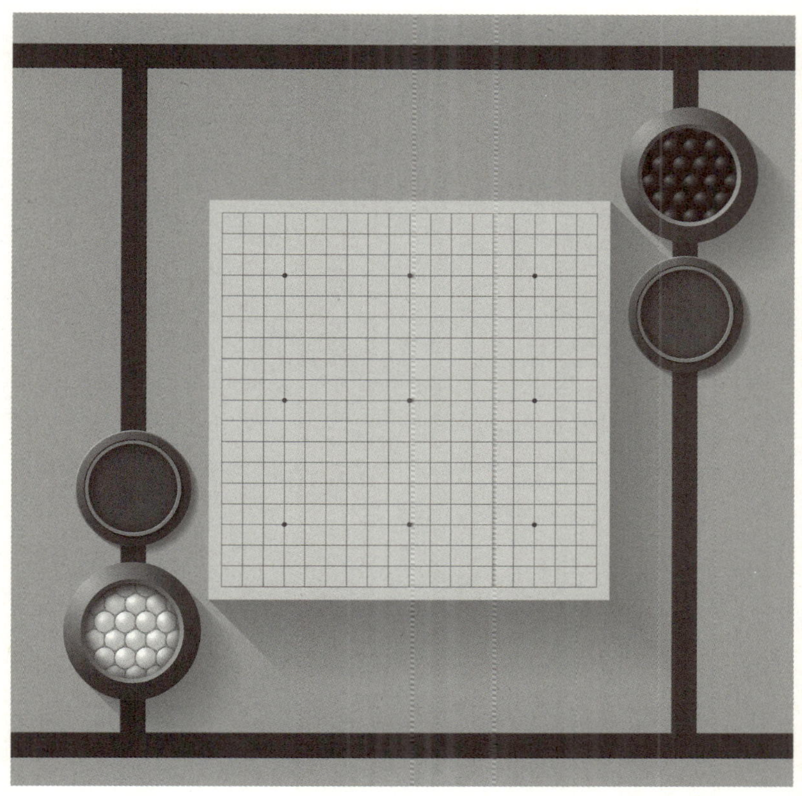

깊은나무

이 책은 묘한 책이다. 바둑과 세상을 넘나들며 엄청나게 많은 콘텐츠(contents)를 얘기하고 있다. 책 한 권에서 이렇게 많은 얘기를 한다는 것이 신기할 따름이다. 그런데도 이상하게 질리지 않는다. 따분하지 않고 이야기를 읽듯 술술 넘어간다. 한 마디로 재미있고 유익하다. 누구나 이 책을 읽고 나면 상당히 유식해진 것 같은 느낌이 들 것이다.

옛말에 "삼국지(三國志)를 세 번 읽은 사람은 상대하지 말라"는 말이 있다. 세 번 읽은 사람은 지략에 통달하여 상대하면 힘들 수 있다는 말로, 삼국지를 읽고 나면 엄청나게 유식해진다는 뜻이다. 그런데 이 책을 읽으며 갑자기 이 말이 떠올랐다. "이 책을 읽은 사람과는 섣불리 아는 체하지 마라."

먼저, 이 책은 세인의 큰 관심을 끌었던 세기의 대결 이세돌 9단과 알파고(AlphaGo)의 시합을 생생하고 예리하게 묘사하고 있다. 이 대결을 중계할 때 나는 생방송과 인터뷰를 스무 차례쯤 하며 전 과정을 지켜보았다. 그런데도 이 책을 읽으니 당시의 대결 장면이 떠오르며 색다른 긴박감과 함께 새로운 재미가 느껴진다.

이 대결은 많은 사람의 예상을 깨고 '인간' 이세돌 9단이 인공지능에 패했다. 한국이 자랑하는 바둑 스타 이세돌의 패배가 큰 충격으로 다가오면서 사람들은 인공지능 시대가 바로 코앞에 다가왔음을 실감하게 됐다. 저자는 인공지능 시대에 관한 다양한 정보를 제공하며, 그런 첨단과학기술에도 불구하고 바둑이 가진 심오한 가치를 설파하고 있다.

저자인 김영상과는 바둑에 관한 인연으로 알게 됐다. 수년 전 내가 삼성사장단회의에서 '바둑에서 배우는 경영의 지혜'를 강의했을 때 〈헤럴드경제〉에 이에 관한 뉴스가 실렸고, 그런 인연으로 교분을 맺게 됐다.

김영상은 스스로 '괜찮은 기자'임을 표방한다. 따뜻한 마음을 가진, 사회정의를 추구하는 의로운 언론인을 지향한다. 실제로 마음씨 좋은 기자라는 것이 내가 본 김영상의 이미지다. 그러면서도 한편으로는 다재다능하다. 바둑과 골프도 수준급이다.

그런데 이 책의 원고를 읽으며 생각이 바뀌었다. 바둑과 정치·역사·경제·경영·스포츠 등 다양하고 흥미로운 이야기에 놀랐고, 저자의 해박한 지식과 경험에 감탄하지 않을 수 없었다. 이토록 바둑어 대한 깊은 내공을 갖고 있었던가.

그러고 보니 이세돌과 알파고의 대결이 끝난 후 명지대학교에서 열린 알파고 관련 바둑학 학술대회에서 얼굴을 본 기억이 난다. 바둑기자가 아닌 이가 학술대회에 참가하는 것은 보기 드물다. 그런데도 저자는 멀리 용인까지 와서 학술대회 발표를 들었다. 현장에서 직접 체험하며 느낀 그 경험이 진하게 녹아드니 책이 재미있을 수밖에 없을 것이다.

바라건대, 이세돌과 알파고의 대결로 바둑의 세계에 관심이 생긴 분들은 이 책을 일독하시길 권한다. 소설 같은 알파고 다큐멘터리, 바둑의 오묘한 세계와 삶의 지혜, 인공지능 시대의 도래와 전략 등 풍성한 과실을 딸 수 있을 것이다.

– 정수현 (명지대학교 바둑학과 교수, 프로 9단)

인간과 인간이 만든 인공지능의 대결은 참 흥미로웠다. 그렇지만, 마음 한 구석에는 뭐라고 꼭 집어서 말하기 어려운 불편한 데도 있었다. 도대체 이 불편함의 정체는 무엇일까?

김영상 기자의 '반상(盤上) 위의 전쟁'은 스스로는 풀기 어려웠던 불편함의 정체를 깨우쳐 주었다.

어떤 대결이든 승자와 패자는 생긴다. 승자는 환호하고, 패자는 고개를 숙인다. 그러나 승리가 곧 선은 아니다.

이세돌은 "이세돌이 진 것이지, 인간이 진 게 아니다"라는 명언을 남겼다. 그러나 이 말이 인공지능에 패배한 인간에 대한 위로의 말로만 받아들여져서는 안 된다고 믿는다. '겸손한 이세돌'을 말로만 이해돼서도 안 된다고 믿는다. 인간 이세돌과 인공지능의 대결은 무엇보다드 인간에 대한 깊은 이해와 성찰의 기회를 제공해 줬다고 생각하기 때문이다.

김영상 기자는 이세돌 9단의 5국 패배를 아쉬워하면서, 이렇게 썼다. "이세돌 9단은 5국 때 '가지 않은 길'을 시험했다고 본다. 그러나 그것은 욕심이었고, 집착이었고, 허무한 것이었다. 그래서 졌다. 하지만 그렇기에 더 아름다웠다고 할 수 있다. 욕심이라는 인간의 허점을 보여줬지만, 그 허점이 있었기에 더 인간적이었고, 화려한 승리를 위한 욕망을 내비쳤기에 훨씬 사람 냄새가 풍겼다. 냉철한, 오직 승리 방정식에 맞춰져 있는 알파고와 다른 점은 바로 이것이었다. …… 5국, 졌지만, 정말 아름다운 승부였다."

김영상 기자는 또 이세돌 9단의 4국 승리에 대해서, 이렇게 말한다. "인간이기에 당황할 수 있고, 인간이기에 외부 충격에 심하게 흔들릴 수 있다. 하지만 곧바로 불굴의 정신으로 무장할 수 있는 것, 그게 인간이다. 좌절을 거름 삼아 오뚝이처럼 일어서는 것, 그것이 인간이 위대한 이유"라고.

그러면서 그는 인공지능 시대의 기술 진화와 인간의 공존에 대한 낙관을 얘기한다. 인공지능이 발달할수록 인간의 영역도 넓어지리라 전망한다.

김영상 기자는 이 책을 통해 내가 느꼈던 불편함의 정체를 일깨워 주면서, 불편해하지 않아도 된다고 얘기하는 듯하다.

저자가 "바둑은 인격의 판이다. 졌다면 깨끗이 졌다고 인정하고, 또다시 새롭게 열심히 한수 한수를 둬 나가는 것, 그게 인격이자, 인품이다. 인간의 바둑에 품격과 향기가 있는 것은 아름다운 승복이 있기 때문"이라며 우리 정치를 향해 고언을 하기도 하고, "바둑은 곧 경영"이라고 하면서 '바둑에서 배우는 경영'을 얘기해 주는 것은 망외의 소득이다.

– 이인용 (삼성전자 사장)

친동생으로 생각하는 저자가 바둑 이야기를 책으로 내놨다고 해서 적잖이 놀랐습니다. 평소에 비판적이면서도 따뜻한 사회성 기사를 쓰는 일을 하고 있다고 해서 그런 줄로만 알다, 갑자기 추천사를 써달라고 해서 당황했습니다.

사실, 전 바둑을 잘 모릅니다. 하지만 저자는 이 책은 이세돌과 알파고의 바둑 대결 얘기만이 아닌, 바둑과 인생사를 담았다고 말했습니다. 삼라만상(森羅萬象)의 이치와 삶의 원리를 담고 있는 바둑, 그것을 조금이라도 알리기 위해 책을 썼다고 말했습니다. 그러면서 어렵지 않은 책이라고도 말했습니다. 그래서 책을 읽어봤습니다.

그랬습니다. 바둑을 잘 알지 못해도 이해하기 쉬웠습니다.

책에서는 포석(布石)의 일관성이 왜 중요한지, 복기(復棋)가 왜 인생에서 의미가 있는지 등에 대해 쉽게 풀이했습니다. 세계 바둑 최고수 이세돌 9단의 불꽃 투혼과 고독한 승부의 뒷얘기도 아련한 느낌으로 전해져 왔습니다.

인간이 바둑에서 인공지능에 패한 것. 저도 잘 알고 있습니다. 바둑은 잘 몰라도 그 세기의 대결이 뿜는 전율, 그 비슷한 감정을 저도 많이 느껴봤기 때문입니다.

저는 테니스 선수였습니다. 중학교 이후 테니스밖에 몰랐습니다. 처음엔 힘으로 대결했고, 나중에는 전술과 전략, 고도의 심리전을 익혔습니다. 그렇게 일관된 포석으로 살다 보니 국가대표를 할 수 있었고, 아시안게임 4관왕이라는 과분한 영광도 얻었습니다.

이세돌 9단 역시 그랬을 것입니다. 프로기사로서의 험난한 길을 오직 노력과 집념으로 일궈왔을 것입니다. 프로의 세계는 늘 땀과 투지, 고독한 연습이 뒤따르는 법입니다.

인공지능과 맞서 불굴의 투혼을 보인 이 9단에게 박수를 보냅니다. 참으로 멋진 승부였습니다. 저 역시 수많은 승부를 겨뤄온 사람이기에 이 9단이 알파고에 졌을 때의 비참함 또, 이겼을 때의 희열감을 잘 알고 있습니다.

오로지 테니스의 길만 걸어온 저 역시 생각해 봤습니다. '만약 인공지능(로봇)과 테니스 선수가 대결한다면 어떻게 될까' 하는 궁금증이 생겼습니다. 빠른 발과 끊임없는 체력, 서브를 둘러싼 고도의 두뇌플레이가 요구된다는 점에서 아직은 인간이 좀 우세하지 않을까 합니다. 하지만 세월이 지나면 그렇게 되지는 않겠지요.

사실, 대결에서 이기고 지는 것은 큰 의미가 없습니다. 절망 속에서도 한 가닥 희망을 잃지 않고 있는 한, 사람은 아름다울 수밖에 없습니다.

김영상은 이런 얘기를 이 책에 썼습니다. 이세돌과 알파고의 대결 스토리를 흥미진진하게 담았고, 나아가 바둑이 왜 '인생의 축소판'이라고 불리는지 생생하게 증명했습니다. 김 기자의 기자로서의 경험과 삶의 궤적을 책에 투영시킴으로써 줄거리를 딱딱하지 않고 부드럽게 만들었습니다. 바둑 문외한인 저도 술술 읽어 내려갔습니다. 아마 저자의 능력인 것 같습니다.

　독자들이 이 책을 통해 아름다운 인생을 사는 데 도움이 됐으면 좋겠습니다. 저 역시 그렇게 하겠습니다. 저자는 바둑을 통해 인간답게 사는 게 중요하다고 말하고 있습니다. 겸손과 배려, 양보와 친절, 되돌아봄과 성찰이 인공지능 시대에서도 유효한 삶의 지혜라고 외치고 있습니다. 저자의 외침에 공감합니다. "시간이 아무리 흘러도 우리가 잃지 않아야 하는것, '사람다움'은 바둑 속에서 살아 숨 쉰다"고 저자는 말합니다. 저자의 확신이 옳다는 것이 증명되기를 기대합니다.

– 유진선 (전 테니스 국가대표, 아시안게임 테니스 4관왕)

　김영상과 친분을 맺은 것은 얼마 되지 않았지만, 첫 만남에서 그가 바둑을 굉장히 좋아한다는 것을 눈치를 챌 수 있었습니다. 그는 바둑이 주는 세상처럼 이치대로 인생을 살려고 노력하는 사람이었습니다. 보기 좋았습니다. 이름이 비슷하다는 점에서 호감이 작용했는지는 잘 모르겠습니다.

　그런 저자에게 책을 썼다는 연락을 받았습니다. 원고를 보내왔는데, 책을 읽는 내내 게으른 저도 단숨에 읽었을 정도로 무척 재미있었습니다. 흥미로운 주제가 많았습니다.

　이세돌과 알파고의 숨 막히는 5번기 대결 장면도 인상적이었지만, 바둑에 삶의 이치가 있다는 것을 저자의 경험으로 녹여낸 글들이 인상적이었습니다. 저자는 이를 '3천 년 바둑의 비밀'이라고 표현했습니다. 맞습니다. 인간만이 공유한 바둑은 그렇게 오래됐습니다. 반상의 진리를 터득하기 위해 수많은 선배가 바둑판에 앉아 있었고, 이젠 우리가 그 바통을 이어받아 그 자리에 있습니다. 선배들을 대신해 우리가 바둑에 빠질 수 있는 것은 어쩌면 행복입니다.

　저자는 포석(布石)과 반전무인(盤前無人, 상대를 의식하지 않고 바둑에 임해야 함.), 경적필패(輕敵必敗, 적을 가볍게 보면 반드시 실패함.), 두터움 등의 바둑용어를 통해 인생을 살폈습니다. 인간의 오만과 독선이 얼마나 위험한지, 작은 이득에 연연하는 인생이 얼마나 손해인지 책을 통해 설파했습니다. 특히 '복기', '되돌아봄은 행복이다'는 글에선 자기성찰의 중요성과 나태함에 대한 경계를 늘 잊지 않는 저자의 인생 철학을 엿볼 수 있었습니다. 그런점에서 이 책은 청소년들이 읽어봐도 좋겠다는 생각이 듭니다.

책에선 초절정 바둑 기사들의 얘기 외에도 바둑과 경영, 바둑과 리더십을 정리함으로써 사회 전체적인 삶의 지혜도 선물하고 있습니다. 특히 이세돌 9단이 알파고를 상대로 숨 막히는 혈전을 벌이고, 그 속에서 처절하게 고독을 느끼는 장면을 세밀하게 스케치한 것은 강렬하게 다가왔습니다. 고난 속에서 펼쳐지는 인간의 위대한 승리를 극적으로 그려냈습니다.

저 역시 프로바둑 기사입니다. 지금은 약간 떨어져 있지만, 승부에 대한 처절한 본능을 업(業)으로 삼아온 사람입니다. 이 책을 보면서 승부사로서의 감각을 재정비할 수 있었습니다.

이세돌과 알파고의 세기 대결은 사실 승패 자체는 큰 의미가 없었습니다. 다만, 승패를 떠나 인간의 희망이 얼마나 위력적인지, 인간의 불굴 의지가 얼마나 소중한지 깨우치는 기회가 됐다는 게 중요합니다. 그런 점을 이 책을 통해 부각해준 저자에 바둑인을 대표해 고마움을 표합니다.

김영삼은 바둑과 삶의 닮은꼴을 알고 있었고, 그것을 정확히 짚어냈습니다. 그건 이 책의 최대 장점입니다. 이 책의 존재 이유입니다. 김 기자가 바둑을 사랑하고, 바둑에 애정을 거두지 않는 삶을 살고 있기에 가능했다고 봅니다. 사물을 아름답게 보려면, 아름다운 생각을 하고 있어야 합니다. 바둑계에 대한 그의 애정이 생생하게 느껴집니다.

저자는 책을 통해 두려움과 공포의 늪에서 인간을 대표해 처절한 사투를 벌인 이세돌 9단의 스토리를 마치 영화를 보듯 사실적으로 묘사했습니다. 또, 바둑이 주는 교훈을 다양한 사례와 경험을 덧붙여 알기 쉽게 풀어냈습니다.

저자의 노력에 바둑인의 한사람으로서 박수를 보냅니다.

— 김영삼 (프로바둑 기사 9단, 바둑 해설자)

난 왜 이 책을 쓰는가

2016년 3월 9일. 그날 밤을 난 잊지 못한다. 휴대전화 메신저와 SNS가 띵동, 띵동 쉴 새 없이 날아왔다. 모두 알파고에 대한 것이었다. 알파고에서 받은 충격을 서로 위안을 받으려는 듯, 지인들은 자신이 받은 쇼크를 상세하게 올리고 또 올렸다.

'친구야! 인간의 패배, 너무 슬프다. 인공지능이 날 지배할까 봐 두렵다. 기분이 꿀꿀해 소주 3병을 마셨다.'

유난히 바둑을 좋아하는 고등학교 동창 녀석은 내게 이런 문자를 보냈다.

'우리가 알고 있었던 '인간의 수'가 과연 맞는 것일까. 우리는 모두 그동안 잘못된 룰을 배워왔던 것은 아닐까.'

SNS 친구이자 지인인 권효진 기사(프로 7단)는 이런 물음표를 던졌다. 상식의 틀을 파괴하는 알파고의 행마에 소름이 돋았다고도 했다. 내 친구나 권 프로나 알파고에게 턱이 돌아가고 고개가 완전히 젖혀질 만큼 핵 펀치를 맞은 게 틀림없었다.

어디 이 둘 뿐이었는가. 바둑의 '바' 자(字)도 모르는 아내도 "인간이 (인공지능에게) 진 거야?"라고 물었다. 딸 아이도 이세돌이 알파고에게 진 사실을 알고 있을 정도였다. 인간이란 이름으로 인간이 기계에 졌다는 사실이 바둑 문외한들에게도 작지 않은 충격으로 다가왔나 보다.

나도 엄청난 상처를 입었다. 공허했고, 허전했다. 권 프로의 말처럼 내가 알던 상식이 완전히 무너진 듯한 공허감. 그게 당장 나를 지배했다. 나 역시 바둑을 인간의 전유물로 굳게 믿어왔으니까 말이다.

바둑은 내겐 아련한 추억이다.

고등학교 때 바둑을 잘 두는 친구가 있었다. 학교에서는 금세 '바둑 잘 두는 놈'으로 소문이 났다. 우린 고등학교 3년간 기숙사 생활을 했다. 밤 10시면 점호를 했다. 점호가 얼마나 징그럽고 싫은 것인지, 점호를 받아본 사람이라면 누구나 알고 있을 것이다. 지금도 꿈에 나올 만큼, 점호는 내겐 두려움의 대상이었다.

나는 바둑을 잘 두는 친구 녀석이 부러웠다. 사감 선생님들은 대체로 바둑을 좋아했다. 녀석은 늘 점호 시간 전후로 사감실로 호출당했다. 물론, 선생님과 바둑을 두기 위해서였다. 녀석은 선생님과 수담을 나눠주는 대신에 '점호 면제'라는 특권을 선물 받곤 했다.

점호를 받지 않아도 되는 녀석에 질투가 나서 어깨너머로 바둑을 배웠다. 수확은 있었다. 나도 몇 차례 점호를 받지 않을 수 있었으니까. 아, 바둑은 그런 점에서 내겐 청소년기의 아련한 추억이다.

그 후 바둑을 잊고 지냈다. 언론사 입사 후 기우회에 가입했고, 바둑알을 간혹 잡곤 했다. 조훈현이나 서봉수 프로기사와의 일대 다면기 이벤트에도 참여했지만, 그렇게 큰 즐거움의 대상은 아니었다.

본격적으로 바둑을 생각하게 된 것은, 명지대 글로벌바둑최고위(GBC) 과정을 다녔을 때다. 명지대학교에 바둑학과 창설을 주도한 정수현 교수(프로 9단)와 인연이 닿아, 우연히 그가 만든 GBC 과정에 합류하면서 바둑을 재음미하게 됐다. GBC 과정에서 바둑과 인생, 바둑과 경영, 바둑과 문화 강의를 들었다. 바둑 귀동냥 수준은 넘어선 계기가 됐다.

'이세돌과 알파고 세기의 대결' 성사 소식을 접하곤 바둑기자가 아닌 내가 취재에 뛰어든 것은 순전히 바둑에 대한 호기심 때문이었다.

인공지능이 사람, 그것도 세계 최정상 바둑 고수에게 도전장을 내밀었다는 게 신기했고, "구글이 인공지능 개발에 돈을 많이 투자하는구나"라고 생각했다. 내 머릿속에 있는 알파고는 에러투성이였던 그 옛날 초창기 컴퓨터 바둑프로그램일 뿐이었다.

서울 성동구 한국기원에서 열린 사전설명회에 모습을 드러낸 이세돌 9단의 표정은 가벼웠다. 마치 봄나들이 온 사람처럼 여유가 있었다. 이세돌은 세계 최고수답게 활짝 웃었다. 이 9단은 5:0 최소한 4:1 승리를 자신했다. 박수가 터져 나왔다.

　나 역시 믿어 의심치 않았다. 박정환 9단에게 밀려 국내 랭킹은 2위가 되었지만, 날쌘돌이로 불리며 한 시대를 풍미했던 이세돌이 아닌가. 실력과 배포에다가 가공할 만한 흔들기 실력으로 중국 기사들을 벌벌 떨게 한 이세돌이 아니었던가. 그런 이세돌이 "인공지능, 넌 아직 멀었어"라며 알파고를 가볍게 제압할 것으로 확신했다.

　그런데 뚜껑을 여니 그게 아니었다. 이세돌은 1:4로 졌다. 간신히 한판을 건지기는 했지만, 참패였다. 최정상 고수 대결에서 1:4로 졌다는 것은 변명의 여지 없이 비참한 일이다. 세계 최고수가 기계에게 처참하게 무릎을 꿇은 것이다. 당장 바둑계, 나아가 과학계는 패닉에 빠졌다. 이세돌을 응원한 국민 모두 경악을 금치 못했다. 지금 고백하는 것이지만, 나도 속으로 울었다.

　앞서 말한 대로 알파고가 이세돌을 무너뜨린, 세기의 대결 첫판이 이뤄진 지난 3월 9일의 밤. 나는 제대로 잠을 이룰 수 없었다. 내가 가진 상식, 내가 가진 확신, 내가 가진 자존감이 뭐였을까 싶었다. 이세돌의 패배는 나의 상식과 확신, 그리고 자존감에 깊은 상처를 줬다. 인간의 편에서 이세돌을 응원했기에 서운했다는 정도로 설명하긴 어렵다. 내가 믿어왔던 모든 것들이 정말 진실이었을까 하는 궁금증과 막연한 두려움이 내 뇌리를 엄습했다. 이것은 나만의 문제가 아니었다. 이런 개개인의 두려움은 금세 퍼져나갔다.

　그렇다. 알파고가 가져다준 쇼크는 내 개인 범주에 머문 것은 아니었다. 전 사회가, 아니 인류가 당황했다.

　바둑이 어떤 것인가. 인간 삶을 대변한다는 반상(盤上)은 작게는 자연의 이치, 넓게는 우주의 진리를 담았기에 인간의 고유영역이라고 3,000년 동안 철석같이 믿어왔던 것이 아니었던가. 그런 인간 상상력의 보고라는 바둑이 인공지능에 지배당하는 모습을 목격했을 때, 머릿속이 금세 백지장처럼 하얗게 되지 않을 수 있었겠는가. 인공지능이 인간을 넘어 인간을 지배할 날이 얼마 남지 않았다는, 그 공포를 언제 이토록 심각하게 느껴본 적이 있었을까.

　알파고가 그토록 위력적으로 진화했으리라곤 생각하지 못했다. 판후이(樊麾) 2단을 무너뜨리긴 했지만, 분명 그때의 실력은 바둑 최정상은 아니었다. 이세돌과 한 점을 깔고 둔다고 해도 그리 이상할 게 없다는 게 내 생각이었다. 그런데 졌다. 판후이를 이긴 후 6개월 만에 알파고는 세계 최고수로 진화한 것이다. 평범한 고수에서 최정상 고수로 진화한 알파고의 능력, 그 점이 나를 사시나무 떨듯 두렵게 만든 것이다.

2,000년 전에 살았던 로마의 정치가·학자·작가인 마르쿠스 툴리우스 키케로(Marcus Tullius Cice)는 이렇게 말했다.

"인류가 끝없이 되풀이하고 있는 여섯 가지 실수가 있다. 그중 한 가지는 다른 사람에게 자기 생각을 믿고 그에 따라 살도록 강요하는 것이고, 또 하나는 마음을 발전시키고 다듬기를 게을리하는 것이다."

그렇다. 그동안 우리는 바둑계 고수 몇 명이 알려주거나 실행한 정석에 의존해왔다. 그들의 착점 하나하나는 훌륭한정석으로 정착했고, 그 정석을 과감히 탈피할 생각조차 할 수 없었다. 그러다 보니 새로운 수를 개발하거나, 창의적인 수를 발굴하는 데 소홀했다. '정치도, 경제도, 문화도, 바둑처럼 우리가 오랫동안 만들어온 틀에 만족한 나머지 변화를 거부해온 것, 그것이 인간이 아닐까' 하는 의문이 알파고 쇼크 이후 전 사회에 퍼졌다.

알파고가 가져다준 값진 소득이다.

정말로, 우리는 우리 틀에서 너무 오래 살았나 보다. 이세돌과 싸운 알파고는 정석을 거부했다. 처음에는 에러라고 생각했던 수가 나중에 보면 엄청난 노림수로 변해 있었고, 흔히 바둑 고수들이 높게 평가하는 정석보다는 비트는 수를 사용해 꾸준히 이세돌을 괴롭혔다. 3,000년 이상 군림해온 인간의 정석을 알파고는 비웃었고, 그것을 무용지물로 만들었다. 알파고의 한 수 한 수는 '어쩌면 인간만이 몰랐던 정석이 아닐까' 하는 물음마저 던졌다.

알파고가 준 교훈을 잊어선 안 된다. 정석이 없는 세상에서 우리는 너무 정석의 틀에 갇혀 있었다. 그 정석에 연연한나머지 새로운 배움을 거부하고, 상상력의 날갯짓이 꺾여왔던 일을 반복했다면, 반성해야 할 일이다.

놀랍게도, 2,000년 전의 키케로는 오늘날 알파고의 승리, 즉 이세돌의 패배를 예견했다는 생각이 든다. 교만과 오만, 배움에 대한 게으름이 인간의 본성임을 간파한 그가 2,000년 후의 후배들에게 절절한 경고음을 늘렸던 것은 아닐까.

이세돌과 알파고 세기의 대결이 끝나고 며칠 후, 딸이 다니는 학교에서 마련한 진로진학설명회에 참석했다. 학부모 300여 명 이상이 강당을 꽉 메웠다. 따분한 설명회라 할지라도 딸아이를 위해 들어봐야겠다고 생각했다.

그런데 그때 귀에 쏙 들어오는 표현이 하나 있었다. 교장 선생님의 말씀이었다.

"이 땅의 현실은 (아이들이) 초등학생이 되는 순간, 대학 고민이 시작된다는 것입니다. 이제 그런 것에서 벗어날 때가 됐다고 봅니다. 이세돌과 알파고 바둑은 그걸 우리에게 알려줬습니다. 방향은 알파고 문제가 아니라 하사비스의 문제입니다. 인공지능을 개발하는 인간 창의성, 여기에 일정 해답이 있다고 봅니다."

이렇게 시대적인 흐름을 금세 간파한 교장 선생님이 계신다니 놀랍다!

그렇다. 내가 이세돌과 알파고 세기의 대결에 관한 책을 쓰는 이유는 교장 선생님 말씀과 관련이 크다. 어차피 인간은 인공지능에 게 바둑에서도 지는 것이 예정돼 있었다. 체스나 퀴즈는 물론 골프 등 스포츠에서 이미 인공지능은 인간을 추월했다. 고도의 계산능력, 정교한 폼, 지칠 줄 모르는 체력을 지닌 인공지능은 인간이 특정 게임(맞대결)에서 이길 수 없는 초인적 영역으로 진입했다. 그걸 인정해야 한다.

이 시대 우리가 후학들에게 권해야 할 것은 이세돌 같은 초절정 프로바둑 기사가 아니다. 알파고 설계자인 데미스 하사비스를 꿈꾸게 하고, 제2·제3의 알파고를 만드는 창조성에 도전하게끔 해주는 게 우리 일이다. 인공지능의 두려움을 떨치고, 인공지능을 지배하며 인공지능과 공존을 실행할 미래 세대에 힘을 실어주는 게 우리 역할이다. 무한 창조시대의 주역은 미래 세대다.

최근 한 세미나에서 만난 조혜연 프로 9단(더바둑 대표)의 말은 의미심장했다.

"생업 관점에서 프로바둑 기사라는 직업군은 쇠퇴할 것입니다. 프로기사 및 바둑 종사자는 바둑 외 먹거리를 마련해야 합니다. 저도 잘은 모르지만, 아마 그것은 인공지능 개발에 파생된 일일 것입니다."

바둑에 대해서라면 집념의 승부사로, 총기가 가득하면서도 늘 공부를 하는 조 9단의 말은 설득력이 있다. 알파고에 인간이 진 이후, 바둑계의 고민과 걱정이 한아름 담겨 있다는 점에서 씁쓸하기도 하다. 그래도 바둑계가 나아갈 단초를 찾았다는 것, 그것은 불행 중 다행이다.

"잊지 말아야 할 것은, 우리는 인간이라는 점입니다. 위기를 기회로 반전시키는 것, 좌절을 영광으로 역전시키는 것, 패배를 딛고 불굴의 의지로 승리를 거머쥐는 것, 그것은 여전히 기계가 아닌 인간의 영역입니다. 알파고에게 패했다고 해서 좌절하지 않고 꾸준히 미지의 세계를 여는 것, 그것이 바로 인간만이 할 수 있는 인간의 몫입니다."

서울대 인지과학연구소장이자 국내 AI 권위자인 장병탁 서울대 컴퓨터공학과 교수는 이 문제에 확신을 준다.

"AI가 인간을 바둑으로 이긴 것에 대해 놀랄 것은 없습니다. 기계는 아주 체계적이고 논리적이며 최적화돼 있는 구조입니다. 여기에 인간의 직관이나 감각을 학습을 통해 결합했으니 인간에 승리한 것은 당연한 결과로 받아들여야죠. 다만, AI는 어디까지나 조수일 뿐입니다. 우리 사회의 많은 일은 인간의 감성과 사회성이 있어야 하는 데, AI는 그쪽에선 걸음마 단계입니다. 여전히 우리 사회 많은 부분이 인간의 영역이라는 것이 중요하죠."

AI는 조수 개념이고, 감성과 사회성으로 무장해 인간을 대체하는 것은 정말 먼 얘기이고, 어쩌면 불가능할 것이라는 그의 말에 공감한다. 그렇게 믿고 싶다.

이 책에선 인간이 인공지능보다 위대할 수밖에 없는 이유, 인공지능의 진화속도 이상으로 인간 역시 그 이상 진화할 것이라는 신념 등을 다룬다. 알파고가 바둑 집짓기에선 우월했을지는 몰라도 3,000년 이상 인간과 우주의 이치를 담아온 바둑 자체를 점령하지 못했다는 확신도 강조할 것이다.

책을 읽다 보면, 인공지능 영역에서 무한 창조력을 찾는 힌트를 얻을 수 있을 것이다.

이세돌과 알파고 대결을 통해 우리는 우리에게 다가올 두려움을 벗고, 무한 상상력이 중요한 미래 세대를 고민하는 계기가 됐다.

책을 낼 때 격려해주고, 관련 기보와 사진을 제공해준 한국기원에 감사드린다. 이 책을 나의 딸 유설과 조카 유립이가 나중에라도 꼭 읽었으면 좋겠다. 바둑에 대해서는 잘 모르더라도, 인생살이 팁 정도는 얻을 수 있을 테니까.

2016년 6월
김영상

제1장　7 일간의 전쟁, 그 숨 막힌 스토리

제2장　알파고만 모르는 3,000년, 바둑의 비밀에 인생을 담다

제3장 인공지능 시대, 그래도 바둑 리더십

제4장 인공지능과의 공존 그리고 인간의 미래

'위대한 바둑' 그 이야기

잘생긴 방송연예인 오현민. 그가 한국바둑학회에서 바둑 홍보대사로 임명된 날, 함께 몇 마디를 나누게 됐다.

"누군가는 인간이 인공지능에 따라잡혔다고 하는데, 저는 그렇게 생각지 않습니다. 인간은 직관하고 있잖아요. 누군가는 그게 인간의 약점이라고 하지만, 그것이 인간을 발전시켜 온 것으로 믿습니다. 결국, 인간은 인공지능에 지지 않을 겁니다. 알파고가 이번에 인간 벽을 넘었지만, 인간 역시 또 발전할 것입니다."

20대 초반의 초롱초롱한 청년의 눈빛은 이 말을 하면서 빛났다.

사실, 나는 오현민이 누군지 몰랐다. 탤런트란다.

"카이스트 다니는데 전공은 수학이고요, 철학 강의도 듣고 있습니다."

그에게 바둑 홍보대사로 위촉된 이유를 물었더니 명쾌하다.

"어렸을 때 부모님께 바둑을 배웠고요, 초등학교 3학년까지 3단 정도 됐습니다. 그 이후 바둑을 잊고 살았는데, 이세돌과 알파고 대국을 계기로 다시 가까워지고 바둑에 대해 더 생각하게 됐습니다. 방송 해설도 하게 됐고요. 아무튼 바둑을 알릴 수 있도록 최선을 다하겠습니다."

나중에 들으니 오현민은 카이스트 조기 입학자라고 한다. 다시 얼굴을 보니 더욱 똘똘해 보인다. 바둑 홍보대사로선 딱 적임자다 싶다.

오현민도 이를 부인하지 않았다. "바둑을 두면 머리가 좋아지는 것은 사실 같습니다. 저 역시 공부하면서 어렸을 때 둔 바둑이 도움됐습니다. 바둑을 두면 사람이 논리적이고 체계적으로 되는 것 같아요. 인과관계가 뚜렷한 바둑, 그것은 사람의 직관과 통찰에도 유용한 것 같습니다."

젊은 엄마들이 오현민을 만나 이런 얘기를 직접 들었다면, 아마 총알같이 뛰어가 바둑학원에 아이를 등록시켰을 것이다.

그의 생각에 이견은 없다. 어렸을 때 바둑 두면 머리가 좋다고 철석같이 믿는다고 손해는 없으니까.

그런데 바둑의 이점은 머리가 좋아지는 것 외에 다른 쪽에 더 무게중심이 있는 것 같다.

바둑은 공평하다. 내가 한 수 둘 때, 다른 사람도 한 수 둔다. 절대로 한 번에 두 수를 둘 수는 없다. 이것은 뭘 의미하는가. 19 곱하기 19, 361개의 점에 내가 한 수를 놓으면 상대방도 맞대응의 한 수를 놓는다는 뜻이다. 실력 차이가 너무 나면 한 점, 두 점, 석 점, 넉 점, 많으면 9점, 그 이상까지 깔고 두게 해주니 바둑은 공평하고도 배려심이 깊다. 그러니 바둑에는 금수저, 흙수저 논란이 없다. 이것은 매우 중요한 포인트다. 그래서 바둑은 '인문학'을 포함하고 있다. 차별 없는 인간, 남에 대한 배려심 등을 내재한 것이 바둑이다.

바둑을 어렸을 때 배우면 사람은 차별 없이 대해야 한다는 것, 약자에겐 배려해야 한다는 것, 능력에 따라 공정한 게임을 벌여 승리를 해야 한다는 것 등의 중요성을 깨우칠 수 있다.

부자 친구가 있었다. 그 친구가 부자가 아니라 그 아버지가 부자였다. 결혼식 후 집들이 초청을 받았는데, (내가 볼 때) 아파트 내부가 화려했다.

"2억 정도 할 거야. 아버지가 사주셨어."

너무 부러웠다. 나도 비슷한 시기에 결혼했는데, 4,500만원 전세에 살았다. 4,500만원도 거의 다 대출받은 것이었다. 나와 아내는 그 대출을 갚느라 허덕였다. 당시 처음으로 인생은 어쩌면 불공평한 것이구나 생각했다. 누구는 2억에서 출발하는데, 나는 마이너스 4,500만원으로 스타트를 끊나 싶어 약간의 시샘도 났다. 그래서 더 열심히 살았는지 모른다.

바둑의 훌륭한 점은 자신도, 상대방도 똑같이 무(無)에서 시작한다는 것에 있다. 공평하게 한 집도 없는 상태에서 자신의 길을 개척하는 것이다. 그러니 바둑은 서로 가진 것 없는 상태에서의 능력과 능력의 싸움이다. 기세와 기세의 싸움이다.

여담이지만, 최근 이런 말을 들었다. 알파고가 한창 뜨며 바둑이 사람들 시선을 사로잡을 때, 대기업 임원이 한 말이다.

"갑질하는 재벌 3세한테 바둑을 가르치면 갑질하지 않을 거예요. 아니, 못할 거예요. 열 집 이상, 스무 집 이상, 아니 백 집 이상을 갖고 태어난 재벌 3세가 한 집도 없는 남들이 눈에 보이겠습니까. 아무것도 안 가진 상태에서 출발하는 바둑, 그걸 배우면 다른 사람을 어디 깔볼 수 있겠어요?"

폐부를 콕 찌른다. 맞다. 태어나는 순간 금수저를 문 아이가 있는 세상, 그런 현실은 바둑에선 없다. 바둑에선 금수저나 계급이 있을 수 없다는 뜻이다.

흑을 잡으면 여섯 집 반이나 일곱 집 반의 '덤'을 부담해야 하는데, 이것도 공정원리에 맞다. 대체로 바둑은 흑을 잡는 게 유리하다. 흑을 잡으면 자신의 의도대로 바둑판을 짜는데 도움이 된다. 물론, 사람 스타일(수비형)에 따라 백을 선호하는 이도 적지는 않다. 어쨌든 선수인 흑을 쥐게 되면, 후수인 백보다 여섯 집 반(한국식) 혹은 일곱 집 반(중국식) 이상의 집을 지어야 이기게 된다. 정말 '완벽한 공평'이 아닌가.

바둑은 장기나 체스와 차원이 다르다. 바둑은 일종의 그림 그리기다. 백지 위에 하나하나 그려 나가야 한다. 반면, 장기와 체스는 운영의 묘다. 판에 말이 놓여 있어 그것을 운영하는 게 장기와 체스다. 장기와 체스는 전략 게임인데, 바둑은 거기에다가 상상력을 그려나가는 작업이 더해진다. 바둑이 체스나 장기보다 한 차원 높은 창의력 게임으로 평가받는 이유는 바로 여기에 있다. 또, 바둑은 '기다림의 미학'이기도 하다. 인내로 점철된 인생과 같다. 힘들다고 포기하면, 인생이 없다. 인생이 언제나 아름답지만은 않은 것처럼, 바둑 역시 그렇다.

초반부터 중반까지, 심지어 종반까지 밀리는 바둑, 프로기사로선 이처럼 고통스러운 순간이 없다. 더 이상 이길 곳이 없어 코이는 바둑을 두는 것은 프로기사에겐 치욕이다. 그렇다고 함부로 돌을 던질 수는 없다. 중요한 것은 참고 기다리면 언젠가는 한두 번의 찬스가 온다는 것이다. 인내하고 또 인내해 반전의 기회를 노리는 것, 거기에 바둑의 아름다움이 있다. 삶이 고달프다고 포기하지 않고, 묵묵히 나아가면 언젠가 희망이 샘솟는 인생과 같은 이치다.

"바둑을 배우고 나서 인내력이 생긴 것 같아요. 자기 할 일도 척척 알아서 하고요."

아이를 바둑 학원에 보낸 부모는 얼마 되지 않아 꼭 이런 얘길 한다. 바둑을 배운다고 해서 아이가 엄청 발전하는 것은 아니지만, 치밀한 계산력과 연산능력을 배우고 인내심을 키울 수 있다는 것은 분명하다.

이세돌과 알파고 세기의 대결 후 달라진 포인트는 '바둑 영재'를 어떻게 접근해야 하는 가하는 방법론일 것이다. 이 방법른이야말로 이 책을 쓰는 핵심 중 하나다.

나는 양재호 프로 9단을 좋아한다. 그는 한극기원 사무총장을 맡고 있다. 양재호 프로는 일반 프로바둑 기사와 다르다. 승부사 세계에 익숙한 보통 프로기사들은 날카롭고 공격적인데, 양 프로는 사람 냄새가 난다. 온화하고 예의 바르다.

그는 어렸을 때부터 울산의 수재로 유명했다. 공부를 뛰어나게 잘했다. 문제는 바둑에도 싹수를 보였다는 것이다. 충암고 1학년 때 프로가 됐다. 그의 어머니는 고민했다. 공부를 시킬까, 바득을 시킬까 생각이 복잡했다. 그의 어머니는 당시의 고수이자 사범으로 유명했던 정동식 프로기사를 찾아가 단도직입적으로 물었다.

"우리 아들(재호)이 몸이 약한데, 바둑을 시키면 가혹한 승부를 견뎌낼 수 있겠습니까? 그리고 바둑으로도 먹고살 수 있는 겁니까?"

당연히 정 프로는 바둑을 권했다. 양 프로는 대학을 포기하고, 프로의 길로 나섰다. 양 프로는 1989년 제1회 동양증권배에서 우승하는 등 우승 1회, 준우승 7회의 기록을 거뒀고, 1994년 입신(入神)에 올랐다. 바둑계는 한때 조훈현·서봉수에 이어 '양재호 시대'를 예상하기도 했지만, 이창호·유창혁이라는 거물이 등장하는 바람에 영광을 오래 누리지는 못했다.

양 프로가 지금 등장했다면 어땠을까 하는 생각을 해본다. 프로바둑이 아닌 바둑과 인공지능 결합의 시대엔 양 9단 같이 승부사적 기질에 인문학적 정서를 갖춘 사람이 필요할지 모른다. 지금은 이세돌 같은 걸출한 프로기사가 필요한 때가 아니라, 인공지능과 결합한 무한 상상력의 바둑이 필요한 시대다. 바둑이 인공지능과 결합하고 공존하는 것이 중요한 세상이다. 책을 써나가면서 이 논리는 계속 강조될 것이다.

이세돌과 알파고 세기의 대결은 승패보다도 앞으로 바둑계, 나아가 과학계에 어떻게 미래를 준비할 것인가 하는 물음이 던져졌다는 점에서 의미가 있다.
최근 김세영 한국바둑학회 사무국장을 만났는데, 그는 "바둑을 몰랐던 사람들도 바둑이 재미있고 배우고 싶다고 하더라. 그게 더 의미가 큰 것"이라고 했다.
"비행기가 처음 나왔을 때 인간은 엄청난 충격을 받았잖아요. '걷기만 하던 인간이 어떻게 날지? 와, 대단하다.' 이렇게 반응했어요. 그러면서 고민했습니다. 비행기가 떨어지면 어떡하지? 그래서 나온 게 낙하산 아닙니까. 알파고가 이세돌에게 이긴 것은 '비행기 출현' 못잖은 충격이었지만, 우리 바둑계는 다음의 낙하산을 만드는 데 집중할 것입니다."
정확한 방향이다. 긍정이 있으면 부정이 있고, 부정이 있으면 긍정이 따라온다. 충격은 다가올 장밋빛 미래의 밑거름이 될 수 있을 것이다. 생각을 바꾸면 된다. 사람들 생각이 바뀌면, '포스트 알파고 시대'를 주도할 미래 세대에겐 기회가 점점 많아질 것이다.

삼척동자도 다 아는 얘기를 하자.

옛날 옛날에 한 나무꾼이 살았다. 깊은 산중에 나무하러 갔다. 쿵, 쿵, 쿵. 돌 떨어지는 소리가 들려 그 소리를 따라가 보니 백발의 노인 두 명이 바둑을 두고 있었다. 도끼를 옆에 세워두고 구경을 했다. 바둑이 끝날 무렵, 정신을 차려보니 어둠이 깔렸다. 나무꾼이 일어나면서 도끼를 잡았더니 썩어 문드러져 있는 게 아닌가. 허둥지둥 산에서 내려왔을 땐 집과 마을이 변해 있었다. 물어보니 어떤 사람이 말했다.

"한 200년쯤 나무꾼이 산에서 돌아오지 않은 일이 있었어요."

'신선놀음에 도낏자루 썩는 줄 모른다'는 말은 여기서 나왔다. 그만큼 바둑은 재미있다.

그렇다면 바둑은 언제 생겨났을까. 중국에서 탄생했다는 것은 확실해 보이는데, 전설상의 요임금이 만들었다는 설도 있고, 그 이후에 누군가가 만들었다는 얘기도 있다. 혹자는 4,000년 전에 생겼다고 하고, 혹자는 2,500년~3,000년 전이라고 주장한다. 어쨌든 '호랑이 담배 피우던 시절'에 탄생한 것은 분명해 보인다.

우리가 읽은 삼국지에도 바둑의 얘기는 숱하게 나온다. 일례로, 촉의 장수였던 관우는 바둑을 좋아해서 어깨에 화살을 맞는 상처를 입었을 때 마취 없이 마량과 바둑을 두면서 당시 전설적인 고대 명의인 화타의 수술을 견뎌냈다는 일화가 등장한다. 위나라를 세운 조조는 모든 병법을 통달한 지략가로, 시와 음악, 건축 등에 조예가 깊었지만, 특히 바둑을 잘 두었다고 한다. 이를 보면 바둑이 그 옛날부터 우주와 인생의 이치를 담았음을 당시 사람들은 인정했고, 전쟁과 정치, 인생사에 바둑의 원리를 인용했음은 확실해 보인다.

알파고는 전혀 알 수 없는, 이런 인간만의 바둑 세상으로 한번 빠져보자.

7일간의 전쟁,
그 숨막힌 스토리

01

구글의 야심 vs 이세돌의 방심

결론적으로 이세돌은 순진했고, 구글은 영악했다.

지난 3월 8일 서울 포시즌스 호텔에선 '이세돌 9단 vs 알파고 5번 기' 사전간담회가 열렸다. 인간 대 인공지능의 세기의 바둑대결에 모든 사람의 관심이 쏠렸다. 간담회장은 300여 명이 달라붙어 취재 열기로 후끈 달아올랐다.

"컴퓨터가 인간과 싸울 수 있는 날은 앞으로도 한 10년은 남았다고 생각했는데, 제안이 와서 놀라웠습니다. 제안을 받고 한 5분 정도 고민한 것 같습니다. 바로 수락했습니다. (저는) 호기심이 많은데, 그 호기심을 해결하는 것은, 지켜보는 것이 아니라 직접 두는 것이 최고라고 생각했기 때문입니다."

(구글에게) 알파고와의 대국을 제안받았을 때 고민 없이 수락했다

고 들었는데, 어떤 이유에서 수락했는가를 묻는 한 기자의 질문에 대한 이세돌의 답이었다.

인공지능이 인간에게 싸움을 걸었는데, 불과 5분 만에 결정했다고? 이세돌이 이길 것이라고 철석같이 믿은 사람들은 이 말을 간과했겠지만, 난 내 귀를 의심했다. 불안한 느낌이 들었다.

이세돌은 신중하지 못했다. 구글이 왜 알파고를 내세워 100만 달러 상금을 걸고 자신에 도전을 걸어왔는지 그 이유에 대해 심사숙고해야 했다. 앞서 6개월 전에 판후이 2단을 쓰러뜨린 알파고. 그 알파고가 세계 최정상급인 자기에게까지 한판 붙자고 신청했다면, 과연 어느 정도 진화했을까 하는 물음을 해야 했다. 또, 이런 세기의 대결은 개인적인 문제를 넘어 한국 바둑계, 나아가 과학계에 미칠 영향을 생각해 바둑 관련 협회나 주변인들에게 조언을 구했어야만 했다.

"이세돌이 한마디로 구글의 상술에 당한 것이죠. 세상 물정 모르는 프로기사에게 구글이 당대 최대의 사기극을 벌인 겁니다."

이세돌과 알파고 5국이 끝났을 때, 바둑계 한 인사는 분노를 터뜨렸다. 이세돌에 대한 비판은 아니고, 구글이 바둑계를 농락한 그 수모를 잊지 않겠다는 말투였다.

사실 이세돌이 무슨 잘못이 있겠는가. 평생 반상에서 승부만을 펼쳐온 그가 구글의 연막작전(?)을 어떻게 짐작했겠는가. 그리고 냉철한 승부사의 길을 걷는 프로기사라면 상대가 걸어오는 싸움을 피하지 않는 것이 당연하다.

박우석 한국바둑학회 회장의 의견은 긍정적이다.

"프로기사라면 누구나 알파고와의 대결 제안에 기꺼이 응했을 겁니다. 싸움을 피하는 건 프로가 아니죠. 이세돌 9단이 아니라 다른 기사가 구글 제안을 받았더라고 대결은 성립됐을 겁니다. 중요한 것은, 구글 딥마인드에서 인공지능 개발과 진화를 위해 최상의 연구대상을 바둑으로 삼았다는 점이죠. 거기에 더 중점을 둬야 합니다."

옳은 말이다. 사실, 이세돌의 패배는 모두의 책임이다. 이세돌이 알파고에 참패한 충격은 모두의 공동범죄로 진행됐다.

해외에선 그렇지 않았다. 알파고가 판후이에 이어 세계 최강인 이세돌마저 넘는다면, 인공지능이 인간의 주인이 될 날이 머지 않은 것 아니냐는 우려와 경계의 시각을 내놨다. 그렇다고 외신들이 알파고 승리를 예견한 것은 아니다.

인공지능 전문가인 장 가브리엘 가나시아 교수는 AFP통신을 통해 "알파고가 이긴다면 매우 상징적인 순간이 될 것"이라며 "여태까지 바둑은 컴퓨터로선 풀기 어려운 영역이었는데, 주시할 필요가 있다"고 했다.

영국 우주 물리학자 스티븐 호킹이 지난해 5월 내놓은 영상 메시지도 외신을 타고 소개됐다.

"향후 100년 안에 컴퓨터는 인간의 지능을 뛰어넘을 것입니다. 인공지능 기술이 금융시장에서 인간을 뛰어넘고, 인간 지도자들을 조작해 인간은 알지도 못하는 무기를 이용해 우리를 정복할 것입니다."

하지만 우리는 들떠 있기만 했다. 사전 기자회견 분위기가 그랬다. 지난 2월 22일 사전 기자회견이 한국기원에서 열렸는데, 그 누구도 알파고에 대한 경계심은 없었다.

"당연히 이세돌이 이기겠지요. 판후이 2단에게는 이겼지만, 이세돌이 누굽니까. 세계 최강 아닙니까. 알파고가 한두 점 깔고 둬야 할 걸요."

바둑 흐름을 꿰차고 있다는 한국기원 관계자와 그곳에서 만난 프로 기사들은 하나같이 이렇게 자신했다. 한국 바둑계를 이끄는 다른 협회 운영진 역시 이세돌 승리를 확신했다.

이세돌 역시 표정이 마냥 밝았다.

"중요한 것은 컨디션을 끌어올리는 것이고요. 인간과의 대국이 아니기에 어려운 점이 있을 겁니다. 그래도 5:0, 최소한 4:1로 이길 것으로 봅니다."

이런 이세돌의 확신에 일부에선 탁수가 터졌다.

"판후이 2단을 이긴 알파고 기보를 봤는데, 그 기량이면 이길 수 있다는 것이고요. 5~6개월이 지나 업데이트가 됐다고 하지만, 시간적으로 오래되지 않아 내가 이길 수 있다는 뜻입니다. 인공지능이 1~2년 더 있으면? 글쎄요. 그건 좀 어려운 문제 같습니다."

내가 주목한 것은 뒤쪽 멘트였다. 앞으로 1~2년 후면 인공지능이 어떻게 진화할지 모르겠고, 그때 되면 꼭 이길 것으로 장담할 수는 없다는 이세돌의 발언이었다. 그 말은 불길함으로 다가와 1~2년 뒤가 아닌 현재가 되었다.

구글 역시 알파고의 승리를 확신까지는 못한 것으로 보인다. 이세돌과 알파고 세기의 대결 하루 전 기자간담회에 깜짝 등장한 에릭 슈밋 알파벳(구글 지주회사) 회장은 "이번 대국의 결과와 상관없이 승자는 인류가 될 것"이라고 했다. 이세돌이 이기면 상상력을 갖춘 인간의 승리로 의미 있는 것이고, 알파고가 이긴다면, 인간이 창조한 인공지능의 쾌거이기에 어차피 인류가 승자라는 뜻이다.

틀린 말은 아니지만, 사실 이 교묘한 언변에 구글의 목표와 상술이 놓여 있었다. 세기의 바둑대결을 성사시킨 구글은 알파고가 이기든, 지든 어차피 승자였다. 손해날 것이 없는 장사 거래를 이미 텄기 때문이었다.

이세돌이 패하면 '인공지능에 최초로 진 바둑 최강자'라는 불명예를 안게 되지만, 구글은 알파고가 지더라도 '세계 인공지능 대표주자'라는 브랜드를 이미 확보한 상태였다. 혹시라도 알파고가 승리한다면, 구글은 인류 과학 역사에까지 이정표를 세우는 '덤'을 얻을 수 있었다.

대결 상금 100만 달러도 구글에겐 '껌값'이었다. 결과를 놓고 보면, 구글은 100만 달러의 상금과 알파고를 유지·보수하는 데 든 비용의 수십 배, 수백 배를 다섯 차례의 대국을 통해 뽑아냈다. 이 세기의 대결에 바둑을 좋아하는 한국과 중국, 일본 외 지구촌 전체가 주시했다는 점에서 구글이 얻은 홍보 효과는 천문학적 수준이라고 해도 과언이 아니다.

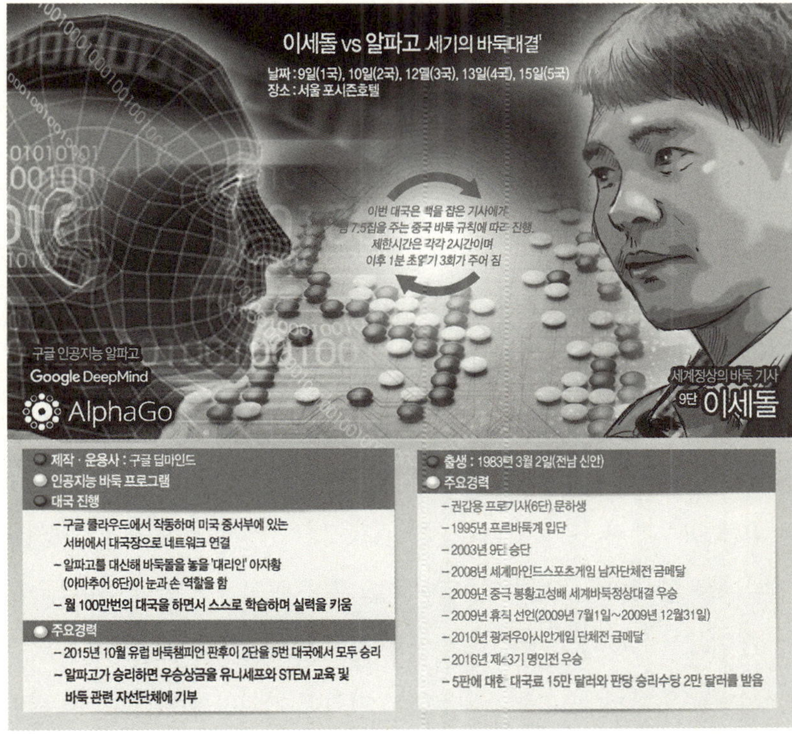

구글이 세기의 바둑대결 후 이세돌을 무너뜨린 알파고를 앞세워 스타크래프트2 영역과의 전쟁을 또 준비하고 있다고 하니, 구글의 야심에 브레이크를 걸 세력은 없어 보인다.

구글은 이미 욕심을 채울 대로 채웠다. 사실, 구글이 바둑을 정조준한 것은 '비정형 데이터'의 진화 가능성을 테스트하기 위해서였다. 비정형 데이터는 모호하고 부정확한 정보를 의미한다. 인간은 꽃을 보면 아름답다고 느끼지만, 인공지능은 꽃에 대한 정보가 없으면 인식하지 못한다. 이를 바둑에 대입하면 유사하다. 인공지능은 한판의 대국을 수천, 수만의 경우의 수로 일관하지만, 인간은 대세관이라는 직감까지 합쳐 대국을 이끈다. 단순 계산 능력 외의 흔들기, 역공, 사생결단의 승부수 등은 인간의 수로 여겨왔다. 여태까지 인간이 인공지능보다 바둑에서 뛰어났던 이유는 '비정형 데이터'를 처리하는 데 우월했기 때문이다. 하지만 알파고의 승리로 비정형 데이터에서도 구글은 자신감이 배가 됐다.

"자율주행 자동차 등에 앞으로 인공지능이 활용되기 위해선 지금보다 더 인간다운 결정(비정형 데이터)을 해야 하는데, 구글이 이런 자체 시험을 바둑에서 한 것입니다. 확실한 것은 구글이 상술을 추구했든 인류애를 앞세웠든, (세기의 바둑대결) 흥행에 성공한 만큼 다른 글로벌 IT업체들의 인공지능 진화 경쟁도 불을 뿜을 것이라는 점입니다."

이세돌이 본의 아니게 자율주행차 진화에 기여하게 됐다며, 자동차 업계 사람들은 우스갯소리를 섞어 이렇게 해석하기도 한다.

구글이 영악하다고 단정할 수 있는 이유는 또 있다. 세계 바둑 랭킹 1위 커제가 아니라 이세돌을 택한 점을 유심히 들여다봐야 한다.

이는 이세돌의 스타일에 기인한다. '센돌'이란 별명에서 보듯이 이 9단의 힘은 가공할 만하다. 저돌적이며 모험심이 가득하고 적당히 타협하는 일이 좀처럼 없다. 지구에서 최정상 프로바둑기사 중 이 9단은 가장 창조적이며 직관과 상상력에 기반한 착점으로 일관하는 기사로 꼽힌다. 거기에다가 이 9단의 기보는 프로 최정상 중 가장 많이 노출돼 있다고 해도 과언이 아니다. 그래서 알파고가 연구하기 가장 편하고, 쓰러뜨렸을 때 가장 시너지가 큰 이세돌을 구글은 선택한것이다.

그런데 이것보다 더 큰 노림수가 있었다. 한국의 1등 기사를 원했다면 박정환 9단을 택했어야 했다. 하지만 박 9단보다 이세돌이 더 중국 프로기사에 공포의 대상이다. 중국에선 한국 기사 중 가장 강한 상대로 이 9단을 꼽는다. 예전엔 이창호 9단이었지만, 그 자리를 이세돌이 꿰찬 지 오래다. 특히, 중국팬들은 이세돌에게 시기와 부러움을 갖고 있다. 이세돌은 중국이 자랑하는 구리 9단과의 10번기 이벤트에서 최종 승리했었다. 당시 일부 중국팬들은 "바둑원조 중국의 자존심이 무너졌다"고 탄식했다.

결국, 구글은 중국의 긍지였던 구리를 인상적으로 누른 이세돌을 최종 대결자로 선정한 것이다. 알파고가 이 9단에 지면 지는 대로 의미 있고, 이기게 된다면 중국 바둑도 제압했다는 간접 효과를 의식했다는 것이다.

구글이 중국을 염두에 뒀다는 것에 대해 IT업계 관계자들의 시각도 다르지 않다.

"중국 IT업계도 인공지능 개발과 진화에 한창 열을 올리고 있는 시점입니다. 이 9단과의 세기의 빅 이벤트를 통해 구글은 인공지능 측면에서 중국보다 앞서 있다는 것을 과시하고, 퍼스트 무버(First Mover) 이미지를 확고히 할 절호의 기회로 여겼던 것입니다."

다섯 차례 대국이 끝난 후 패닉에 빠진 일부 사람들은 "박정환 9단이 뒀더라면 이겼을 것", "이창호 9단이 상대했다면 반반 승부는 됐을 것”이라고들 했지만, 사실 이건 중요한 것은 아니다. 어차피 인공지능에 인간의 바둑이 추월당할 것은 예견됐다. 다만, 시간이 문제였을 뿐이다.

중요한 것은 알파고 쇼크 이후다. 구글의 욕심대로 모든 게 흘러가게 할 수는 없지 않은가. 구글 못잖은 인공지능 개발에 합류하든, 인간 영역 재확장에 벌떼같이 달려들든, 뭔가를 하기는 해야 한다. 두 손 놓고 하릴없이 기다릴 수는 없다. ‘알파고의 아버지’ 허사비스의 등장은 당장 이런 숙제를 던졌다.

02

사전설명회 첫 등장 하사비스, 그를 간과했다

지난 2월 22일. 한 인물이 서울~영국 간 화상에 등장했다. 20여 일 뒤 전 세계를 충격에 빠뜨린 인물, 바로 데디스 하사비스 구글 딥마인드 최고경영자(CEO)였다. 그때까지 그가 알파고를 만든, '알파고의 아버지' 라는 것을 아는 이는 많지 않았다.

이날 서울 성동구 홍익동 한국기원 대국장에서 열린 '이세돌과 알파고 구글 딥마인드 챌린지 매치' 기자간담회에서는 인간 대 인공지능의 대결 성사 배경과 대국 방법에 대한 구체적인 설명이 이뤄지는 자리였다.

이세돌 9단은 간단히 알파고와 대국에 임하는 소회를 밝혔고, 곧 영국과 화상으로 연결되는 이벤트가 마련됐다. 그때 나타난 인물이 하사비스였다.

인간 대표와 인공지능(알파고) 대역으로, 한 사람은 서울에서 다른 사람은 영국에서 화상을 통해 손을 맞잡고 서로의 선전을 기원했다. 역사적인 사진 컷이 탄생한 순간이었다.

둘은 그렇게 화상회의를 통해 공동 기자회견을 했다. 하사비스는 최고경영자치곤 젊다는 느낌을 주었지만, 그다지 특별해 보이진 않았다.

그땐 아무도 몰랐다. 정확히 16일 뒤 지구를 발칵 뒤집어 놓을 인물이 바로 이 화상에 나타난 사람일 것임을 눈치챈 이는 없었다. 나중에 안 사실이었지만, 하사비스는 우리 나이로 불과 41세였다.

하지만 남달랐다. 13살의 나이에 세계소년체스대회에서 2위에 오르며 체스 신동으로 이름을 날렸고, 전 세계에서 대박을 터뜨린 게임 '테마파크'를 17살에 공동개발해 IT업계를 놀라게 했다. 또, 인공지능 개발에 뛰어든 후 딥마인드를 설립해 7,000억 원이 넘는 인수대금을 받고 구글과 손을 잡은 당대의 IT 천재, 그가 하사비스였다. 게임개발자, 뇌과학자를 거쳐 알파고라는 AI 알고리즘으로 세상을 경악하게 만든 하사비스가 한국 언론에 처음 등장하는 순간이었다.

하사비스는 자신감이 넘쳐 보였다.

그는 "이세돌 9단에게 도전하게 된 이유는 이 대국이 워낙 역사적 대국이 될 것으로 보기에, (바둑의) 최고 수준임이 오랜 기간 인정되고 입증된 이 9단을 선정하게 됐다. 가장 적절한 대상이라고 본다"고 했다. 알파고에게 약점이 있느냐는 질문에는 즉답을 피했다.

"몇 가지 약점이 있긴 하지만, 대국이 열리기 전이라 말하기 어렵습니다. 대국 이후 소개할 수 있을 것입니다. 한 가지 덧붙이자면, 이런 이유 때문에라도 이 9단과 대국하고 싶었습니다. 적어도 지금까지 알파고는 우리가 부여한 임무에 대해선 잘 대응해 왔습니다. 이제 우리 팀에서 승부하기엔 알파고 수준이 높습니다. 이젠 유효한 대적이 나타나지 않기 때문에 자기를 이기는 것은 의미가 없을 것 같습니다. 우리도 제대로 평가를 하기 위해 최고수와 대결하고 싶었습니다."

판후이 2단을 이긴 이후에도 계속 실력을 보강, 인공지능 쪽에선 상대가 없을 정도로 최강이 됐다며 알파고에 대한 자부를 드러낸 말이었다. 하지만 이 말을 가슴 깊이 담은 이는 없었다.

"지난 10월 (판후이와의) 기보는 나와 승부를 논할 수준이 아니라고 봅니다. 알파고가 계속 업데이트돼 기력이 향상됐겠지만, 시간적 한계가 있어 이번엔 제가 이길 것입니다."

이세돌 9단의 이같이 계속된 100% 승리 확신에 참석자들이 감염됐을지도 모를 일이다.

하사비스는 이날 알파고에 대한 친절한 소개도 빼놓지 않았다.

"바둑은 경우의 수가 워낙 많아 구작위 대입방식으로 계속 처리해서는 승리하기는 어렵습니다. 전 세계 가장 큰 규모의 슈퍼컴퓨터가 있고, 앞으로 더 나아진다고 할지라도, 그것으로 충분하지 않습니다. 바둑에서 둘 수 있는 경우의 수를 최대한으로 펼쳐본다고 생각했을 때, 알파고는 2개의 신경계를 활용해 가능한 모든 경우의 수를 줄여나가는 것입니다."

아마 이 표현을 감안하면, 하사비스 역시 우주만큼 넓다는 바둑의 경우의 수를 찾아가는 과정에서 알파고가 인간을 뛰어넘는 것은 확신하지 못한 것으로 보인다. 그 역시 나중에 승패를 반반 확률로 봤다고 했다.

이날 공개 설명회에선 딥러닝(deep learning) 개념이 화제에 올랐다. 알파고는 인간의 정보처리 방식을 모방해 컴퓨터가 스스로 판단하고 학습하게 하는 딥러닝 기술로 개발됐다고 했다. 사람이면 1,000년 걸리는 100만 번의 대국을 4주 만에 소화한다고도 했다.

돌이켜보면, 이 사실 하나만으로도 알파고의 진화 속도를 가늠하고 극도의 경계심을 가졌어야 했는데, 너무 안일했다. 그럴 수밖에 없긴 했다. 딥러닝 개념을 아는 사람이 없었으니까 말이다.

이세돌이 알파고와의 대결에서 패한 첫날, 엄청난 충격을 받은 사람 사이에서 '인간이 슈퍼컴퓨터 1,202대가 연결된 최신 알고리즘 기술로 무장한 알파고와 대결하는 것이 과연 형평성이 맞느냐'는 시비가 일었지만, 이 논쟁은 어차피 '버스 떠난 뒤 손 흔든 격'이 돼버렸다.

재미있는 사실은 이세돌과 알파고 바둑대결 설명을 겸한 이 날 기자간담회 자체는 이슈가 되지 못했다는 것이다. 인간 이세돌이 인공지능 알파고를 가볍게 제압할 것으로 여겼기에 크게 취급할 이유가 없었기 때문이다. 인간 바둑 최강자가 컴퓨터 바둑을 이기는 것, 그게 무슨 뉴스 가치가 있단 말인가. 최소한 그 날의 분위기는 그랬다.

기자간담회 다음날 주요 언론 1면에는 예상대로 이세돌과 알파고 얘기는 하나도 없었다. 이 소식을 그나마 안쪽 지면 기사로 낸 곳도 한두 곳에 불과했다.

대신, 마크 저커버그 페이스북 최고경영자와 고동진 삼성전자 사장이 활짝 웃으며 악수하는 사진이 1면을 장식했다. 스페인 바르셀로나에서 열린 모바일월드콩그레스(MWC) 2016에서 저커버그는 삼성전자

갤럭시 S7 공개 행사에 참석했고, 이 자리에서 페이스북과 삼성은 가상현실(VR)에서의 밀월·동맹을 선언했다. 삼성과 페이스북이 차세대 플랫폼에서 동행키로 한 것, 이 사실을 대부분 언론은 크게 지면에 할애한 것이다.

인공지능에서도 향후 경쟁자가 될 페이스북이 MWC에 시선이 고정된 순간, 구글은 야금야금 세계를 경악시킬 '인공지능의 대반란'을 꿈꾸고 있었다는 사실이 지금 생각하면 섬뜩하기만 하다.

어쨌든 결론적으로 하사비스의 첫 등장은 언론에서 주목받지 못했다. 그것은 인간 대 인공지능 대결을 앞두고 불길한 징조였다.

당연히 이세돌이 이길 것으로 여겨 뉴스 가치에 인색했던 언론 그리고 그것을 전혀 이상할 것 없다고 여긴 닮은 사람은 오판에 대한 책임을 져야 했다. 알파고가 인간 이세돌을 꺾은 3월 9일 세기의 바둑대결 첫판, 핵폭탄이 투하된 듯한 쇼크를 먹은 언론은 화들짝 놀라 부리나케 움직이며 알파고와 하사비스를 집중 조명해야 했고, 사람들은 인공지능의 엄청난 위력을 확인하곤 AI에 지배당할지 모른다는 두려움에 떨어야 했다.

그때 확실히 깨달은 것은 불혹을 갓 넘은 '알파고의 조물주' 하사비스를 너무 몰랐다는 점이다. 그가 내세운 알파고는 인공지능 시대 본격화 흐름의 시작이었다. 뒤따른 것은 우리 모두의 방심에서 나온 혼란이었다.

03

1국… 알파고 '신의 한 수', 인간을 충격에 빠뜨리다

정확히 35년 전 얘기다.

1981년 9월 중순의 어느 날, 그날의 흥분과 설렘을 잊지 못한다. 텔레비전에선 슈거 레이 레너드와 토마스 헌즈의 웰터급 통합챔피언전 화면이 흘러나왔다. 20세기 권투 역사상 최고의 대결로 꼽히는 경기였다. 정교하면서도 가공할 위력의 펀치들이 오갔고, 혈투는 14회까지 이어졌다. 링 위의 땀 냄새, 피 냄새가 화면을 타고 안방까지 진동했다.

위대한 파이터 둘의 싸움은 '최후의 대결(The Showdown)'로 불렸다. 실력과 이름값 면에서 세계 최고인 두 사람은 이 경기에 자신의 모든 것을 걸었다. '승리 아니면 죽음을 달라'는 듯 땀 한방울까지 죄다 짜냈다.

둘은 인간이 아니었다. 컴퓨터였다. 천재 복서 레너드는 가볍고 현란한 테크닉으로 헌즈의 안면을 정확히 가격했다. 긴 팔을 가진 헌즈는 정교하고도 치명적인 스트레이트 펀치를 날리며 레너드를 괴롭혔다. 둘은 때론 아웃복서로, 때론 인파이터로 변화무쌍하게 격돌했다. 레너드의 불을 뿜는 어퍼컷과 이를 맞받아치는 헌즈의 날카로운 훅 펀치는 한마디로 '예술'이었다.

경기는 레너드의 14회 TKO승으로 끝났다. 그러나 승패는 의미가 없었다. 1회부터 14회까지 둘이 연출한 '링 안의 예술'에 시간 가는 줄 모르고 흠뻑 빠졌다. 다시는 경험할 수 없는 황홀함, 그 자체였다.

혹자들은 레너드와 헌즈의 이 대결을 지구 역사상 최고의 명승부였다고 규정했다. 살아서는 다시 볼 수 없을 '세기의 대결'이었다고 했다. 그것은 맞는 말이었다. 그 후 수많은 대형 스포츠 경기나 게임 이벤트가 있었지만, 레너드와 헌즈 이상의 불꽃 튀는 대결을 볼 수는 없었다. 인간이 가진 모든 능력을 한꺼번에 쏟아내고, 마지막 한점 기운까지 소진해 극기의 한계점을 보여준 경기. 그 경기 이상의 아름다운 승부를 본 기억이 없다.

지난해 5월 열린 메이웨더와 파퀴아오의 권투경기를 사람들이 '세기의 대결'이라고 칭했을 때, 혹시 레너드-헌즈 대결 이상의 감동이 있을까 기다리기는 했다. 하지만 남은 것은 실망뿐이었다. 그 경기는 사기극이었고, 쇼였다. 인간의 투혼, 승리에 대한 인간의 열망과 원초적 본능, 승패를 초월해 모든 것을 거는 자세, 그것이 없으면 아름다운 승부는 성립되지 않는다.

이세돌과 알파고가 다섯 차례 바둑대결을 펼친다는 얘기를 들었을 때, 귀가 번쩍 뜨였다. '21세기 세기의 대결, 세기의 빅 매치가 성사됐구나!' 하고 확신했다.

'사람들에겐 지구 역사상 가장 흥미로운 인간 대 기계의 싸움이 되고, 내겐 35년 전처럼 흥분과 설렘의 나날이 되겠구나' 라고 생각했다. 인간 대 인공지능의 5번기 대국은 그런 상징성으로 다가왔다.

바둑을 모르는 사람들에게도 그랬을 것이다. 3,000년 이상 인간의 자긍심이었던 바둑을 허물어뜨리려는 인공지능. 이미 바둑 외 영역에서 파상 공세를 펼치며 인간의 능력을 뛰어넘어온 인공지능. 그 인공지능에 맞서 '최후의 성'을 지키려는 이세돌의 투혼이 그려지면서 흥분하지 않은 사람은 거의 없었다.

그렇지만 위기의식은 없었다. 독수리 오 형제보다 능력이 뛰어난 이세돌이 지구를 굳건히 지켜줄 것으로 모두 믿었다. 인간들은 여유가 넘쳤다. 대다수 이세돌 9단이 알파고를 5:0, 최소한 4:1로 제압할 것으로 믿었다. 그것은 인간이 위대하다는 전제를 바탕으로 한 부동의 신념이었다.

"김 형, 직장에서 내기를 했는데, 난 5:0에 2만 원 걸었어요. 4:1로 할까 하다가, 그래도 이세돌이 지겠나 싶어 그렇게 찍었어요. 당연히 이기겠지요?"

이세돌과 알파고 대결이 있던 날, 오전에 지인은 그렇게 내게 떠들어대며 전화를 했다. 인간의 축제를 맘껏 즐기겠다는 뜻이 통화음 저편에서 묻어나왔다. 하긴. 어찌 그뿐이랴. 너나 할 것 없이 이세돌이 알파고를 한 체급 아래 다루듯 맘대로 요리할 것으로 믿었고, 일찌감치 승리를 자축한 이도 많았다.

3월 9일 서울 포시즌스 호텔 대국장.

오후 1시, 운명의 시간은 왔다. 인간 대 인공지능의 바둑 대결은 시작됐다. 흑은 이세돌, 백은 알파고가 잡았다. 이세돌은 가볍게 기침 한 번 하더니 알파고 대신 착점키 위해 앞에 앉은 아자 황을 힐끔 한번 봤다. 표정은 밝았다.

이 9단이 선택한 첫수는 우상귀 소목이었다. 화점을 택하지 않고, 소목을 뒀다는 것은 일단 실리작전을 펴겠다는 뜻이다.

알파고 역시 신중했다. 첫수를 두는 데 뜸을 들였다. 1분 30초쯤 뒤 택한 것은 좌상귀 화점이었다. 우상귀 소목에 1분 30초 뒤 좌상귀 화점으로 대응했다는 것, 그것은 이 9단의 실리에 일단 세력으로 맞서겠다는 알파고의 의지가 담긴 수였다.

"알파고가 인간 만큼 신중한 것 같습니다. 즉각적으로 두지 않네요."

해설자의 이 말은 불길함의 시초이자 인간 패배의 서막이었다.

이세돌은 또 우하귀 소목을 택했고, 알파고는 좌하귀 화점을 택했다. '당신이 소목을 고집한다면 나는 일관성 있게 화점으로 밀고 나가겠다'는 뜻이 묻어나왔다. 상대방 기세에 늘리지 않겠다는, 일종의 선전포고였다.

여기까지만 해도 이세돌은 침착했다. 산전수전 다 겪어본 초고수로, 이후 여러 가지로 알파고를 시험했다.

놀랄만한 수가 나왔다. 우상변에서 치열한 전투가 시작됐고 이세돌이 23번째 날일 자 수를 뒀는데, 알파고는 24번째 수로 들여다보더니 28번째 수로 끊어버렸다.

날일 자는 붙이고 끊으라는 말이 있다. 하지만 확신이 없으면 때론 자연스럽게 물러나게 되는 법이다.

아, 이세돌은 거기에서 분명 움찔했다. '어라, 이게 아닌데?' 하는 표정이었다. 이세돌 얼굴이 어두워졌다. 다시 세력싸움이 붙었고, 이세돌은 더욱 신중한 입장을 보였다.

"이 9단이 초반 강한 수를 뒀고, 알파고가 물러날 줄 알았는데 계속 버티자 이세돌도 알파고의 실력을 인정한 것 같습니다. 이 9단이 다시 실리 세력을 염두에 두고 있는 것 같습니다."

해설자의 목소리에도 가벼운 긴장감이 실렸다.

의외였다. 중반 직전 포석까지 팽팽했다. 물고 물리는 대결. 흑이 두면 흑이 유리해졌고, 백이 두면 백이 유리해졌다. 한 수 한 수가 팽팽했다. 알파고는 끈기와 뚝심이 있었다. 때론 실수도 나왔지만, 곧바로 그 실수를 균형으로 돌리는 힘은 강력했다.

난전은 계속됐다. 이세돌은 공세를 취했고, 알파고는 우상에서 우하로 이어지는 거대한 돌들의 연결을 꾀하면서 역공을 취했다.

그렇게 둘은 할퀴고, 물고, 쓰러뜨리기 위해 사투를 벌였다. 어느 순간, 알파고의 102번째 돌이 반상에 떨어졌다. 적진 파괴의 특명을 부여받은 침입수였다.

'어, 저 수가 되나?'

낯설고 생소한 수였다. 해설자들은 이구동성으로 이상한 수라고 했다. 프로기사라면 절대 두지 않을 수라고도 했다. 그런데, 그 수를 찬찬히 쳐다보던 이세돌 표정이 흙빛으로 변했다. '이상한 수'에 대한 응징이 마땅치 않은 듯, 장고하고 또 장고했다.

김성룡 9단이 말했다.

"정말 이상하네요. 알파고의 102번째 수는 바둑을 배우는 사람이 두면 사범한테 아마추어 같이 둔다고 크게 혼날 수예요. 바둑의 기본을 모른다고 엄청 야단맞을 수예요. 가마 제 기억으론 이런 바둑 둔 사람을 본 적이 없는데요. 근데 묘하게 잡을 방법이 안 떠오르네요. 알파

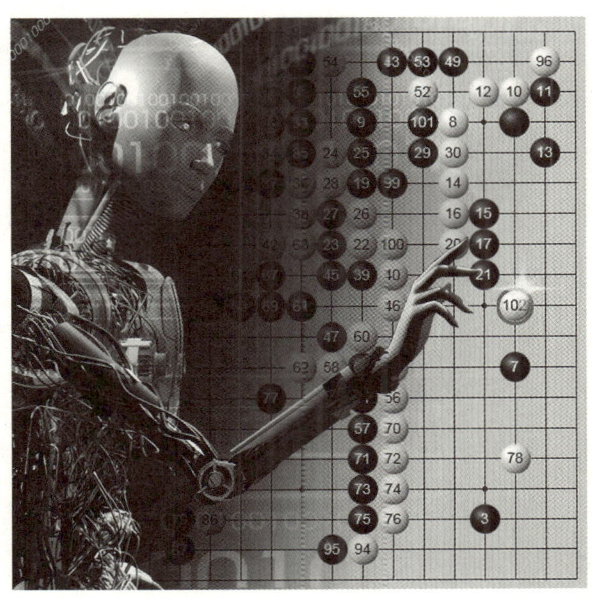

고, 정말 대단한데요."

해설자들도 도저히 해설 방향을 잡지 못하겠다며 혼란스러워했다.

이세돌은 이 수가 나오자 곧 흔들렸다. 그렇다. 102번째 수는 알파고의 '신의 한 수'였다. 알파고가 인간을 경악하게 만든, 인간이 둘 수 없다는 평가를 받은 첫 번째 수였다. 많은 프로기사가 나중에 "우리가 알고 있는, 배운 인간의 수가 과연 맞는 것인지 의심이 들었다"고 한 것은 이 102번째 수를 두고 한 말이다.

"흑과 백이 팽팽한 국면에서 터져 나온 102수는 승패 여부를 떠나 이세돌 9단의 의표를 찌른 수입니다. 어지간한 바둑 실력으로는 선뜻 떠올리기 어려운 수이기도 합니다. 어떻게 보면 무모한 수로도 보이지만 중앙에 백의 철벽이 있어 흑도 응수가 쉽지 않네요. 아, 이 9단을 이 정도로 괴롭힐 수 있는 프로기사는 거의 없는데, 대국 전 알파고가 이세돌과 5:5의 승부를 펼칠 것이라는 자신감을 보여준 딥마인드 개발팀의 얘기가 결코 허언이 아니었네요."

김찬우 프로 6단의 나중 기보 분석은 이랬다.

어쨌든 이 수가 나오고, 이세돌의 평정심은 급격히 흔들렸다. 평정심을 잃는다는 것. 그것은 곧 패배다.

알파고는 우변에서 선수로 바꿔치기하고 좌상귀 삼삼까지 지켜냈다. 백 102수의 승부수는 멋지게 성공한 것이다.

중압감을 이기지 못한 것일까. 이세돌은 고수 명성에 어울리지 않게 흑 127수의 실착을 범했고, 승부의 추는 백에 기울었다. 어디 해볼 데가 없었다. 멋쩍은 표정을 짓더니, 이세돌은 돌을 던졌다. 186수 만에 알파고의 불계승이었다.

인간 최고수가 인공지능에 패하는 장면을 목격한 사람들, 그들에겐 머릿속이 하얘지는 쇼크로 다가온 순간이었다.

침묵이 흘렀다.

"정말 강하네요. 아마 이 대국을 중국 등 기사들도 보고 있을 텐데, 정말 놀라겠네요."

침묵을 견디다 못한 박정상 9단이 내던진 말이다. 그러나 이것은 서막일 뿐, 앞으로 얼마나 엄청난 이변들이 일어날지는 그도, 다른 사람들도 짐작할 수는 없었다.

"진다고 생각하지 않았는데, 너무 놀랐습니다. 서로 어려운 바둑을 두는 게 아닌가 느끼고 있었는데, 승부수인듯한, 도무지 둘 수 없는 수가 나와서 놀랐습니다."

이세돌의 1국 후 소감이었다. 그는 피곤해 보였다. 누구보다 충격을 크게 받은 이가 이세돌이었을 것이다.

이세돌은 꿋꿋했다. 내일의 승리를 다짐하며 총총히 자리를 떴다.

밤늦게 전화가 걸려왔다. 5:0에 내기를 걸었다던, 오전에 통화했던 지인이었다. 약간 혀 꼬부라진 목소리가 귓속으로 침투했다. "김 형, 이럴 줄 알았으면 4:1에 걸었어야 했는데 말이야. 그래도 이세돌이 남은 네 판은 이기겠지?"

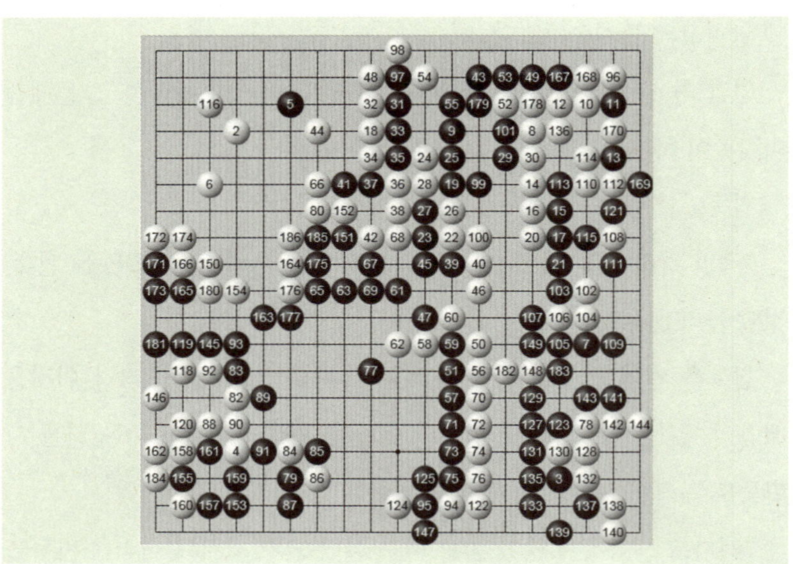

04

2국… 처참한 패배, 완벽히 졌다

밤새워 뒤척였다. 잠들락 말락 하면서 어김없이 깨고 또 깼다. 내가 왜 불면의 밤을 보내야 하는가.

전날 밤 SNS에 올려진 권효진 프로 글이 생각났다. 권 프로는 "우리가 알던 '인간의 수'가 과연 맞는 것일까. 우리는 그동안 모두 잘못된 룰을 배운 것은 아닐까. 그게 사실일까 겁난다"라고 썼다. 그 역시 작지 않은 충격을 느꼈나 보다.

여태까지 배워온 상식, 여태까지 배워온 진리가 무너지는 것은 아픈 일이다. 아니, 두려운 일이다. 그것을 나도 느꼈고, 권 프로도 온몸으로 감지한 것이다.

새날이 밝았다. 뭔가 할 일이 있을 것이다. 출근하면서 이런 생각이 들었다. '내가 인간이라고 인간 이세돌 편에서 너무 바라보지 않았을

까. '알파고답게' 관점을 바꿔야 하는 것은 아닐까.'

하지만 오전 일이 끝나고, 2국이 시작하는 오후 1시로 치달을 때쯤 난 또 인간의 편이 돼 있었다. "오늘만큼은 다를 거야. 이세돌이 알파고를 깰 비책을 밤새 준비했겠지."

앞서 내가 받은 충격을 기록하고 싶었다. 그리고 여전히 '알파고답게'가 아닌 '인간답게'를 외치는 이상, 이세돌을 응원하고 싶었다. 이세돌이 전날 받았을 쇼크, 그리고 그 역시 불면의 밤을 보냈을 생각을 하니 맘이 편치 않았다.

그래서 이 글을 썼다. 이세돌 마음에 들어가 봤고, 그가 2국을 준비하는 마음 자세가 이럴 것이라고 확신했다.

놀라셨나요? 사실 저도 충격입니다. 하지만 첫판인데요, 뭘. 기회는 있을 것입니다. 그래도 지구 대표로 출전했는데, 첫판(5번기 중 1국)을 져서 죄송합니다.

맨 처음 알파고의 도전을 받아들일 때 쉽게 생각했습니다. 사실 '기계가 해봤자 얼마나 하겠어'라는 생각도 있었습니다. 바둑에선 상대방을 얕잡아 보는 게 위험한 일입니다. 최정상의 고수들 사이에선 더욱 그렇지요.

제가 그랬습니다. 크게 위협이 될 것이라곤 생각지 않았습니다. 처음에 5:0 승리를 장담한 것도 그 때문이지요. 그런데 아닙니다. 어제(9일) 대국 후 제가 말씀드린 것처럼 확률은 5:5가 된 것 같습니다. 앞으로 2국~5국에선 제 승률이 반반이라는 뜻입니다. 죽어라고 바둑을 둬야 할 것 같습니다.

처음 제가 한 수를 뒀을 때 알파고가 1분 30초 뒤에 뒀는데, 뭔가 심상치 않았습니다. 초절정 프로기사의 착점 느낌이 확 밀려오더라구요.

알파고는 뚜벅뚜벅 걸었습니다. 제가 처음부터 얕잡아 봤기에 그런 측면도 있지만, 알파고의 균형감각과 때론 승부를 걸어올때의 타이밍은 최정상 고수와 다름없었습니다. 그래서 제가 당황한 게 사실입니다.

알파고가 처음 몇 수 실수를 했을 때 게임은 끝났다고 생각했습니다. 하지만 알파고가 102번째 수를 뒀을 때, 정말 놀랐습니다. 경악했습니다. 알파고 최고 승부수였죠. 전혀 예상치 못했습니다. 프로기사 중 102번째 수를 감행할 수 있는 이는 없을 것입니다. 확신이 없으면 절대로 못 들어오는 수죠. 알파고가 인간 못잖은 도전의식이 있다는 느낌을 받았습니다. 적(敵)이지만 멋진 녀석이라는 생각이 들더군요.

알파고는 세간의 평가대로 전성기 때의 이창호 사범을 닮았습니다. 전혀 무리를 하지 않더군요. 하지만 승부수를 던질 줄 아는 것을 볼 때는 약간 저도 닮았다고 봅니다. 이창호 9단과 저를 버무렸다고 할까요. 아무튼 알파고는 실력도 실력이지만, 창의력도 있고 모험심도 있다는 게 1국을 해본 제 최종판단입니다.

그래서 앞으로의 대국이 쉽지 않음이 감지됩니다. 그래도 전 포기하지 않으렵니다. 생각 외로 알파고가 막강하지만, 반전을 꾀하렵니다. 5번기 대국 중 첫판을 진 것은 숱하게 많았습니다. 알파고가 철저한 계산능력을 갖춘 데다 창의력도 있음을 발견한 이상 저 이상의 세계 최고수로 인정하고, 사력을 다할 것입니다.

에릭 슈밋 알파벳 구글 회장은 "누가 이기든 인류의 승리"라고 하더군요. 맞는 말입니다. 알파고를 만든 구글에 경의를 표합니다.

하지만 아직 바둑의 영역은 인간의 것으로 고수하고 싶습니다. 이 대결을 하기 전에 "인류를 대신해 바둑을 지켜달라"고 했던 지인들의 격려를 잊지 않고 있습니다.

알파고를 세계 최절정 고수로 인정한 이상, 저도 극도의 팽팽한 긴장감으로 무장하려 합니다. 중국의 구리, 커제 9단과 바둑을 둘 때의 느낌과는 사뭇 다른, 어쩌면 고독한 게임이지만 5국까지 최선을 다하렵니다.

알파고에게 질 것 같다는 불안감이 없는 것은 아니지만, 두려움을 떨치고 제 길을 개척하는 것. 그것은 여전히 인간의 영역이라고 믿습니다. 죽을 각오로 다시 돌을 잡겠습니다. 응원해 주세요.

같은 장소에서 2국이 열렸다. 모든 시선은 이세돌 표정에 쏠렸다. 최고수가 대국에 임하는 자세는 무엇보다 중요하다. 평정심을 유지하느냐, 잃느냐는 대국 결과를 결정한다.

배짱 하나는 타고났다는 이세돌, 그는 분명 1국 패배의 아픔을 씻은 듯했다. 그렇다고 환한 얼굴은 아니었다. 표정이 밝지 못한 것은 마음에 걸렸다.

2국이 시작됐다. 취재를 하던 옆 사람이 말을 건다. "이세돌이 첫판에선 크게 방심했어요. 그래도 2국에선 이기겠지요?"

1국과는 반대로 알파고가 흑을 잡고, 이세돌은 백을 쥐었다. 역시 알파고의 첫수는 화점. 이세돌도 화점을 맞받아쳤다. 그런데 알파고의 두 번째 수는 소목이었다. 실리와 세력을 동시에 추구하면서 상대방 착점에 따라 응수하는 전략을 택한 것이다. 이세돌의 다음 수도 소목이었다. 화점에는 화점, 소목에는 소목으로 맞대응한 것이다. 전날 상한 자존심을 완벽히 만회하겠다는 듯, 이서돌의 독기가 엿보였다. 둘은 그렇게 묵묵히 치고받았다.

그런데 판이 중반으로 치닫기 전, 이상 기류가 감지됐다. 예상과 달리 창과 방패의 역할이 바뀐 것이다.

이세돌은 세계 최강의 공격수다. 그래서 알파고를 이리저리 흔들면서 공격을 감행할 것이고, 알파고는 수비를 취하면서 반격을 노릴 것이라는 예측이 우세했다.

그런데 2국 뚜껑을 열어보니 전거 흐름은 예상과는 반대였다. 이세돌이 오히려 수비수로 전환했고, 인공지능이 강공을 취했다. 알파고는 강공을 선택하면서도 취할 것은 다 취했다.

2국은 종반 직전 판세가 결정됐다. 상단에서 중앙까지 거대한 집을 확보한 알파고는 끝내기 역시 빈틈없이 수행했다. 중반 이후 착점하는 이세돌의 손이 미세하게 떨렸고, 그 떨림의 강도는 점점 확연하게 커졌다. 이세돌은 또다시 패배를 인정해야 했다. 211수 만에 돌을 던져야 했다. 흑 불계승이었다.

이세돌이 돌을 거뒀을 때 그 표정은 정말 무거웠다. 고개를 떨궜고, 쉽게 자리를 뜨지 못했다.

"이세돌 하면 과감하고 저돌적인데 오늘은 그런 수는 없었습니다. 어제 패배를 의식해 철저히 수비와 대응에 주력했고, 그렇게 실수한 것도 없는 것 같은데도 졌네요. 정말 알파고 능력이 뛰어나다는 것밖에 해석할 길이 없네요."

송태곤 9단의 대국 분석은 정확했지만, 송곳처럼 날카롭게 폐부를 후벼 팠다. 이 9단이 실수한 것이 거의 없는데, 알파고가 더 완벽하게 뒀다는 것. 그래서 어떻게 졌는지도 모를 만큼 자연스럽게 졌다는 것. 고수에겐 부끄러운 일이다. 이세돌로선 이보다 더 두려운 일이 또 있을까. 송 9단이 그렇게 말하지 않아도 이세돌이 돌을 던지는 순간, 바둑을 좀 둔다는 사람은 다 알고 있었다. 3국도, 4국도, 5국도 '이세돌의 길'이 쉽지 않음을.

"오늘 바둑은 내용상 알파고에 완패했습니다. 초반부터 단 한 순간도 내가 앞섰다는 생각을 하지 못했습니다. 알파고의 실력에 놀란 건 어제로 충분하고 오늘은 할 말이 없을 정도입니다. 오늘 알파고는 이상한 착수도 없었고 알파고의 완벽한 승리였습니다."

2국 대국 소감을 전하는 이세돌은 유독 피곤해 보였다. 풀 죽어 있었다.

6개월 전 알파고에 0:5로 패한 바 있는 판후이 2단은 인공지능을 거대한 벽으로 비유했었다. 판후이는 인터뷰를 통해 "알파고는 완벽했고, 대국을 하면서 거대한 산(山)처럼 느껴졌다. 나는 점점 위축됐다"고 했다. 스스로 무너졌다는 뜻이다.

    이세돌이 느낀 감정도 이와 별반 다르지 않았을 것이다. 1국 후 이
세돌은 알파고에 한없는 두려움을 가졌을 것이고, 그 두려움을 2국에
서 완전히 떨쳐버리지 못했다. 하긴 인간인 이상, 하루 만에 트라우마
를 극복하기는 어려웠을 것이다. 그렇더라도 두려워하면 진다. 이세돌
은 변명할 여지 없이 완벽하게 졌다. 그래서 3국도 불안했다.

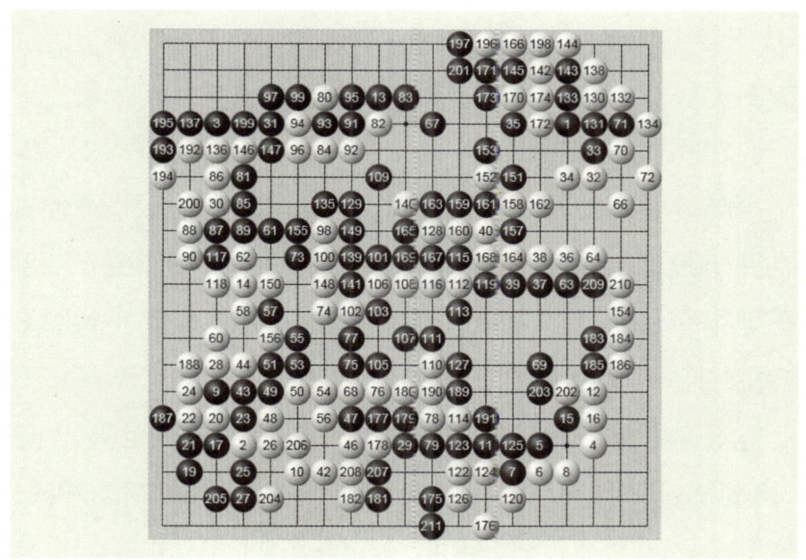

05

3국… 인간 아닌 이세돌이 졌다

2패의 후유증은 컸다. 인공지능에 연달아 인간이 패하는 모습을 지켜본 사람들은 일시에 무력감에 빠졌다. 프로들은 더 심각했다. 경악을 금치 못하다가, 더 놀랄 것이 없는 상태로 변했고, 그게 허탈감으로 이어졌다는 이가 많았다.

"침통하다. 불길한 예감이 현실이 됐다. 가까운 미래에 인류가 인공지능에 지배당할지도 모른다는 두려움이 생겼다. 어쩌면 우리가 제3자 입장에서 바라볼 때 익숙한 인간의 행마에 대한 우월한 자부심으로 형세를 낙관했는지도 모르겠다. 감정 기복과 그 속뜻을 전혀 예측하기 힘든 알파고의 수읽기는 인간의 영역을 넘어선 '창조적 기지'와도 같았다."

권효진 프로가 2국 후 SNS에 올린 글은 이런 분위기와 무관하지 않았다. 3국이 주는 상징성은 간단한 것이 아니었다. 총 5국의 대결이기에 3국마저 패하면 인간이 인공지능에 3연패를 당하는 것이고, 나머지 대국과 상관없이 최종 패배하는 것이기에 뭔가 반전이 필요했다.

그런데 이는 어디까지나 희망이었다. 1, 2국을 통해 입증된 '알파고의 힘'은 3국 역시 쉽지 않음을 예고했다. 굳이 그것을 거론할 필요가 없었을 뿐이다.

세계 바둑랭킹 1위 커제가 그러잖아도 이세돌과 우리 국민의 속을 긁었다. 커제가 2국을 감상한 후에 "오늘 패배는 처참했고 따분했다. 그(이세돌)를 응원했는데 이제는 야유한다. 인류 바둑기사의 대표 자격이 없다"고 했다는 말이 전해졌다(나중에 밝혀졌지만, 이 말은 사실이 아니었다. 커제는 이세돌의 패배를 아쉬워하면서 격정적인 몇 마디를 내놓은 것은 사실이지만, 일부 언론이 중국 인터뷰 문장을 잘못 해석하면서 이런 악의성 발언으로 보도됐다.).

아무튼 이세돌의 2연패로 사람들의 분위기는 침울해졌다. 바둑에서 인공지능에 사람이 2연패 했다고 해서, 자기 일상엔 큰 영향은 없는데 괜히 우울하고 짜증 나고 만사가 귀찮아졌다는 이가 늘었다.

하지만 인간이 어떤 존재인가. 위기 속에서의 무한 긍정 에너지로 세상을 바꿔왔던 종족이 아니었던가. '긍정의 물결'이 찰랑거리기 시작했다.

네티즌을 중심으로 '이세돌 응원' 열기가 시작됐다. 바둑에 전혀 관심이 없던 이들까지 이세돌 격려에 동참했다. 이 9단이 첫 승리를 거둔 4국 후 본격적으로 불이 붙은 '이세돌 신드롬'의 서막이었다.

"당황하는 바둑천재의 모습에 참 서글펐다. 하지만 알파고는 승리의 환희도 패배의 쓸쓸함도 느끼지 못하잖아. 이세돌 웃는 모습을 보고 싶어", "인간은 한계가 없다. 힘내라 힘", "2대 0, 로봇에 약점이 있을까. 기계의 가장 큰 장점이 실수를 안 하는 것인데. 그래도 이세돌 9단을 응원합니다." 등의 온라인 댓글은 줄기차게 도배됐다.

네티즌들도 알았다. 3국은 이세돌로선 막다른 골목길이었고, 천하의 운명을 좌지우지할 정도로 너무나 중요한 대국이라는 것을.

이세돌은 하루를 쉬고 3국 대국장에 나타났다. 전체적인 모습은 가볍지는 않았다. 푹 쉰 것 같지 않았다. "이세돌이 쉬는 동안 방에서 나오지 않고 하루종일 복기를 했다더라"는 등 대회 주최 측 바둑 관계자들의 숙덕거림은 사실이었을 것이다.

3국 대결을 위해 자리에 앉을 때, 연패에 따른 자책과 괴로움, 절대고독과 번민이 이세돌 표정에서 스쳐 지나갔다. 동시에 결기의 기운도 느껴졌다. 입술은 꽉 다물었다.

오후 1시 3국이 시작됐다. 흑번은 이세돌, 백번은 알파고였다.

가벼운 기침을 한번 하더니, 이 9단은 우상 화점에 흑돌을 뒀다. 1국 때는 한 칸 옆 소목으로 뒀었다. 1국 때의 소목 대신 화점을 택해 실리보다는 세력을 중시하고, 강공 쪽으로 달려보겠다는 뜻임이 분명했다. 알파고 역시 2수는 우하변 화점, 4수는 좌하변 화점으로 응수했다.

흑 11수까지는 서로의 불만은 없었다. 흑은 상단 거대한 세력 기초를 다졌고, 백은 우변과 좌하귀 실리를 챙겼다. 잘 어울리는 한판의 바둑이었다.

싸움을 먼저 걸어온 것은 알파고였다. 알파고는 백 12수로 과감히 침입했다. 좌상단 백 세력을 삭감하려 뛰어든 것이다. 이세돌 역시 강공을 마다하지 않았다. 지난 1, 2국과 다르게 공격적인 바둑으로 일관했다. 흑 13수부터 중반까지 피 튀기는 강공 대 강공이 충돌했다. 둘 다 물러서지 않았다. 이세돌의 맹공은 위력적이었다. 그렇지만 알파고는 묘하게 비틀고 또 비틀었고, 예리한 반격수까지 내놓으며 철벽방어 기술을 과시했다.

어쨌든 12수 백돌의 삭감수를 계기로 좌상변에서 좌하변에 이어지는 세력들이 거센 마찰음을 냈다. 한 수 한 수에 서로의 목숨이 왔다 갔다 하는 일대 전투였다.

하지만 어느 순간 이세돌의 흑 포위망은 점점 옅어졌고, 알파고는 그 틈을 타 하변에 거대 세력을 형성했다. 방치하면 엄청난 집으로 불어날 순간이었다. 이세돌은 승부의 추가 백 쪽으로 기우는 것을 용납할 수 없다는 듯, 백 세력권에 특공대를 투입했다.

다시 피바람이 불었다. 종반 직전엔 패싸움까지 벌어졌다. 1, 2국에서 패싸움을 피하던 알파고가 아니었다. 확실한 팻감을 적절히 활용했다. 알파고에 있어 패싸움은 아킬레스건일 것이라는 세간의 예측은 빗나갔다. 이세돌 역시 초절정 고수다운 감각으로 패를 버텼다.

"가능성이 전혀 없다고 판단됐던 곳에서 이 9단이 조금씩 백돌을 잡아가면서 길을 만든 것 같습니다. 감동적입니다."

3국 해설을 맡은 이현욱 프로8단의 말어 장내는 일순간 희망의 기운이 싹텄다.

실제 이 9단은 초읽기로 알파고와 30분 이상 숨 가쁜 두뇌 싸움을 벌였다. 알파고 역시 이 9단의 배수진에 장고를 거듭했다.

하지만 딱 거기까지였다. 패가 소진되고, 막판 승부수가 불발로 끝났다고 판단한 이 9단은 돌을 거뒀다. 4시간 12분, 176수 만에 이세돌은 항복을 선언했다. 불과 일주일 전 누구도 예상하지 않았던 인간의 3연패. 앞으로 남은 두 판을 모두 이긴다고 하더라도, 최종 승리의 영예는 알파고에 돌아가게 된다. 인공지능이 바둑에서 처음으로 인간 최고수의 벽을 넘는 순간이었다.

장내엔 일순간 무거운 침묵이 흘렀다. 아무도 입을 뗄 수 없었다. 장내 한쪽에서는 작디작은, 그러나 애통의 울림이 큰 탄식음이 흘러나왔다.

해설을 맡은 김지명 아마 6단은 "이 9단이 아닌 누가 두어도 알파고에 대해 승률 50%를 넘는다는 건 어려워보인다"고 했다. 이현욱 8단은 "남은 두 번째 대국에서 한 번이라도 이세돌 9단이 승리할 수 있도록 그를 응원하겠다"고 했다. 해설자로서 마냥 침묵할 수 없어 내놓은 이 멘트들은 그러나 이 순간만큼은 너무도 공허하게 들렸다.

다행히 이세돌은 휘청거리지 않았다. 어쩌면 3국에서의 패배를 일찍부터 예감했었는지 모른다.

"알파고가 아직 신의 경지에 오른 것은 아닙니다. 분명히 약점은 있고요, 1, 2국에서도 조금씩 약점을 보였습니다."

3국 후 대국 소감을 말하는 자리에서 이세돌은 여전히 희망의 끈을 놓지 않았다.

"이렇게 심한 압박감, 부담감을 느낀 적이 없는데 그걸 이겨내기에는 제 능력이 부족했습니다. 스트레스에 적응하지 못하고 허무하게 마지막을 내줬습니다."

투혼을 마지막 한 톨까지 모으고 모아 반상에 쏟아부었지만, 무위로 끝났을 때의 허탈감, 보이지 않는 상대와의 싸움에서 전패했다는 무력감…. 승복의 제스처와 함께 인간 최고수의 '소리 나지 않는 뼈아픈 비명'이 이것들과 함께 실려 나오자 장내는 다시 찬물을 끼얹은 듯 조용해졌다.

그러나 희망의 역사는 암울하고, 뭔가 쿠퀴한 분위기 속에서 태동하는 법이다.

이때 한마디가 나왔다. 훗날 누구나 인정했듯이, 이세돌과 알파고 대결이 남긴 역사에 빛날 명언이었다.

"이세돌이 진 것이지 인간이 진 것은 아닙니다."

인간은 그래도 위대하다는 자부심, 이세들 개인은 나약할지라도 인간 전체에 대한 위협은 용납할 수 없다는 자긍심. 이세돌은 고통의 3연패를 통해 역설적이게도 그 소중한 가치를 재발견했다.

4국은 승부를 떠나 희망가(歌)가 예고됐다. 다만, 3국의 패배와 이세돌의 승복 그리고 인간 존엄에 대한 숭고한 외침은 다가올 반전 시나리오의 배경화면이 됐다는 것을 아무도 눈치채지 못했다.

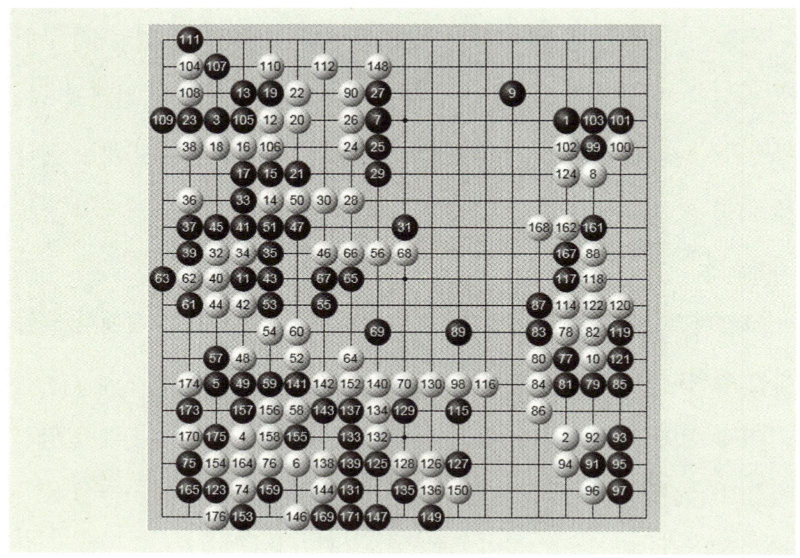

06

4국… 인간도 '신의 한 수', 불굴의 정신을 보다

"아, 저런 수가 있나요? 정말 놀랍습니다. 이세돌 9단이 사생결단의 칼을 뽑은 겁니다."

3월 13일 서울 광화문 포시즌스 호텔에서 열린 이세돌과 알파고 세기의 대결 제4국 대국장. 이 9단이 장고 끝에 78번째 수를 놓자 대국 해설장은 흥분이 넘쳤다.

이세돌이 내놓은 78수는 참으로 멋들어지고, 아름다운 수였다. 대국 후 복기를 통해 그 수는 '신의 한 수'로 평가됐다. 알파고가 1국에서 102번째 내놓은 수도 엄청난 수였지만 그에 못잖은, 아니 인간이 내놓을 수 없을 정도 불굴의 투혼이 담긴 '신의 한수'였다. 이 한 방을 맞자 무적함대 알파고는 당황했다. 3국까지 그토록 용맹했던 모습은 온데간데없이 사라지고 흔들렸다. 심지어 버그 현상까지 브였다. 알파고는 1~3국 때의 당당함을 잃어 떡수(실착. 완착)를 남발했고, 이리저리 표류하다가 결국 돌을 거뒀다. 이세돌은 180수 만에 처음으로 알파고의 투항을 받아냈다. 이것은 아름다운 승부였다. 알파고가 완벽한 신의 경지가 아님을 입증했고, 한계에 부닥친 인간이 처절한 고통과 몸부림 속에서 투혼을 발휘할 때 기계(인공지능)보다 우월함을 증명했다.

이현욱 8단은 해설을 통해 "상상할 수 없는 수가 나왔다. 한 수 잘 못 두면 패배로 직결된다는 엄청난 압박이 느껴지는 상황에서 인간이 초인적인 도전 의지를 내비친 수"라고 했다.

"그땐 78수밖에 보이지 않았습니다. 신의 한 수라고 표현하니 멋쩍네요."

이세돌은 대국 후 머리를 긁적이며 겸손하게 말했다.

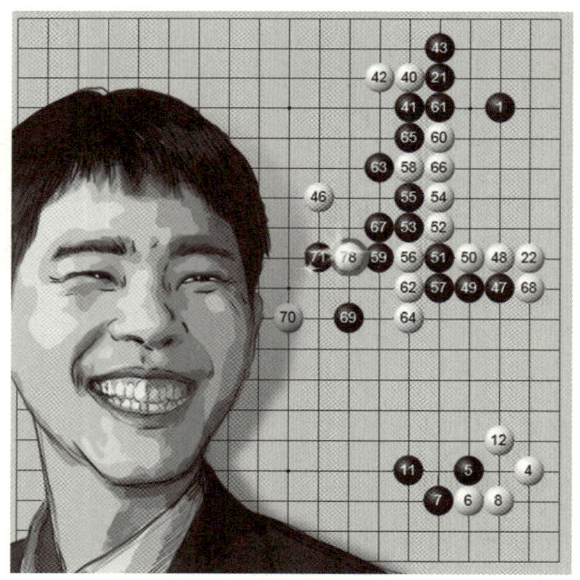

하지만 그 수의 의미는 남달랐다. 78번째 수는 인간의 직관과 전투사로서의 빛나는 승부 감각을 대변한 수였다. 외신들 역시 '신의 한수'였다고 했고, 바둑사에 길이 남을 위대한 수라고 입을 모았다.

이세돌이 감동의 첫 승리를 거둔 이 날, 필자는 쉬는 날이었다. 하지만 집에서 빈둥빈둥 놀 수는 없었다. 1~3국까지 느꼈던 알파고에 대한 두려움, 이세돌 패배로 내게 전달된 허무감 앞에서 뭔가의 치료제가 필요했다. 그 치료제는 다름 아닌 취재 본능이었다.

현장까지는 너무 멀어 사무실에 나와 TV 앞에 섰다. 중계 기사를 준비했다. 이세돌 표정은 예상외로 밝았다. 잔뜩 찌푸린 얼굴일 줄 알았는데, 생각보다 몸놀림이 가볍다. 느낌이 좋았다.

그도, 욕심과 세계 최고수라는 자존심 일부를 내던졌을 것이다. 그래서 초심(初心)이자 무심(無心)으로 나왔을 것이다. 그런 생각으로 보니, 여태까지 네 번째 대결 중 이날 4국의 도정이 가장 편해 보였다.

알파고는 백을 잡았고, 이세돌은 흑을 쥐었다.

승부수는 이세돌이 먼저 내놨다. 앞서 알파고는 상변에 큰 집을 지으려는 듯 노골적으로 상변 돌에 집중했다. 그런 틈을 타 우하에서 이세돌은 12수의 노림수를 던졌다. 이세돌로선 6번째 착점이었다. 우하변 알파고의 걸치기에 두 칸 뛰지 않고, 입구 자로 압박했다.

알파고는 호락호락하지 않았다. 특유의 기대기 수(23수)를 던졌다. 이현욱 8단은 해설을 통해 "전혀 낯선 수는 아니고 둘 수 없는 수는 아니지만, 알파고가 특이한 수를 내놨다"며 "프로기사들은 맛을 남기고 훗날에 도모하는 게 정석인데, 알파고는 맛을 남기지 않고 현실적으로 두는 경우가 있는데, 바로 그 수"라고 했다.

이세돌은 알파고의 23수에 젖혀서 호방하게 대응했다. 하지만 알파고는 손을 빼고 좌중앙 어깨짚기로 돌을 이동했다.

이세돌의 실리 후 강공과 알파고의 비틀기가 묘하게 어울리면서 균형 있게 중반으로 흘러가는 듯했다. 하지만 그게 아니었다. 알파고의 69수가 놓이는 순간, 이세돌 표정은 흙빛으로 변했다. 그것은 중원 세력을 염두에 둔 원대한 뜻이 담긴 수였다. 69수가 떨어지자, 중원 일대에는 거대한 흑 세력권이 형성됐다. 흑돌 하나만 보강되면 그 엄청난 세력이 모두 집으로 확정돼 이세돌은 다른 곳에서 아무리 집을 많이 내도 이길 수 없는 형세로 전환됐다.

용사는 위기 때 강한 법. 장고를 거듭하던 이세돌 손에서 돌 하나가 반상에 떨어졌다. 바로 백 70수였다. 흑을 삭감하지 못하면 진다는 면에서 절체절명의 순간에도 살아 돌아와야 할 특공대였고, 그 수가 살면 역전을 할 수 있는 절대적인 노림수였다. 그것은 통렬했다. 멈칫한 알파고는 흑 71수로 물러섰다. 그래도 이길 수는 있다는 알파고의 확신이 담긴 수였다. 그걸 알아차린 이세돌은 더 과감히 전진했다. 백 72수로 단호하게 끊었다. 어차피 더 삭감하지 못하면 지는 게임이었다.

이제 알파고도 물러설 순 없다고 판단했다. 자꾸 물러서면 거꾸로 알파고가 진다는 것을 본능적으로 감지했다. 흑 73, 백 74, 흑 75, 백 76, 흑 77까지 한 수 한 수는 흑이 두면 백이 죽고, 백이 두면 흑이 죽는 피 말리는 수였다.

다음 수는 너무도 중요했다. 백을 흑 세력권 안에서 살려 나올 수 있을 묘수가 필요했다. 해설자들도 "너무 난해하다"며 고개를 절레절레 흔들었다. 복잡한 형국이었다. 이세돌도 장고, 장고를 거듭했다.

마침내 결심했다는 듯이 손을 들더니 돌 하나를 반상에 투하했다. 백 78수였다. 그것이 신의 한 수였던 것이다.

허둥대던 알파고는 흑 79로 대응했지만, 78수의 빛나는 위력을 훼손시키기엔 힘이 달렸다. 이후 알파고는 제대로 힘을 쓰지 못했고 1~3국 때의 이세돌처럼 급격히 피곤함을 보였다. 그러고는 무너졌다.

대국 시작 4시간 44분 만에 알파고는 착점이 표시되는 모니터에 이런 팝업 창을 띄우며 끝내 기권했다. 이세돌의 감동적인 첫 승이자, 불굴의 인간 승리가 확정된 순간이었다.

"알파고가 79수에서 악수를 뒀는데 87수에서 이를 깨달았다. 79수 때 승률이 70%였지만 87수 때는 급격히 떨어졌다."

데미스 하사비스 구글 딥마인드 최고경영자(CEO)가 경기 도중 트위터에 남긴 이 글은 구글이 4국 만에 처음으로 당황했다는 흔적으로 남았다.

이날만큼은 구글은 인간에 탄복한 날이었고, 인간은 축제의 날이었다.

이세돌의 1승에 사람들은 왜 그토록 환호했을까.

"인공지능(AI)과 홀로 싸우는 '고독한 검투사' 이미지에다가 시련과 실패에도 굴하지 않고 오뚝이처럼 일어난 이세돌에게서 우리 인간의 미래상을 발견했기 때문입니다."

나중에 김영삼 프로는 이같이 정리했다.

당장 '이세돌 신드롬'은 폭발적으로 전파됐다.

"바둑을 전혀 모르는데도 이세돌 9단의 모습이 너무 멋져서 팬이 됐어요"(pink****), "사람이 꽃보다 아름답다는 말이 실감 나네요. 이세돌 기사 인간 승리를 진심 축하합니다. 사실, 3연패 할 때 많이 안쓰러워 보여 안타깝고 구글이 마냥 이 기사를 이용만 하는 것 같아 짜증 났었고, 4국 역시 크게 기대하지 않았었는데 절망을 환희로 바꾼 이세돌 기사를 존경합니다. 5국도 최선을 응원합니다"(wb01****) 등의 응원 댓글은 물결을 넘어 파도를 이뤘다.

4국 후 기자회견장에 이세돌이 입장하자 우레와 같은 박수가 터졌다. 일부에선 "이세돌, 만세" 소리가 나왔다.

"이번 1승은 그 전의 무엇과 앞으로도 바꾸지 않을, 값어치를 매길 수 없는 1승입니다. 격려 덕분에 한 판이라도 이긴 것 같습니다."

겸손한 말이었지만, 이세돌 표정은 약간 상기돼 있었다.

"한 판 이기고 이렇게 축하를 받아본 건 처음인데요, 5국은 흑으로 이기고 싶습니다."

5국에선 반드시 흑을 잡고 싶다는, 구글 딥마인드 측을 향한 공식 요청이었다. 7.5집의 덤을 부담하고라도, 흑을 잡아 자신의 그림을 주도적으로 그려보고 싶다는 모험정신이 담긴 말이었다. 구글 역시 흔쾌히 수용했다. 이세돌은 5국에서 흑을 잡고 후회 없는 마지막 일전을 벌이게 됐다. 인간 대 인공지능의 5국 대결은 이로써 이세돌이나 알파고나 절대로 양보할 수 없는 '21세기 최대의 자존심'을 건 마지막 혈전이 될 것임을 예고했다.

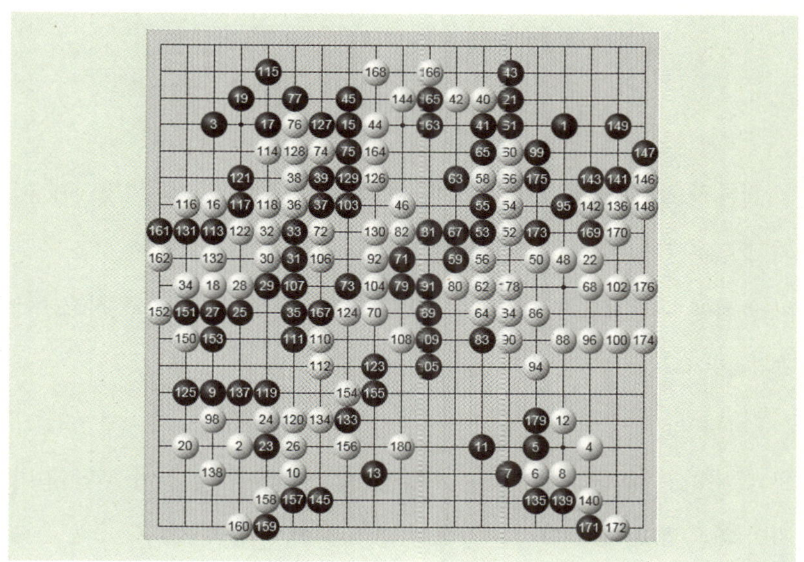

07

5국… 과욕이 낳은 역전패

　결론적으로 5국은 졌다. 이세돌은 욕심을 부렸고, 너무 멋지게 이기고 싶은 욕망에 사로잡혔다. 이것은 화근이었다.

　승리에 대한 집착과 욕망은 무욕과 평정심으로 단련해온 최고수에겐 금기어다.

　"그냥 쓰리 쿠션으로 끝내면 되는데, 너무 포 쿠션, 파이브 쿠션으로 끝내려고 했어. 4국에서 이기긴 했지만, 3연패 한 것이 부담돼 마지막 판은 화려하게 이기고 싶어 너무 욕심이 앞섰던 거지."

　바둑이라면 술 먹고 있다가도 벌떡 일어나고, 당구라면 자고 있더라도 더 벌떡 일어설 친구 녀석을 최근 만났는데, 그가 입에 침 튀기며 내놓은 이세돌과 알파고 5국 대결 관전평은 이랬다. 이길 기회가 너무 많았는데, 멋지게 끝내려다 역전패를 당했다는 것이다.

　맞다. 그것은 정확한 지적이었다. 인공지능에 처음으로 패한 프로 9

단이라고 조롱받았고, 3연패 하자 그동안 명성이 헛됐다고 여기저기서 눈총받은 후 마침내 귀중한 1승을 거둬 "역시 이세돌"이라는 극찬으로 돌리긴 했지만, 여전히 자존심을 100% 회복하기엔 상처가 컸었나 보다. 그래서 어느 때보다 착점엔 힘이 들어갔고, 쉽게 이길 수 있는 수보다 멋진 수를 찾았다. 묘수가 많이 나오는 판은 지는 판이다. 이런 이세돌의 5국 심리를 정확히 집어낸 녀석의 분석은 날카로웠다. 어느 바둑 전문가보다 예리한 관전평으로 다가왔다.

다만, 녀석이 모르는 것이 하나 있었다. 그것은 이세돌의 패배 원인엔 '가지 않은 길'에 대한 로망이 자리하고 있음을 간과했다는 점이다.

"단풍 든 숲 속에 두 갈래 길이 있었습니다

몸이 하나니 두 길을 가지 못하는 것을

안타까워하며 한참을 서서

낮은 수풀로 꺾어 내려가는 한쪽 길을

멀리 끝까지 바라다보았습니다

그리고 다른 길을 택했습니다―

똑같이 아름답고, 아마 더 걸어야 할 길이라 생각했지요

풀이 무성하고 발길을 부르는 듯했으니까요

그 길도 걷다 보면 지나간 자취가

두 길을 거의 같도록 하겠지만요"

미국의 시인 로버트 프로스트의 시 '가지 않은 길'(The Road not Taken) 일부 내용이다.

가지 않은 길.

누구나 사람은 자신이 가지 않은 길에 궁금해한다. 자신이 선택한 길의 기회비용이기도 한, 가지 않은 길은 평생 머릿속을 맴돈다. 이런 물음이 계속 따라오기 때문이다. '그때 과연 내가 다른 길을 갔다면 지금은 어땠을까'라는. 그래서 학창시절에 배운 프로스트의 시는 영원히 아련하고, 가슴 떨리는 문구로 매번 밀려오는 것이다.

필자는 이세돌 9단이 5국 때 '가지 않은 길'을 시험했다고 본다. 그러나 그것은 욕심이었고, 집착이었고, 허무한 것이었다. 그래서 졌다.

하지만 그렇기에 더 아름다웠다고 할 수 있다. 욕심이라는 인간의 허점을 보여줬지만, 그 허점이 있었기에 더 인간적이었고, 화려한 승리를 위한 욕망을 내비쳤기에 훨씬 사람 냄새가 풍겼다. 냉철한, 오직 승리 방정식에 맞춰져 있는 알파고와 다른 점은 바로 이것이었다.

이세돌은 흑을 잡았다. 그가 원하던 것이었다. 4국 승리 후 이세돌은 흑을 잡고 두고 싶다고 했고, 구글은 오케이했다. 덤이 부담되는 흑을 잡겠다는 뜻은 명확하다. 무조건 주도적으로 대국에 임하겠다는 의미다. 알파고 힘이 두텁다고 해도, 마지막 판을 멋지게 정면승부하겠다는 뜻이다.

흑을 쥔 이세돌은 첫수를 우상변 소목으로 택했다. 1국 때 첫수와 같았다. 1국 때 자세로 두되, 절대로 실수하지 않겠다는 의중이 묻어 나왔다. 알파고는 첫수로 좌상변 화점을 선택했다. 20여 수까지는 살얼음판 걷듯 둘 다 신중했다.

약간의 사소한 다툼이 있었지만, 이세돌은 우변에, 알파고는 좌변에 중점을 뒀다. 호각지세(互角之勢)가 계속됐다. 그런데 이세돌이 흑 25수로 젖히면서 뜻밖의 수확이 생겼다. 흑 25 한수로 우하변 일대에 큰 집을 확보한 것이다.

알파고는 아랑곳하지 않았다. 역시 1~4국에서 보여줬듯이 중앙 거대 세력 쌓기에 돌입했다. 알파고의 백 68가 나왔을 때 이세돌은 다시 한 번 전율을 느끼는 듯했다. 더이상 방치하면 상단에서 중앙까지 엄청난 세력이 구축되고, 거대한 집이 형성될 가능성이 커졌기 때문이었다. 4국 때처럼 흑 69로 상단 삭감에 나섰다. 알파고는 여기서 의외의 수를 던졌다. 크게 잡고 말겠다는 듯, 백70으로 두 칸 벌림으로 모자를 씌웠다. 이 와중에 이세돌의 흑 79수가 나왔다. 당연히 흑 77수 옆으로 뻗어 중앙 쪽으로 밀고 나왔어야 했다. 상식적인 수준에선 그랬다. 그런데 흑 79로 안전하게 백 세력권에서 2집을 내고 사는 수를 선택한 것이다.

김영삼 9단은 해설을 통해 "이 9단의 실수가 처음 나온 것 같다. 중앙 세력권으로 미는 게 이 9단의 스타일인데, 왠지 그것을 포기하고 침투한 곳에서 2집을 내고 사는 작전을 택했다. 좀 이상하다"고 했다.

이후 흑 89수를 둠으로써 확실히 2집을 내고 살았다. 관점에 따라 어찌 보면 굴욕스럽게 삶을 택한 것이다.

여기서 김영삼 프로의 독특한 해석이 나왔다. 김 프로는 고개를 몇 번이고 갸웃거리더니 "어쩌면 이 9단이 알파고의 집 계산 능력을 시험하고 있는 게 아닐까"라는 분석을 내놨다. 중앙으로 고개를 내밀고, 상대방 세력을 깨면서 얼마든지 살 수 있었으나 집 계산 능력이 탁월한 알파고와 맞짱을 뜨기 위해 집으로 대결하는 자세를 취했을 수 있다는 것이다.

사실 바둑전문가가 아닌 필자가 봐도 1~4국까지 한 번도 집 계산까지 가 본 적이 없었다는 것이 이 대국의 포인트 중 하나였다. 세 번은 이세돌이 항복했고, 한 번은 알파고가 항복했다.

이세돌로선 5번기 대국에서는 어차피 졌다. 5국을 이긴다 해도 최종 승부는 뒤집을 수 없었다. "내 계산 능력도 알파고 못지않다"며 집 바둑으로 승부, 자신의 집 계산 능력 한계를 인공지능과 겨뤄보고 싶었던 것은 아닐까. 김영삼 프로의 분석 요지는 바로 이 논리였다.

이런 분석은 곧 확실해졌다. 5국에서 집 계산까지 가 보고 싶다는 이세돌의 의욕이 중반 이후 대모험으로 연결된 것이다. 알파고 세력권에서 흑 169수로 들여다본 것이 바로 그것이다. 이 수로 인해 좌하단에 구축했던 흑 다섯 점이 떨어져 나가는 희생을 감수해야 했다. 대신, 백집을 삭감할 수는 있었다. 이세돌이 스스로 결정한 바꿔치기였다.

하지만 이는 큰 실수였다. 좌변에 큰 바꿔치기가 이뤄진 후 유불리를 계산하던 박정상 9단은 "이세돌 9단이 대략 5집 이상 손해 본 것 같다"고 아쉬워했다. 굳이 모험을 할 필요가 없었다는 뜻이다.

이세돌이 한숨을 쉬는 것 같았다. 이때부터 이 9단은 집 부족이라고 판단한 듯, 여러 시도를 했지만, 알파고의 방어능력은 뛰어났다. 결국 280수 만에 이세돌은 돌을 거뒀다. 알파고에 1승 4패, 그것이 최종 전적이었다. 나중에 결론이 났지만, 이 9단이 돌을 거두지 않고 끝까지 게임을 진행하고 집 계산을 했다면 이 9단이 한 집 반 또는 두집 반 정도 모자랐다. 바꿔치기의 모험을 굳이 하지 않았더라면 이 9단이 거꾸로 두집 반 이상 이겼을 것이라는 게 최종 결론이었다. 바꿔치기에서의 5~6집 손실을 그만큼 뼈아팠다.

이세돌이 패하긴 했지만, 이날 5국 기보가 불후의 명국이었음을 누구도 부인할 수 없다. 인간의 도전과 모험심이 물씬 담긴 세기의 기보였다.

다만 이세돌의 욕심은 지나쳤고, 그냥 승리가 아닌 좀 더 화려한 기술의 승리에 집착했다. 그게 패배의 원인이었다. 그래도 이는 많은 이에게 '가장 인간적인 기보'로 다가설 이유가 됐을 것이다.

실제 5국 대국에서 우리말 해설을 담당한 김성룡 9단은 "이 9단은 오늘 위대한 도전을 했습니다. 5국에서 이 9단은 4국과 다른 전략을 택했고, 컴퓨터가 가장 잘할 수 있다는 '계산'으로 맞대응했습니다. 그 도전이 보기 좋았습니다. 1~3국에서는 인간의 도전을, 4~5국에서는 인간의 상상력과 호기심을 봤습니다"라고 했다. 그 역시 이세돌의 과욕(?)을 눈치챘다.

"충분히 즐겼습니다. 내가 부족해서 (5국을) 졌습니다."

5국 후 기자회견에 나선 이세돌은 쿨하게 패배를 인정했다. 마음껏, 원 없이 싸웠기에 미련은 없다는 뜻이었다. 이 9단은 정말로 홀가

분해 보였다.

이 9단의 발언으로 필자는 확신할 수 있었다. 이세돌은 바둑으로 따지면 프로스트가 말한 '가지 않은 길'을 가본 것이라고. 그렇다면 이 9단은 승부를 떠나 인간으로선 더이상 느낄 수 없는 최고의 희열을 맛봤을 것이다. 인공지능과의 세기의 대결을 벌인 이세돌은 프로로선 비참한 성적을 기록했지만, 인간 이세돌로선 여한 없이 싸웠다.

5국, 졌지만 정말 아름다운 승부였다.

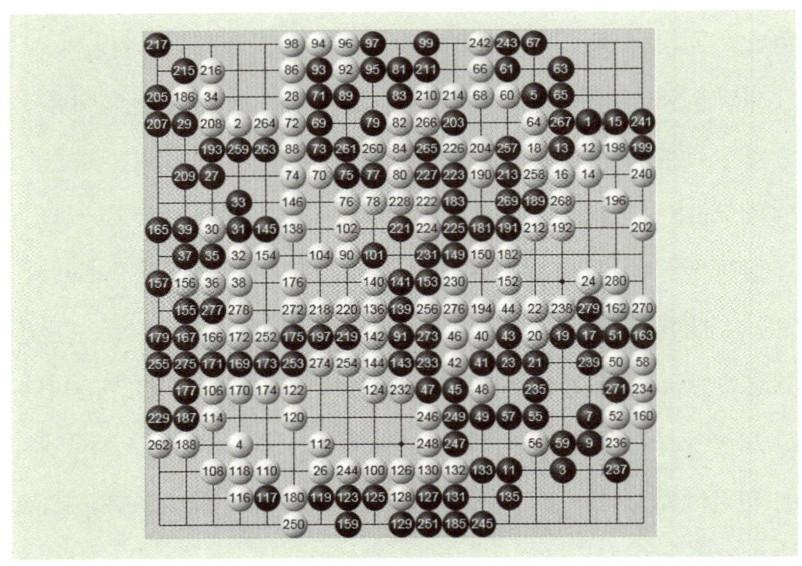

08

그래도 인간은 100% 정복당하지 않았다

게임은 끝났다. 이세돌에게 비참한 대결만은 아니었다. 4국에서 인간만이 할 수 있는 최상의 아름다운 승부를 펼쳐 1승을 거뒀고, 인간 이세돌의 도전과 불굴의 의지를 입증했다. 이세돌의 1승 의미는 값졌다. 슈퍼컴퓨터 1,202대가 집합했고, 최신 알고리즘 기술로 무장한 알파고를 순수한 인간의 능력으로 무너뜨린 것은 '인간의 위대한 승리'로 평가된다.

이세돌이 아니라 다른 세계 최정상이었다고 해도 힘든 대결이었다. 인공지능이 바둑에서도 인간의 능력을 추월하는 것은 예정된 코스였다. 그것이 오늘이냐, 내일이냐의 문제였을 뿐이다.

이세돌은 3국 패배 후 "이세돌이 진 것이다. 인간이 진 것이 아니다"고 했다. 이는 바둑 역사상 최고의 명언으로 남을 것이다.

처음엔 절망적이었다. 1국, 2국, 3국에서의 알파고 3연승은 경악, 그 자체였다. 인간의 자만이 꼭 심판받는 듯한 느낌이 들었다. 알파고보다 인간이 더 뛰어나다는 예단은 인간의 오만이었던 것으로 판명 났다.

승부로 보면 완벽히 졌다. 4국에서 간신히 한 판을 건지면서 인간 자존심을 챙겼지만, 5국에서 또 패함으로써 1승 4패의 초라한 전적을 거뒀다. 다섯 차례의 대국 동안 처음보다 절망의 강도는 낮아졌지만, 많은 사람은 바둑 영역마저 인공지능에 점령당했다는 쓸쓸함을 지울 수 없었다.

그러나 돌이켜보면 전체적으로 아름다운 승부였다.

"제1국부터 3국까지는 이세돌 9단의 승부사적인 고뇌를 엿봤는데 제4, 5국에서는 한 인간의 호기심과 상상력을 봤습니다. 즐거운 일주일이었습니다."

다섯 차례 대국을 모두 지켜본 김성룡 9단의 소감은 이랬다. 세상 모든 사람이 내놓은 분석 중 가장 적확하고, 논리면에서 단연 압권이다.

그의 말은 1~3국에선 이 9단이 승패에 연연한 나머지 인간 고수의 바둑을 두지 못했는데, 4~5국에선 최대한의 상상력을 발휘해 인간 고수의 진면목을 보여줬다는 의미다.

초반전은 이세돌로선 아쉬운 대목이 많았겠지만, 중반 이후 거센 공세를 펼쳤고, 분명 '이세돌다운 수'를 뒀다는 점에서 후회는 없을 것이다.

실제로 이세돌은 1국 패배 후 엄습하는 두려움에 휩싸였다. 표정은 점차 흙빛으로 변했고, 알파고의 냉철한 강공과 견고한 수에 대응하는 손길은 떨렸다. 목소리도 점점 힘을 잃어갔다. 위기에 몰렸을 때 반상 앞으로 바짝 다가서며 손을 입가로 가져간 채 장고를 거듭하는 이세돌의 계속된 모습에서 많은 이가 안타까워했다.

분명 이세돌이 이렇게까지 코너에 몰렸던 것을 본 기억이 없다. 배짱은 세계 최고이고, '천하의 강심장'을 가졌다는 소리까지 들었던 이세돌이 인공지능 앞에서 무기력할 때, 그것을 보는 것은 고통이었다.

이세돌은 분명 위축됐었다. 이세돌의 압박감은 내 심장에까지 미세하게 느껴질 정도였다.

필자가 주목한 것 중 하나는 인간 이세돌의 심리였다.

1국에서 5국까지 그의 표정을 찬찬히 살폈다. 이세돌은 1국 패배 후 엄청난 쇼크를 받은 게 틀림없었다. 그 쇼크를 어떻게 극복해가는가, 프로기사로서 한 인간으로서 그 위기 앞에서 어떻게 대응하는가 하는 점이 관심사였다.

이세돌은 처음엔 침통해 했고, 어떻게 할지 몰라 한동안 당황했고, 인간의 한계에 번민하는 모습을 보였다. "ㄴ 자신을 믿고 둔다"는 평소의 호기는 온데간데없이 사라진 채 깊은 고민에 사로잡힌 것이다.

하지만 인공지능이 진화한 것처럼 인간도 그 이상 진화할 수 있다는 것을 이세돌은 입증했다. 그게 이세돌과 알파고 바둑대결이 우리에게 선물한 가치다. 이세돌은 고민과 번민의 시간 후 마음을 추스르고 반격에 성공했다. 이는 승복이 있어 가능했다. 알파고가 위력적임을 인정하고, 초심으로 돌아가 극기의 바둑을 뒀기에 1승을 거둘 수 있었다.

그것 하나로 충분했다. 이세돌은 인간 대표의 자격이 있음을 스스로 증명했다. 벼랑 끝에 내몰린 심리적 충격 상태에서 이를 딛고 반전을 얻어내는 것, 그것은 실패를 거울삼아 다시 일어서는 인간만의 고유 영역이다.

"알파고와의 대국을 통해 바둑에 대한 이해보다는 인간의 창의력에 의문을 가지게 됐습니다. 알파고 수를 보면서 기존의 수가 다 맞았던가 하는 의문도 들었습니다."

알파고로 인해 많은 깨달음이 있었다는 이세돌의 말이다. 알파고의 대국을 통해 그동안 최정상 프로기사에 안주했던것에 반성을 할 수 있었고, 수많은 고정관념에 휩싸여 있었던 자신을 발견했다는 의미다.

인간은 원래 허점투성이다. 인간이기에 당황할 수 있고, 인간이기에 외부 충격에 심하게 흔들릴 수 있다. 하지만 곧바로 불굴의 정신으로 무장할 수 있는 것, 그게 인간이다. 좌절을 거름 삼아 오뚝이처럼 일어서는 것, 그것이 인간이 위대한 이유다.

이세돌 1승은 그런 불굴의 정신의 획득물이다. 1승 뒤 '이세돌 신드롬' 불길이 번진 것은 전혀 이상하지 않다. 그럴만한 자격도 충분하다.

인간 대표 이세돌의 1승은 인간의 뇌가 그리고 직관이 아직은 인공지능을 앞선다는 것을 보여준 결과물이다. 반대로 말하면 알파고의 1패는 한 치 실수도 용납할 수 없는 기계적 측면에서 보면 명백한 오류였다. 알파고가 위력적이긴 하나, 갈 길은 아직 멀다는 의미로도 해석할 수 있다.

"이세돌 사범은 우리에겐 전설입니다. 그가 처음의 당혹감을 극복하고 즐기는 바둑으로 전환했다는 게 정말 같은 인간으로서 자랑스럽습니다."

알파고가 시종일관 금속성의 냉철함을 보였다면, 바둑을 즐기는 것이고 예술이라는 것을 상기시켜 준 이 9단에 오히려 고맙다는 조혜연 프로의 말에 공감한다.

실패를 딛고 결과가 어떻든 아름답게 승부를 펼치는 것은 인간의 특권이다.

이세돌의 역경 극복 과정은 다음의 유명한 멘트를 떠올린다.

"나는 시합에서 9,000번의 슛을 놓쳤습니다. 약 300번의 시합에서 졌습니다. 결승골을 넣을 기회에 26차례 슛을 실패했습니다. 나는 내 인생에서 끊임없이 실패했습니다. 그리고 그것이 내가 농구선수로서 성공할 수 있었던 이유입니다. 내 이름은 마이클 조던입니다."

이런 면에서 세기의 대결은 알파고 승리이기도 하지만, 이세돌의 승리이기도 하다.

물론, 알파고의 엄청난 위력이 각인되면서 인공지능 시대에 대한 막연한 불안감이 증폭된 것은 사실이다.

장병탁 서울대 컴퓨터공학과 교수의 말이다.

"똑똑한 컴퓨터가 더 똑똑한 인공지능을 만들고, 이러한 인공지능이 또 새로운 인공지능을 만드는 데 기여하는 '지능폭발현상'으로 AI

는 5년, 10년 안에 상당한 발전을 할 것입니다. 어쩌면 사람을 능가할 수 있는 AI가 나올지도 모른다는우려도 여기에서 비롯됩니다.”

하지만 장 교수 역시 인공지능 경계령을 언급하면서도 “아직까지 인공지능은 일의 효율성을 높여주는 인간의 조수 개념일 뿐”이라고 선을 긋는다.

바둑계 역시 흔들릴 이유는 없어 보인다. 인간 사범을 ‘알사범’이 대체할 것이라는 말도 나오곤 있지만, 알파고는 어디까지나 인간의 확장이자 도구라는 시각이 우세하다. 오히려 알파고가 던져준 위기감으로 인해 창의적 바둑, 인간만의 바둑으로 더욱 진화할 계기가 됐다는 긍정론도 팽배하다.

실제 알파고 쇼크를 바둑계의 새 출발 단초로 삼으려는 공부는 시작됐다.

정수현 명지대 교수(프로 9단)는 이세돌과 알파고 5국까지 대결의 기술적 특징을 다음과 같이 일목요연하게 정리한다.

‘첫째, 이세돌은 초반부터 변칙적인 수를 시도했으나 알파고는 오히려 그런 수를 능숙하게 처리했다. 둘째, 알파고는 고수들이 생각지 않는 수를 창의적으로 두는 경향이 있고 프로들이 꺼리는 작은 악수를 두는 것도 서슴지 않는다. 셋째, 알파고는 접전에서의 행마나 처리에 능하며 수읽기도 정확했지만, 예상치 않은 묘수에는 당황하는 기색을 보였다. 넷째, 알파고는 대국적 관점에서 승리를 굳히는 전략을 택하고 있으며 끝내기 단계에선 대세판단이 정확한 것으로 보인다.’

알파고에 대한 세밀한 분석은 바둑계에 도움이 될 것이다. 다만, 더 중요한 것은 인간이 추월당하지 않은 일부 부분, 즉 꺾이지 않은 인간 의지를 활용한 창의력과 상상력을 극대화하는 작업이 필요해 보인다. 인공지능 제어와 동시에 상생을 추구하면서 말이다.

당대 최고 석학으로 평가받는 이어령 교수의 견해는 이렇다.

"인공지능 기술의 딥마인드와 이세돌 9단 같은 직관과 끼가 있는 인간의 마음, 동서양의 이같은 지혜가 결합된다면 승자만 있고 패자는 없는 원원의 상생문명이 도래할 수 있습니다."

여러 측면에서 인간은 인공지능에 100% 정복당하지 않았다. 인공 지능을 인간 영역 확장의 도구로 삼기 위해서 갈 길이 멀 뿐이다.

알파고만 모르는 3,000년, 바둑의 비밀에 인생을 담다

01 포석(布石), 그 일관성의 위대함

"김 반장, MB(이명박 후보) 기사는 왜 크게 쓰고, 우리 후보님(박근혜) 기사는 작게 씁니까? 그럼 되겠어요?"

내가 국회반장 시절이었으니까 아마 2007년 7~8월께였을 게다. 당시 한나라당(지금의 새누리당) 내에선 대선 후보 경선이 한창이었다. 경선 구도는 이명박 후보 대 박근혜 후보였다.

그때 이정현(당시 박근혜 후보 대변인 역할) 대변인은 아침부터 날 닦달을 하곤 했다. 자신이 모시는 박 후보의 기사는 작게 취급되고, 상대적으로 이 후보의 기사는 크게 실리는 게 영 못마땅하다는 것이었다.

나도 할 말은 있었다. 당시 경선 구도는 이명박 후보 쪽으로 기울었다. 이 후보 측이 내놓은 정책의 방대함에 비해 박 후보 측의 정책은 부피가 얇았다. 당연히 언론은 이 후보 측에 비중을 두고 기사화했다.

이정현은 그것을 이해 하지 못했다. 아니, 이해를 했어도 자신의 역할이 박 후보에 대한 언론홍보이고, 주군에 대한 충성심이기에 기사 하나하나를 놓고 따지듯이 항변했는지도 모른다. 나는 기사가 나올 때마다 이정현에게 시달리곤 했다.

지금은 거물급 국회의원이 돼 연락하기도 힘들지만, 당시의 이정현이 싫지는 않았다. 자기 일에 충실하고, 자기가 모시는 이를 위해 열정을 다하는 것. 거기에서 인간 이정현의 매력을 느끼기도 했다.

훗날 그가 새누리당 사람으로 호남에서 국회의원 당선되는 일대 사건(?)을 일으켰을 때, '이정현이니까 그게 가능했겠구나' 라는 생각이 들었다. 그가 박근혜 대통령에게 보인 충성심, 어찌 보면 바보 같은 우직함이 호남을 향한 구애로 나타났을 것이고, 호남도 그의 열정을 알아줬을 것이라는 게 내 판단이다.

이정현 의원과 박 대통령의 인연은 너무 유명하다. 난 그에게 직접 그 스토리를 들었다. 이정현은 한나라당 시절 17대 총선에 혈혈단신으로 광주에 출마했다. 여당 인사가 호남을 뚫는다는 것은 낙타가 바늘구멍 통과하기만큼 어려운 일이었다. 당연히 떨어졌다. 이때 둘은 만났다. 당시 한나라당 대표였던 박 대통령은 이정현을 만나 얘기를 들었다. 아마, 처음엔 호기심 때문이었으리라.

"박 대표를 만났을 때 아마 30분 동안은 제가 떠들었을 거예요. 한나라당이 호남을 홀대해서는 절대로 안 되며, 왜 호남을 끌어안아야 하는지 열변을 토했습니다. 지금 생각해도 왜 그런지 모르겠지만, 호남 포기 전략은 절대로 안 된다고 큰 소리로 말했죠. 물론 나름 논리를 갖고 말이죠."

그게 통했을까. 수첩에 그 내용을 일일이 적던 박 대표로부터 얼마 후 연락이 왔다. "같이 일해보시지 않을래요?"

그렇게 이정현은 한나라당 수석 부대변인으로 발탁됐다. 그때부터 '박근혜의 입'이 됐다.

그날 이후 이정현은 박 대통령 곁을 떠나지 않았다. 2006년까지 둘은 당 대표와 부대변인으로, 2007년 경선 패배 후 3년간 MB 정부와 거리를 두며 이른바 '정치적 칩거' 생활을 이어갈 때는 '대변인 격'이라는 직함으로 박 대통령 곁을 지켰다. 2012년 대선에서 그는 박 후보 캠프 공보단장으로 활약했고, 결국 '박근혜 대통령'을 만들어내며 스스로 '왕의 남자'가 됐다.

개인적으로 난 박 대통령에 크게 호감을 느끼지는 못한다. 한나라당 경선 후보 때 독대하며 만나보기도 했지만, 정을 느끼지 못했다. 소통에 소질이 없고, 사람을 가리고, 무엇보다도 서민 생활을 이해하지 못하는 스타일의 인상으로 처음부터 다가왔다.

하지만 이정현에겐 다르다. 우직하고, 때론 순박하며, 오로지 박근혜밖에 모르는 이 남자는 배신을 모른다. 한국 정치사에 이같은 스타일은 그리 많지 않다. 그의 강점은 일관성이다. 최소한 박 대통령을 향한 마음은 일관성으로 가득하다.

이정현이 새누리당으로선 난공불락인 호남에서 국회의원 배지를 단 것은 이같은 일관성이 강력하게 작용했다. 호남인의 마음을 우직함과 일관성으로 사로잡은 것이다.

18대 총선에서 비례대표로 의원 배지를 달았을 때, 그것은 당연히 박근혜에 대한 충성심에 대한 선물이었다. 하지만 2014년 재보궐선거에서 이정현은 새누리당의 순천 곡성 후보로 나서서 당선됐다. 큰 이변이었다.

그는 예전부터 호남의 문을 두드려왔다. 왕의 남자라는 타이틀이 한몫하긴 했지만, 호남인들은 배신을 모를 것 같은 이정현에 마음을 빼앗겼다. 지난 4·13 총선에서 전남 순천어서 나선 이정현 새누리당 후보는 여기서도 당당히 승리했다. 비례대도 후 지역구 의원을 거쳐 3선의 거물에 스스로 이름을 올린 것이다.

"이정현이 거의 매주 주말마다 마을을 돌았고, 지역민을 만났습니다. 누구보다도 지역 일에 열심이에요. 자전거를 타고 다니는 모습도 좋고요. '박근혜 사람'이라고 처음엔 밉게 봤는데, 사람이 참 우직하더라고요."

우연히 이정현 지역구 사람을 만났는데, 그가 한 말이다.

이정현은 여전히 박근혜 대통령어 대한 충성심을 과시하고 있다.

얼마 전 그는 박 대통령을 배신했다는 얘기를 듣는 유승민 의원에게 "사람 같지 않다"고 했고, 김무성 대표를 향해선 "감이 없다"고 했다. 어찌보면 훗날 상처로 다가올 실언이다. 바둑으로 따지면 훗날 '자충수'가 될 수도 있다.

그가 우직하되, 영리하지는 못하다는 얘기도 듣는 이유다. 점점 레임덕에 빠지고 있는 대통령에 대한 우직한 충성 멘트는 되레 비수로 다가올 수 있다.

정치인 이정현은 모르겠지만, '인간 이정현'은 그래서 매력 있다. 나중에 토사구팽(兎死拘烹)당하는 한이 있더라도, 자신을 오늘날 여기까지 오게 만든 박 대통령에 대한 애정의 끈을 놓지 않고 있다. 수많은 사람이 역대 대통령 측근이라는 이름으로 자리했지만, 때가 되면 배신과 배반의 멘트를 날렸던 것과 사뭇 다르다.

장황하게 이정현 의원 얘기를 꺼낸 것은 바둑 포석의 일관성을 논할 때 이정현 만한 이상적인 소재거리가 없기 때문이다.

바둑에 있어 포석은 대단히 중요하다. 포석은 바둑 한판을 짜는 밑그림이다. 포석의 스타일은 다르다. 실리적인 착점을 선호하는 이도 있고, 대세를 중시해 대범한 포석을 좋아하는 이도 있다. 어디까지나 기호다. 선택의 문제다.

중요한 것은 포석에는 한쪽으로 계속 달리는 것, 즉 일관성이 있어야 한다는 것이다. 실리적인 기사라면 계속해서 실리를 챙기고, 중앙을 중시하는 기사라면 계속해서 중앙을 키우는 포석을 뚝심 있게 진행하는 것, 그게 고수의 길이다.

"중앙을 키우다가 실리가 좀 보이면 실리를 재빨리 챙기게 돼요. 실리를 챙기다가 중앙이 커 보이면 금세 중앙세력작전으로 전환합니다. 그런 사람은 절대 고수가 될 수 없어요. 프로 최고수의 바둑을 보면, 느껴지는 게 있을 것입니다. 처음부터 끝까지 시종일관 한쪽 방향으로 갑니다. 포석의 일관성, 그 자체가 위력입니다.”

유창혁 프로 9단은 아마추어에게 바둑을 지도할 때, 늘 이런 포석의 일관성을 강조한다. 물론 이는 쉬운 일은 아니다.

유창혁 프로는 이런 말도 한다.

“바둑 최고수라고 해도 10여 집 이상의 실리가 보이면, 세력작전을 펼치다가도 실리를 당장 챙기고 싶은 유혹에 빠집니다. 저 역시 이같이 숱한 경험을 했어요. 귀퉁이 실리를 챙기다가 거대한 세력이 눈에 들어오면 ‘저 세력을 지우지 못하면 지겠구나’라는 조바심이 들고 어느새 실리를 포기하곤 하죠. 그래서 강한 바둑 많습니다. 정말 포석의 일관성은 저로서도 난제입니다.”

유창혁 같은 당대 최고의 바둑기사도 포석 일관성에 이같이 어려움을 느낀다고 고백하는데, 아마추어는 굳이 드말할 필요 없을 것이다.

사실 이세돌과 알파고 대결에서 이세돌이 패한 원인은 포석 일관성 부족에서 기인한다는 것이 내 짧은 관전평이다. 이세돌은 알파고를 가볍게 여겼다. 최소한 첫 번째 판에선 기계라는 선입견에서 벗어나지 못한 채, 일관성 있는 작전보다는 임기응변으로 이기려는 작전을 선택했다. 아마 인간의 임기응변에 기계가 당황할 것이라는 판단이 앞섰을 것이다.

하지만 이는 오판이었다. 알파고의 포석 일관성은 대단했다. 알파고의 강력한 뚝심은 예견됐었다.

인공지능과 대결한 최초의 인물은 IBM이 개발한 체스 프로그램 '딥 블루'(Deep Blue)와 맞섰던 체스 세계 챔피언 게리 카스파로프이다. 게리 카스파로프는 22살의 어린 나이로 최연소 체스 세계 챔피언 자리에 올라 21년간 체스 세계 랭킹 1위를 지킨 역사상 가장 위대한 체스 선수였다. 하지만 지난 1997년 인공지능 딥 블루와의 7일간 대결에서 충격적인 패배를 당하는 수모를 겪었다.

그런 카스파로프가 알파고-이세돌 세기의 대결을 앞두고 한 말은 의미심장했다. 그는 '뉴사이언티스트'에 기고한 글에서 "인간과 기계가 서로 다른 결정적인 차이는 '흔들림 없는 일관성'"이라고 했다. 체력적으로 정신적으로 한계가 있는 인간은 때론 실수를 하지만, 한계를 느끼지 못하는 기계는 실수 없는 일관성 전략으로 임하기에 사람이 제풀에 지쳐 나가떨어질 수 있음을 경계한 것이다. 그의 말은 이세돌과 알파고 대결에서 적중했다. 포석에서 알파고의 굳건한 일관성은 인간의 임기응변이나 변화무쌍한 상상력으로 극복하기엔 너무 위력이 컸다. 이세돌이 카스파로프 말을 미리 들었다면 좋을 뻔했다.

이 일관성은 인생에 곧장 적용된다. 이 직업, 저 직업을 전전하는 사람은 인생 마무리가 좋지 못하다는 것을 우리는 경험적으로 알고 있다. 뚝심 인생, 외길 인생이 한순간엔 손해일 수 있지만, 결과적으로 아름다운 인생으로 귀결되는 사례를 무수히 접하곤 한다.

바둑에서의 일관성은 경영 리더십에도 유용하다.

'설득의 심리학'을 쓴 로버트 치알디니 교수가 주창하는 '일관성의 법칙'은 다음과 같다.

"일반적으로 사람들은 자신이 알고 있는 것이 정확하고 완벽한 것이라고 믿고 있습니다. 그리고 일을 하거나 일상생활에서 자신이 스스로 정한 원칙은 어떻게든 지키려는 경향이 있습니다. 따라서 자신이 따르고 있는 원칙을 상대방이 주장하게 되면, 그것이 비록 손해가 될지라도 반드시 따르려고 노력합니다."

일관성을 갖춘 사람이 리더의 자격이 있다. 경영 철학이든, 경영 전략이든, 경영 비전이든 일관성이 있으면 직원들이 수긍하고 따라간다는 것이다.

평소 때나 위기 때나 늘 긴장론을 강조했던 이건희 삼성 회장, 불도저론을 내세우며 뚝심으로 일생을 밀어붙인 정주영 현대 창업주 등의 일관된 경영 리더십은 그래서 빛을 더 발했는지도 모른다.

02

반전무인(盤前無人), 두려우면 진다

촌놈이었던 나는, 초등학교 4학년 2학기 때 대전으로 전학을 갔다.

어느 날 교단에 선 선생님이 반 아이들에게 물었다.

"우리 학교에 씨름부 생기는데 누가 씨름을 좀 하지?"

여기저기서 이구동성으로 "영상이요"라는 답이 들려왔다.

지금도 그렇지만 '촌놈' 하면 힘이 세다고 여겼나 보다. 그렇게 등 떠밀려 씨름을 했다.

새로 창단된 씨름부가 시스템을 제대로 갖췄을 리 없었다. 그냥 수업이 끝나면 씨름부로 갔는데, 짝지어 서로 쓰러뜨리는 연습만 했다.

어느 날, 6학년 형과 붙었다. 머리 하나가 나보다 컸다. 덩치도 산만 했다. 샅바를 잡았는데, 몸집 차이에서 오는 위압감이 대단했다.

결국, 힘없이 온몸이 낚여 허공에 띄워지면서 모랫바닥에 나뒹굴었다. 그 형의 육중한 몸이 내 어깨를 짓눌렀고, 어깨에 큰 통증을 느꼈다. 병원에 가니 어깨에 금이 갔단다.

그날 학교 교무실은 뒤집혔다. 내 어머니가 찾아와 "금쪽같은 내 새끼 하필 씨름을 시켜 어깨뼈 부려뜨렸다"며 선생님들을 향해 삿대질을 해댔기 때문이다. 그 뒤로 다시는 씨름을 하지 않았다.

왜 내가 씨름 얘기를 하냐면, 두려움을 갖는 순간, 그것은 곧 패배이기 때문이다. 6학년 형과 어깨를 부딛하며 샅바를 잡았을 때 그 육중한 힘에 두려움을 느낀 순간, 난 이미 진 것이다.

바둑에서의 두려움은 곧 상대적인 하수(下手)로 전락하는 것이다.

된장바둑의 대명사인 서봉수 9단은 조훈현 9단에 대해 재미있는 말을 했다. "내가 도저히 질 수 없다고 생각되는 순간, 내 큰 집에 조 9단의 돌이 투입되는 겁니다. 너무 좁아서 살 확률이 거의 없는데도 말입니다. 그런데 어느 순간, '조 9단이 살 자신이 있으니까 들어왔겠지. 천하의 조훈현이 가능성 없는 데 들어왔겠어?'라는 생각이 들면서 슬금슬금 한두 수를 양보하게 되는 겁니다. 결국, 조 9단은 2집을 내고 살지요. 그렇게 진 판이 상당수예요. 저도 그래도 낫지만, 다른 프로기사들은 여기에 엄청 당했습니다."

조 9단이 전성기를 누렸던 일종의 '프리미엄'이다. '조제비'라고 불린 최강자 조훈현 9단과 맞붙었을 때 왠지 주눅이 들고, (나중에 별것 아니라고 판명된) 조 9단의 아마추어 같은 수에도 그 순간엔 당황하고 자꾸만 허수를 두게 되는 게 일반 프로기사라는 것이다. 조 9단에 대한 두려움을 가장 먼저 극복한 이는 제자인 이창호 9단이었다.

백성호 프로 9단의 말이다.

"바둑 승패의 잣대는 하나입니다. 상대방을 이길 수 있다고 생각하면 이기는 것이고, 절대로 이길 수 없다고 느끼면 아무리 용을 써도 지는 것입니다. 초절정 고수 사이에선 상대방에 대한 일방적인 두려움은 거의 없지만, 그래도 계속 지게 되면 특정인에 대한 두려움이 생기지요. 천적이라는 말은 그래서 생기는 겁니다."

바둑에서 반전무인(盤前無人, 반상의 앞엔 사람이 없다)을 강조하는 것은 이 때문이다. 반전무인은 대국에 임할 때 상대를 의식하지 않고 무념무상의 마음으로 임해야 함을 이르는 말이다. 상대방을 의식하면 이길 확률이 떨어진다는 뜻과 같다.

여기서 다시 서봉수 9단의 얘기를 잠깐 해보자. 서 9단은 잡초바둑으로 통한다. 스승 하나 없었고, 시장통에서 어깨너머로 바둑을 배웠다. 조훈현 9단은 일본으로 건너가 바둑을 배웠지만, 서 9단은 외국 한번 나간 적이 없다. 그래서 서 9단의 바둑은 '된장바둑'으로 불렸다. 서 9단의 기풍은 그래서 자유롭다. 사부에 정석으로 배운 것이 없으니, 특정 기풍을 고집할 이유도 없었고, 특정스타일에 집착하지도 않는다. 왕년에 서 9단의 팬이 많았던 것은 독학하다시피 하면서도 황량한 벌판에서 끈질긴 생명력을 과시하는 잡초 같은 승부 근성을 불태웠기 때문이다. 조훈현 9단과 어깨를 나란히 한 것은 이와 무관치 않다.

사실 조훈현 9단과 서봉수 9단이 전성기일 때 '조-서시대'라고 불렸는데, 성적 상으론 이 말은 성립이 되지 않는다. 서 9단은 조 9단에게 무수히 많은 판을 졌다. 보통 성적이 반반 확률일 때 '라이벌'로 불리는데, 그런 면에서 둘은 비교가 되지 않는다. 하지만 서봉수 9단은 굵직한 대회에서 조훈현 9단을 여러 차례 무너뜨렸다. '조훈현 잡는 서봉수'라는 닉네임은 그래서 붙었그, 둘은 그렇게 한 시대를 동시에 풍미한 사람으로 평가된다.

흥미로운 것은 그토록 산전수전 다 겪은 서봉수일지라도 반전무인의 경지에는 오르지 못했다는 것이다.

올해 초 '2016 전자랜드배 한국바둑의 전설' 대회가 생겼다. 조훈현 9단과 서봉수 9단, 조치훈 9단, 유창혁 9단, 이창호 9단이 참여했다. 한 시대의 바둑영웅으로 군림했던 5명 기사가 진검승부를 펼쳐 바둑팬은 열광했다.

서 9단은 이 대회에서 우승이 유력했다. 첫판 조치훈과의 대결에서 이긴 후 유창혁 9단에 불계승을 거둬 초반 2연승을 챙겼다. 세 번째 판에서 이창호 9단과 겨루게 됐는데, 이 판만 이기면 3승으로 우승은 떼어 놓은 당상이었다. 3승 뒤엔 1패를 한다고 하더라도 승자승(勝者勝) 원칙에 따라 무조건 우승하게 돼 있었다.

이 9단과의 대결 초반은 너무 좋았다. 속속 실리를 챙긴 데다 이창호 9단의 미스까지 겹쳐 승리가 보장된 듯했다. 하지만 이때부터 서봉수는 흔들렸다. 아마추어도 범하지 않는 실수를 보이더니, 종국엔 대마가 잡혀 패했다. 나중에 서 9단은 "갑자기 뇌가 하얗게 됐다. 뇌가 어떻게 됐다. 어떤 수도 보이지 않더라"며 그때 일을 자책했다.

필자는 서 9단이 중반 이후의 강력한 욕심이 그의 내면을 지배했다고 본다. "아, 이 판만 이기면 우승이다"는 생각이 든 순간, 자신도 제대로 설명치 못할만큼 떨려 실수를 연발한 것으로 본다. 바둑 초절정 고수의 덕목인 평정심과 무념무상을 그 순간 잃어버린 것이다. 그러다 보니 아마추어도 볼 수 있는 뻔한 수도 놓쳤다. 욕심이 생기면 모든 일이 두려워진다. 평정심은 난파 직전의 배처럼 심하게 흔들린다.

골프 얘기다. 얼마 전 세계랭킹 1위의 조던 스피스가 쿼드러플보기를 하는 것을 TV를 통해 본적이 있다. 얼굴이 일그러졌다. "저런 고수도 쿼드러플보기를 하는구나"하는 안타까운 생각이 들 정도였다.

스피스는 지난 4월 미국 조지아주 오거스타 내셔널 골프클럽(파72·7435야드)에서 열린 제80회 마스터스 토너먼트 4라운드 12번 홀에서 해저드에 빠지는 등 쿼드러플보기를 기록했다. 이 홀 실수로 '디펜딩 챔피언'의 꿈을 허공에 날려 버렸다. 11번 홀까지 그가 우승할 것임엔 누구도 이견이 없을 만큼 완벽한 플레이를 펼쳤다. 하지만 우승을 의식한 순간, 난조에 빠졌다.

"정말로 힘들었던 30분이었습니다. 절대로 경험하고 싶지 않아요. 훈련이 부족했습니다."

그가 대회 후 인터뷰에서 악몽의 12번 홀에 대해 한 말이다. 하지만 훈련이 부족했다기보다는 시선이 우승에 머문 순간, 평정심도 같이 무너졌다고 해석하는 게 옳을 것이다.

서봉수 9단이나 조던 스피스를 비판하거나 조롱하고 싶은 생각은 없다. 오히려 욕심을 드러낸 인간적인 면모에 친근감이 든다. 인간이기에 욕심을 가질 수 있고, 때론 욕심이 지나치기에 실수를 하는 것이 아닌가. 무욕과 평정심으로 일관하는 알파고가 아닌 이상 실착은 나올 수 있고, 그 실착을 계기로 더욱 분발하는 것이 '사람다움'인 것이다. 반전무인을 실행하는 데 있어서 완벽한 인간은 있을 수 없다. 반전무인의 영역으로 도전하고, 실패하고, 또 도전하는 게 인간의 숙명이다.

서 9단이나 스피스의 사례는 바둑의 또 다른 용어인 선작오십가자필패(先作五十家者必敗)를 떠오르게 한다. 바둑에서 50집을 먼저 짓는 사람은 필패한다는 뜻이다. 더 쉽게 말하면 형세가 유리하게 되면 심리적으로 안전한 방향으로만 가려고 하고, 그러다 보면 소극적으로 임하게 돼 결국은 역전을 허용함을 경계한 말이다.

'작은 성공을 취한 이는 큰 성취를 이룰 수 없다'는 말이 있다. 자꾸 도전해야 할 때 오히려 물러서기 때문이다. 그래서 일찌감치 성공에 취하면 그 크기가 작든, 크든 안주하는 삶을 택할 확률이 높다.

"청소년들이여, 작은 성공에 취해 큰 성공을 스스로 포기하는 일이 없도록 하세요."

이 시대 앞선 멘토들이 자주 이 말을 하는 까닭이다.

두려움을 갖지 말라. 그러면 영원히 진다. 반전무인과 선작오십가자필패는 이런 삶의 교훈을 함께 던져준다.

03

행마(行馬), 정석은 없다

날일(日)자, 입구(口)자, 눈목(目)자, 밭전(田)자.

바둑 대국을 보다 보면 해설자들이 자주 하는 말이다. 날일자로 뛰었다, 입구자로 지켰다, 밭전자로 가로지르고 나왔다는 등 바둑 문외한은 이해할 수 없는 말들이 흘러나온다. 초보자들은 그래서 바둑을 배우기 힘들다.

날일자, 입구자, 눈목자, 밭전자 등은 바둑에서 행마(行馬)의 한 방법이다. 행마는 바둑판에 놓인 돌들과 어우러지도록 일정한 방식에 의해 돌을 착수하는 행위다.

행마는 인생과 똑같다. 목표를 향해 빠른 걸음으로 걷다 보면 내실이 없을 수 있고, 내실만 다지면 속도가 약해질 수 있다. 바둑의 행마는 그래서 인생을 꾸미는 여정과도 같다.

중요한 것은 행마에 정답은 없다는 것이다. 즉, 자신에게 맞는 행마를 개발하면 된다는 뜻이다.

조훈현 9단은 날렵해 '조제비'로 불렸다. 행마 하나하나는 가볍고 재치가 있었고, 천재의 끼가 담겼다. 조 9단의 기풍은 주로 포석과 중반전에 나오는 발 빠른 행마로 승부를 가리며 공격적인 스타일로 일관한다. 또, 세력을 키우기보다는 상대의 세력의 들어가 실리를 챙기는 스타일이다.

그가 확신을 갖고 투입한 침입수에 강호의 고수들은 번번이 당하곤 했다. 그가 15년간 무적함대로 군림하며 국내 바둑계의 일인자로 호령한 것은 이 때문이었다. 강한 것이 있으면 약한 것도 있는 법. 조 9단의 기풍은 발이 빨랐지만, 가끔은 약한 말을 보이기도 했다. 선수를 뽑아 실리를 챙기는 수는 당대 최고였으나, 가끔은 약한 세력으로 인해 어처구니없이 무너지기도 했다. 조훈현-서봉수를 일컫는 조-서시대라는 말은 그래서 나왔다. 서봉수 9단에게 조훈현 9단은 넘을 수 없는 벽이었으나, 가끔은 결정적인 한방을 조 9단에 먹임으로써 '조훈현 잡는 킬러'라는 닉네임을 얻었다.

조 9단을 완전히 무너뜨린 것은 이창호 9단이었다. 조 9단 집에서 하숙을 하며 조 9단을 스승으로 모셨던 이창호는 사부와는 기풍이 완전히 달랐다. 이창호는 철벽을 추구했고, '돌부처'라는 별명답게 묵직한 행마를 좋아했다. 공격당할 상황이 아닌데 입구자를 자주 둬 상대방을 의아하게 했고, 바둑 정석 책에서 분명 피하라고 쓰여 있는 빈삼각(바둑에서 돌 3개가 직각으로 연달아 이어진 모양새로, 좋지 않은 포석의 전형적인 예)을 두는 것을 마다치 않았다.

프로는 자기 바둑이 튼튼할때 두는 입구자나 어쩔 수 없이 두는 빈삼각을 자존심 상한 일로 받아들이는데, 이창호는 달랐다.

이창호가 빈삼각을 두는 대국을 해설하는 이들은 "이창호니까 저렇게 둬도 된다고 말하지만, 사실 바둑을 배우는 사람이 그렇게 뒀다면 바둑의 '바'자도 모른다고 혼났을 수"라고들 해석하곤 했다.

이창호 9단은 이렇듯 이길 수 있다면 남들이 뭐라고 생각하든 무조건 튼튼한 수를 고집했다. 이 9단이 스승 조훈현의 15년 군림을 무너뜨리고, 제1인자로 올라설 수 있었던 것은, 바로 돌부처 행보와 만사불여튼튼(萬事不如, 튼튼·만사에 튼튼한 것보다 더 나은 것은 없다)의 수가 기반이 됐다.

시대가 가고, 후배들에게도 번번이 지곤 하는 이창호지만, 그가 '불세출의 바둑기사'로 불리는 것은 이와 무관치 않다. 행마에 정석이 없다는 것을 몸으로 보여줬기 때문이다.

배운 대로 그대로 행하는 것은 일견 옳아 보이지만, 발전하는 바둑은 아니다. 이창호는 남들이 눈치 볼 때 그것에 연연하지 않고 행마에 정석이 없다는 것을 실력으로 입증했다. 자신만의 행마, 승리를 위해 자신이 개발한 행마를 묵묵히 적용한 것이다.

이는 말이 쉽지 간단치 않다. 행마의 정석을 몸으로 익히고 기본으로 삼되, 때론 정석을 타파하는 융통성 있는 수를 둔다는 것, 이는 자신의 세계를 깨는 고민과 고통의 결과물이다.

"알파고가 이세돌 9단과의 대결 1국에서 내놓은 102번째 수, 그건 정말 충격적이었습니다. 기존 정석을 완전히 깨는 수였거든요. 아마 바둑을 배우는 사람이 그 수를 뒀다면, '바둑의 예의를 모른다'거나 '그런 꼼수는 절대 둬선 안 된다'고 스승끼 눈물이 쏙 빠지도록 야단 맞았을 겁니다."

바둑학원을 운영하고 있고, 명해설자로 활약 중인 김영삼 프로 9단의 이 말은 정석을 깨기가 얼마나 어려운 일인지를 대변한다.

하지만 나중에 밝혀졌듯이, 그 102번째 수는 훌륭한 수였다. 신의 한 수였다. 그 수로 이세돌의 얼굴은 핏기가 가셨다.

사람들이 둬선 안 된다고, 그렇게 두면 바둑 예법에 어긋난다고 생각하기 쉬운 그 수를 알파고는 냉정하게 찾아낸 것이다. 인간이 약속한 정석, 그것을 알파고는 지킬 이유도 없었다.

수만 번, 수백만 번, 아니 수천만 번 바둑 연습을 통해 세상의 모든 정석을 섭렵했을 알파고지만, 승부를 걸 때는 정석을 파괴한 노림수를 선택했다는 의미다. 이세돌과 알파그 대결에서 바둑계가 뼈저리게 얻은 교훈 중 하나다.

세상 살아가면서 사람은 정석에 매몰되기 쉽다. 여기서 정석은 하나의 원칙이라고 할 수 있다.

필자가 국회 반장일 때였다. 한나라당(지금의 새누리당) 정당 광고를 받으려 꽤 노력했다.

정당 광고는 합법이다. 정당도 정책이나 현안에 대해 홍보를 할 수 있기에, 언론사를 대상으로 한 광고 집행은 합법이다. 한나라당 쪽에 연락했더니 "종합지 언론사나 경제지 한두 곳은 광고를 집행했고 실제 이번에 집행하는데, 당신네 회사는 대상이 아니다"는 답이 돌아왔다. 이유를 물으니, 한두 해 그런 것이 아니고 여태까지 그렇게 해왔단다. 지금껏 그렇게 해왔기에 그 원칙을 무너뜨릴 수 없다는 것이었다.

난 이해할 수 없었다. 그 당시 정말로 발로 뛰었고, 어느 언론보다 양질의 기사를 쏟아냈다. 열심히 한다고 주변에서 인정받았다. 한나라당에서도 질 높은 정치기사, 건전한 비판을 담은 정치기사를 써 언론의 참기능을 하고 있다는 좋은 평판을 얻었다. 한나라당이 내 요청을 거절한 것은 한마디로 "과거에 그랬으니까."라는 이유 하나 때문이었다. 구체적으로 알아보니까 당시 관련 업무를 총괄하는 정병국 의원이 그런 논리로 제동을 걸었다는 것이다. 정 의원은 영향력 있는 정치인으로, 현재 5선의 정치 거물이다.

이건 아니지, 이렇게 생각했다. 한 예로 건설프로젝트 하나가 있는데, 그 입찰을 따내기 위해 E사는 1년간 죽어라 노력했다. 메이저인 A사, B사, C사, D사도 노력했겠지만, 최소한 E사는 C사나 D사보다 더 열심히 했다고 본다. 그런데 입찰 결과는 그전에 계속 입찰해왔던 A, B, C, D사에게만 프로젝트를 주겠단다. 작년에도, 그 전해에도 그렇게 해왔기에 그렇게 하겠단다. 그렇게 관행대로 계속된다면 누가 세상을 바꾸기 위해 열심히 살겠는가. 머릿속엔 이런 논리가 맴돌았다.

새벽 1시에 당시 강재섭 대표에 전화를 걸었다. 아마 이렇게 떼를 썼던 것 같다. "대표님, 원칙도 중요하지만 그러면 세상이 너무 각박

하지 않습니까. 저는 지난 1년간 정말 열심히 일했고, 죽어라 기사를 썼습니다. 어느 언론보다 열심히 했다고 생각합니다. 그런데 저보다 열심히 하지 않은 언론은 '기존에 계속 광고를 집행했다'는 이유로 별다른 노력을 하지 않고 광고를 받는데, 정작 열심히 한 이는 홀대받는 이것이 한나라당의 원칙인가요? 어느 언론은 한때 선배들이 뚫은 루트를 갖고 앉아서 뭔가를 챙기는데, 사막을 개척하듯 열심히 한 사람은 '옛날 선배들이 루트를 뚫지 못했다'는 이유 하나로 문전박대를 당하는 세상, 그런 세상이 발전이 있을 수 있을까요? 열심히 일해 뭔가 발전을 하려는 사람의 기를 꺾는 것은 안 되는 것 아닙니까."

놀랄만한 것은 강 대표의 반응이었다. 새벽에 온 전화에 짜증을 낼 법도 한데, 묵묵히 내 말을 다 듣다가 이렇게 정리했다. "잘 들었습니다. 그 말이 맞는 것 같습니다. 우리 측이 아마 잘못한 것 같습니다. 내일 아침에 가자마자 재정리할게요."

강 대표의 인격을 내가 다시 봤음을 물론이다.

사람의 인생도 그렇듯이 경영도 '앞선 사람이 만들어 놓은 틀'을 고집해선 안 된다. 앞선 사람들은 그 틀을 정석이라고 말할지 모르지만, 그 틀을 깨고 역발상을 통해 극대화된 시너지를 얻는 것이 경영자가 할 일이다.

최병오 패션그룹 '형지' 회장이 그랬다. 그가 '정석'만을 고집했다면 오늘날의 성공은 없었을 것이다.

잘 알다시피 최 회장은 '동대문 신화'의 주인공이다. 동대문에서

옷을 팔던 그는 남들이 다 하는 식으로 해선 승산이 없다고 판단했다. 브랜드를 만들기로 했다. 왕관 모양의 로고를 만들어 '크라운'이라는 상표를 등록했다. 주위에선 이해를 하지 못했다. 미쳤다고도 했다.

"동대문 상인이 그냥 소매상에 물건만 팔면 되지 무슨 브랜드야, 브랜드를 만들어본 이도 없는데, 웃기는 사람이네. 소용없는 일이지."

이런 조롱도 들려왔다.

당시 브랜드는 대기업에만 해당하는 것으로 알고 있었고, 동대문에서 브랜드 제품이 나올 수 있다는 것을 상상도 하지 못한 사람들이 대부분이었다.

최 회장은 확신했다. "이왕이면 브랜드로 키우자, 그래야 성공한다. 남들이 안 한 길을 가야 한다."

그가 동대문을 벗어나 이름 꽤나 있는 기업의 회장으로 오를 수 있었던 것은 '정석을 깬 도전'이 원동력이 됐다. 원칙이라는 이름 아래 퀴퀴한 고정관념이 깃들어 있을 수 있는 정석만을 고집하는 것. 그것은 성공을 가로막는 벽이 될 수 있음을 최 회장은 보여줬다.

고정관념은 없다, 정석은 깨라고 있는 것이다. 바둑이 인생과 경영에 던지는 메시지 중 하나다.

아생연후살타(我生然後殺他),
내공이 으뜸이다

지난 2013년 7월 18일. 미국 자동차산업의 메카인 디트로이트가 수모를 겪은 날이다. 이날 디트로이트 파산 신청이 이뤄졌다. 185억 달러(약 21조 원)의 막대한 빚을 감당하지 못하고 쓰러진 것이다.

한때 디트로이트는 막강한 미국 자동차산업의 상징이었다. 이 도시의 인구는 현재는 70만 명에 불과하지만 1950년대까지만 해도 세계시장을 석권한 자동차산업 덕분에 200만 명에 달했다. 당시 도시는 영광과 자긍심이 넘쳐났다. 신이 허락한 영예의 시간이 과했을까. 자만으로 몰락한 로마처럼, 디트로이트도 점점 쇠락했다.

한때 이곳은 GM, 포드, 크라이슬러 등 3대 자동차회사의 본사가 자리 잡고 자동차산업을 호령했다. 그러나 이 회사들은 퇴직자들의 연금과 의료보험까지 사 측에 떠넘기는 강성 노조 때문에 몸살을 앓았다. 마침 일본 경쟁사의 수입차들이 대거 밀려오면서 경쟁력이 급격히 하락했다. 급기야 GM 등은 디트로이트를 떠나 다른 도시와 해외에 공장을 지어야 했다. 대량해고가 뒤따른 것은 당연하다. 디트로이트 경제는 폭삭 가라앉았고, 세수는 급감했으며, 치안불안에 실업 증가까지 겹쳐 사람 살 곳이 못 되는 동네로 추락했다.

17개월 후인 2014년 12월에 파산 종료를 선언하고 회생하기는 했지만, 과거의 영광을 재현하기란 쉽지 않아 보인다.

바둑 격언 '아생연후살타(我生然後殺他)'는 디트로이트가 준 교훈과 묘하게 오버랩된다. 집토끼인 GM 등을 핍박하고, 눈에 보이지 않은 산토끼를 찾아 헤맨 디트로이트 시민들이 떠오르기 때문이다. 아생(我生)의 원동력인 GM을 소중히 여기지 못하고, 더 큰 욕심인 살타(殺他)만을 추구하다 망한 디트로이트를 많은 도시가 반면교사로 삼는 것은 이런 이유에서다. 아생연후살타 교훈을 명심했다면 디트로이트 시민들이 GM을 잃고 난 후 폐허가 돼버린 도시 앞에서 '아차' 하는 탄식은 하지 않았을지도 모른다.

아생연후살타는 '먼저 내 말이 산 뒤에야 상대방 말을 잡을 수 있다'는 뜻이다. 아마추어 바둑에선 자기 말의 생사를 돌보지 않고 공격하다가 역습당하거나, 적진에 침투했다가 퇴로를 확보하지 못하고 몰살당하는 경우가 많다. 프로바둑에선 여간해선 일어나지 않는 일이다.

아생연후살타는 인생의 아포리즘(잠언) 색깔을 띤다. 일단, 수신제가치국평천하(修身齊家治國平天下)와 유사하다. 자기 몸 하나 돌보지 못하면서 어찌 나라의 평화를 지킬 수 있단 말인가. 이런 점에서 내 몸을 먼저 가지런히 한 뒤, 바깥 일을 도모해야 한다는 장부의 인생과도 어찌 보면 빼닮았다.

고수의 바둑에선 그래서 자기 대마의 안녕을 도모하고 난공불락의 요새로 만든 다음, 남의 약한 집에 뛰어드는 모험이 이뤄지기도 한다.

그 뜻이 귀하고 의미가 있어서일까. 아생연후살타는 정치권에서도 자주 활용되는 단어다.

지난 4·13 총선 직전 일이다. 대표적인 친노(親盧)인 유시민 전 장관은 안철수 의원의 국민의당 창당을 겨냥해 "안철수의 혁명적 패배주의"라고 규정한 적이 있다. 이를 입증하기 위해 그는 '아생연후살타'라는 단어를 입에 올렸다.

"바둑 격언에 '아생연후살타'가 있다. 먼저 내가 두 집을 확보해서 일단 살아남고, 그다음에 상대방을 공격해야 한다. 그런데 안(철수) 대표는 지금 중원에 있는 집을 모두 내즈고, 귀퉁이에 두 집을 짓고 있는 격이다."

중원은 서울과 수도권을, 귀퉁이는 호남을 뜻한다는 것은 정치 전문가가 아니라도 척하고 알아챌 일. 아생(호남)에 집착한 나머지 중원을 내버려두고 있다는 뜻이다. 총선 결과에선 약간 다른 결과가 나왔지만, 유시민은 지금도 안철수가 왜곡된 아생연후살타 수(手)를 뒀다고 믿고 있을 것이다.

아생연후살타는 경제 이슈에서도 간단치 않은 진리를 내포한다. 한

때 대한민국을 먹여 살린 조선과 해운업종의 구조조정 흐름이 대표적이다. 과거 영광이었던 조선과 해운은 경기불황과 겹쳐 경쟁력을 순식간에 잃었다. 활황이 다시 오기를 기다리면서 이대로 버티기엔 한계가 있다. 조선과 해운은 당장 '아생'을 확보해야 미래를 계획할 수 있다.

"정부의 비전 있는 방향성 설정과 3당으로 갈린 정치권의 세련된 조율, 각 부처와 해당 업계의 협력 등 '4박자'가 어우러져야 하는 상황인데, 그럴 지혜가 우리에게 있는지 모르겠습니다."

요즘 만나는 업계 사람들은 이렇듯 회의적인 입장을 내놓는다.

아생연후살타에서 '아생'은 어쩌면 평소의 내공을 의미한다. 평상시 인내의 세월을 통해 내공으로 다듬어진 시스템을 갖추고 있다면, 장밋빛 미래는 그다지 어려운 것이 아니다. 하지만 그 반대의 경우엔 고통과 번민이 뒤따를 것이다. 그 고통의 몫은 아무래도 국민일 수밖에 없다.

부드러운 얘기로 넘어가자. 여기서 뻔한 퀴즈 하나 내겠다.

여성들이 가장 싫어하는 이야기는 뭘까. 이미 정답을 아는 독자도 있을 것이다. 바로 군대와 축구 얘기다.

아무리 연인을 사랑하는 여인이라도, 남자가 입에 침을 튀기며 군대나 축구 얘기를 한다면 끝까지 귀 기울여 줄 리가 없다. 그런 정도로 군대와 축구는 여성에겐 교감이 작다.

이런 상식을 깬 이가 있다. 바로 송중기다. 얼마 전 끝난 '태양의 후예(태후)'는 송중기를 위한 드라마라고 해도 과언이 아니다. 드라마 종영 후 송중기는 최고의 모델이 됐다. 한 중국화장품 모델계약에 3년간 60억 원을 받는다고 하니, 엄청난 인기를 누리고 있다. 최고 몸값의 한류스타로 등극한 것이다.

송혜교와 함께 '송-송 케미(드라마나 영화에서 잘 어울리는 커플이라는 뜻)'가 태후 인기를 견인한 것은 사실이지만, 송중기의 연기 내공이 없었으면 불가능한 대박이었다.

갓 제대한 송중기가 올곧은 군인 연기를 잘한 것도 박수받을 일이지만, 군대 얘기를 소재로 이런 초대박을 쳤다는 것은 '송중기의 힘'이 간단치 않음을 입증한다.

실제 송중기는 묵묵히 연기 내공을 쌓아왔다. 단역부터 출발한 그의 연기 인생은 영화 '마음이 2', 드라마 '성균관 스캔들'에서 서서히 빛을 발하더니 '늑대소년'에서의 그윽한 눈빛연기로 탄탄한 실력자임을 증명했다.

일각에서 거론하는 여성보다 더 예쁘장하고 선한 얼굴로 성공한 것이 아니다. 실력으로 그리고 건전한 사생활로 최고 스타로 우뚝 선 것이다. 그래서 업계에선 "풋풋하고 신선한 20대와 노련미의 40대 사이에서 청춘의 패기, 남성의 농도 짙은 열정과 노련함을 모두 담아낼 배우로는 송중기만 한 배우가 없다. 향후 2년간은 송중기 시대가 될 것"이라는 말이 나온다.

연예인답지 않은 건전한 사생활과 성실, 단계별로 진화한 내면의 연기라는 내공을 다진 후 대스타 반열에 오른 송중기는 그래서 바둑용어 '아생연후살타'를 떠오르게 한다.

일수불퇴(一手不退), 승복은 인간의 품격

조윤선은 박근혜 대통령의 측근으로 여성가족부 장관을 거쳐 청와대 정무수석까지 했던 인물이다. 2002년 대선 때 이회창 한나라당 후보에 발탁된 조윤선이 어떻게 박 대통령의 측근으로 됐는지 자세한 내용은 알지 못하지만, 어쨌든 너무 단정한 얼굴에 변호사 출신이라는 점에서 친근감은 들지 않았다. 강남권과 스카이(SKY), 나아가 금수저 이미지는 왠지 모를 거부감으로 다가왔다.

조윤선이 여성가족부 장관일 때 같이 세미나에 참석한 적 있다. 대화를 나눴고, 건방지게도 그에게 충고했다. 청와대 후광으로 장관을 하고 있지 않느냐, 소신 있게 일할 수 있겠느냐는 뉘앙스의 다소 도발적인 내용이었다. 그의 얼굴빛은 전혀 변하지 않았다. 거기에서 보통 내공이 아님을 알아차렸다.

"툭하면 바뀌는 여성가족부 장관, 그래선 안 됩니다. 여성가족부 장관을 오래해서 육아 및 탁아, 청소년 교육에 관한 한 일인자가 돼 주세요. 일관성 있는 아동, 청소년 정책이 돼야 한다는 뜻입니다. 그게 조 장관의 큰 걸음이라고 봅니다."

그는 흔쾌히 "그렇게 하겠다"고 했다.

하지만 얼마후 그는 청와대 정무수석 자리로 이동했다. 친박이 원죄라고, 사람이 필요하다는 대통령의 긴급 요청을 뿌리칠 수 없었을 것이다. 그렇더라도 배신감을 느꼈다. "정치인이 다 그렇지, 뭐"라고 치부했다. 장관을 하다가 대통령이 손짓하면 금방 달려가는 기존의 정치인과 다를 바 없다고 그를 규정했다. 그런 그를 다시 보게 됐다.

지난 4·13 총선 전, 조 전 장관은 서울 서초에 국회의원 후보 출사표를 던졌다. 경선 후보 경쟁자는 막강한 이혜훈 전 의원이었다. 이 전 의원은 서초 민심을 밑바닥부터 훑은 강력한 상대였다. 경선 결과는 조윤선의 패배였다.

새누리당 최고위원회 머리가 그트록 잘 돌아가는지 몰랐다. '조윤선 카드'가 너무 아까웠기 때문이었을 것이다. 당 최고위원회는 조윤선에 서울 용산구 출마를 제안했다. 박심(朴心)을 거슬렀다는 이유 하나로 대역죄(?)를 뒤집어쓰고 공천에서 탈락, 결국 새누리당을 탈당하고 더불어민주당으로 당적을 바꾼 진영 후보와 맞설 강력한 카드로 내심 내세우고 싶어 한 것이다.

하지만 조윤선은 거절했다. "어제까지 '서초의 딸'로 서초 출마를 하려 한 사람이 용산으로 가는 것은 서초 주민에 대한 예의가 아니다"

는 논리였다.

사실 조 전 장관이 용산 후보를 받아들였다면, 나 역시 핏대를 올리고 비판대열에 합류했을 것이다. 실제로 경선 패배 직전까지도 조윤선은 서초의 딸을 자부하며, 서초 주민들을 위해 일하겠다고 했다. 그런 그가 하루이틀만에 용산의 딸을 자임한다면, 용납치 못할 일이라고 생각했다. 내가 용산에서 사는, 용산의 투표권을 가진 사람이라 더욱 그런 생각이 강했는지도 모르겠다.

실망과 절망에 빠졌을 때, 달콤한 유혹을 거절할 수 있는 이는 많지 않다. 조윤선은 자신이 맘만 먹으면 거머쥐었을 '용산 후보'라는 떡을 거부했다. '조윤선의 아름다운 선택'이라는 보도가 뒤따랐다. 사실, 그런 칭찬은 한국 정치사에서만 볼 수 있는 코미디일지도 모른다. 그가 거절한 것은 당연하고, 그렇게 해야 할 일이었다. 하지만 배신과 배반, 거짓과 말 바꾸기가 판치는 우리 정치판에서 조윤선처럼 행동할 수 있는 이는 많지 않다.

그를 칭찬하는 것은 그래서 인색할 필요가 없어 보인다. 필자 역시 조윤선의 선택을 존중하고 경의를 표한다.

조윤선의 선택, 패배를 있는 그대로 받아들이는 것. 바둑에선 이를 '승복'이라고 칭한다.

"일수불퇴(一手不退)야."

아마추어 바둑을 구경하고 있으면, 대국자 둘이 이 말을 하면서 티격태격하는 모습을 자주 볼 수 있다. 실수로 잘못 뒀으니 물려달라는 이와 그럴 수 없다고 버티는 이의 설전이 오고 간다. 친구 사이라면 그럴 수 있지만, 고수의 세계에선 어림없는 일이다.

바둑은 그냥 놀이가 아니다. 바둑은 인격(人格)의 판이다. 졌다면 깨끗이 졌음을 인정하고, 새롭게 열심히 한수 한수를 둬 나가는 것. 그게 인격이자 인품이다. 인간의 바둑에 품격과 향기가 있는 것은 아름다운 승복이 있기 때문이다.

아름다운 인생을 사는 사람은 대부분 승복할 줄 아는 이들이다. 갖은 변명을 내놓고, 핑계를 앞세우며 승복하는데 인색한 이의 삶은 추할 뿐이다. 그것을 오랜 역사적 인물이 입증해왔고, 오늘날 우리 주변에서도 늘 보는 일이다.

'승복'하면 떠오르는 가장 유명한 일화는 지난 2,000년 미국 대선에서 있었던 사례가 거론된다. 당시 미국 공화당의 조지 부시 후보와 민주당 앨 고어 후보가 대선에서 맞붙었다.

선거는 역대 최악으로 혼탁했다. 플로리다주 개표 과정에서 많은 문제점이 발견됐다. 폭로와 반박, 반격과 재폭로가 예상됐다. 뜻밖에 고어는 결과에 승복했다. 이것만이 아니다. 당시 고어는 미국 유권자의 48.4%의 표를 얻었고, 부시는 이보다 적은 47.9%를 획득했다. 우리 시각으로는 대통령은 고어였어야 했다. 하지만 그렇지 않았다. 설명하기 복잡할 정도로, 많은 변수가 있는 미국 대선의 규정상 대통령은 부시의 몫이었다. 고어로서는 화가 나 팔짝팔짝 뛸 정도였을 수 있다. 하지만 고어는 승복을 택했다. 호사가들은 이를 두고 '역사상 가장 아름다운 승복'이라고 했다.

바로 여기에 인생의 포인트가 있다. 고어는 7년 뒤 노벨평화상을 수상했다. 필자는 고어가 부시에게 '졌지만, 결국 이겼다'고 본다. 승복할 줄 아는 사람에게 신은 선물을 준다.

승복을 통해 인생 반전드라마를 쓴 이는 우리 역사에도 많다. 성웅 이순신 장군이 대표적이다. 아부와 아첨을 모르고 원리원칙에 충실한 삶을 살다 보니 이순신 장군에겐 숱한 고난이 주어졌다. 현실과 타협하지 못하다 보니 공직에서 물러나야 했던 일도 한두 번이 아니었다. 백의종군은 그의 상징이었다.

두만강 일대를 다스리는 만호(萬戶)로 있을 당시, 함경병사 이일의 모함에 걸려 파직돼 첫 번째 백의종군을 하게 됐고, 10년 뒤 정유재란 때엔 왜군의 '반간계(反間計)'에 걸려들어 살이 찢기고 피가 튀는 고문을 당한 후 다시 백의종군의 길을 걷게 됐다.

절박한 순간에도 이순신 장군은 절대로 남을 원망하지 않았다. 승복했다. 이순신 장군에겐 남을 탓하거나 미워할 시간조차 아까울 정도로 나라가 위태로워 보였다. 이순신 장군이 12척의 배를 이끌고 노량 해전에서 인류 해전 역사상 가장 위대한 '불멸의 승전보'를 올릴 수 있었던 것은 이같이 승복할 줄 아는 영웅의 풍모를 간직하고 있었기 때문이라고 믿는다.

승복할 줄 아는 인간, 그것을 통해 더 큰 길을 걸으려는 인간. 이런 이가 바로 진짜 영웅이다. 이순신 장군처럼 말이다.

06

두터움, 신망과 긍정의 힘

두텁다. 이 말은 바둑에서 가장 매력적인 말 중 하나다.

두터움은 얇음의 반대어다. 바둑이 두텁다는 것은 향후 집을 지을 수 있는 기대치가 높다는 말이다. 반대로 얇다는 것은 나중에 집을 지을 수 있는 확률이 떨어진다는 뜻이다.

물론, 사람마다 스타일이 다르다. 두텁고 얇음과 상관없이 반상 네 귀를 차지하면서 이득을 먼저 챙긴 다음 토자는 실리파가 있고, 상대방에 네 귀를 다 주고 중앙 등에 세력을 크게 한 후 거대한 집을 지으려는 우주류가 있을 수 있다. 어느 것이 옳다고는 볼 수 없다. 그건 기풍이다. 실리파든, 우주류든 집이 많으면 이기는 게 바둑이다.

다만, 튼튼한 기풍이 대체로 성적이 좋은 것은 사실이다. 작은 손해를 감수하고라도 평소 튼실함을 추구하면 언젠가는 빛을 볼 확률이 높은 인생과도 같은 이치다.

이세돌과 알파고 세기의 대결에서 알파고는 우주류(宇宙流)풍을 구사했다. 튼튼함은 이세돌도 최강의 능력자지만, 인공지능의 몇십 수를 내다본 튼튼함을 인간 이세돌은 극복할 수 없었다.

이세돌 같은 최정상 고수가 '작은 이득'에 연연할 스타일은 아니다. 실제 세기의 대결 5국까지 이세돌은 작은 실리를 추구하지 않았다. 다만 알파고가 더 튼튼하게 뒀고, 좀처럼 침입을 허락하지 않은 채 난공불락의 성(城)을 구축하는 데 뛰어났다.

우주류는 중앙을 두텁게 경영하는 큰 스케일의 바둑으로, 일본 다케미야 마사키(武宮正樹) 9단의 기풍을 칭하는 용어다. 국내 기사 중 두터운 바둑을 선호하는 이는 이창호 9단이 꼽힌다. 한때 '신산'이라 불린 이 9단은 뚜벅뚜벅 견고한 바둑으로 일관했다. 그 견고함으로 한 시대를 풍미했다.

인생에서 가장 필요한 것이 어찌 보면 두터움이다. 나는 '두터움' 하면, 어머니가 떠오른다.

필자의 어머니는 대전역 근처 시장에서 식당을 오래 했다. 10평 남짓한 식당은 메뉴만 보면 백화점급이었다. 김치찌개, 된장찌개, 동태찌개, 청국장, 백반, 돼지껍질 메뉴판에는 그렇게 십여 가지 이상 음식 이름이 붙어 있었다.

어느 날 조심스럽게 말씀드렸다.

"어머니, 서울에선 한 가지 음식을 팔아요. 설렁탕만 하는 집도 있고요. 반찬도 김치나 깍두기 하나만 내놓으면 돼요. 그래도 돈 잘 벌어요. 어머니도 한 가지 음식만 하면 힘들지 않고 좋잖아요.”

어머니는 잠깐 생각하더니 이렇게 말씀하셨다. “좋은 말이긴 한데, 그럼 내 손님이 한 가지만 먹어야 하잖아. 손님에 따라 김치찌개를 먹고 싶기도 하고, 청국장도 먹고 싶기도 하그, 돼지껍질도 먹고 싶기도 할 텐데. 한 가지만 하면 그 손님이 진짜로 드시고 싶은 것을 못 해 드리잖아. 난 돈 더 벌지 않아도 되니까, 그냥 이대로 하련다.”

어줍잖게 말씀드린 것에 대한 어거니의 반론이었다. 시장통 손님들의 음식 기호가 다양한데, 당신이 좀 귀찮고 힘들고 큰돈은 안 되더라도 드시고 싶은 음식을 손님에 내놓는 게 당신의 일이라는 의미다. 몸이 귀찮은 작은 손해보다는 당신의 평화와 보람이 더 먼저라는 뜻이다.

다시는 어머니한테 내 속 좁은 생각을 비춘 적이 없다. 어머니 말씀이 옳다고 느꼈기 때문에.

난 어머니가 식당을 하는 동안, 돈 없는 사람에게 막걸리 한 사발, 소주 한잔을 공짜로 주면서 많은 행복을 느끼셨다고 본다. 그래서일까. 어머니 주변엔 유독 사람이 많다. 동생, 언니 하며 따르는 이가 많다. 작은 이득에 연연하지 않은 것. 그것이 어머니가 내게 보여준 ‘인생의 두터움’이었고, 사람들을 모이게 하는 비결이었다.

두터움은 신망이고, 신뢰고, 사람 사는 정(情)이다.

Y 선배가 있었다. 그는 얼마 전 H 경제 편집국장이 됐다. Y 선배와 나는 같은 회사에 있었고, 예전에 그는 H 경제로 자리를 옮겼다. 언론사는 대체로 타사 출신에 배타적이다.

공채 출신이 아닌 경력 출신이 편집국을 아우르는 편집국장이 되는 경우는 흔치 않다. 수많은 공채 출신이 포진한 상태에서 외부 출신이 편집국의 꽃인 편집국장이 되려면 어지간한 능력으론 힘들다. Y 선배는 그 일을 해냈다. 난 그가 순전히 기사 작성과 취재 능력만으로 그 성과를 일궜다고 보지 않는다.

Y 선배는 항상 여유가 있었고, 너그러웠고, 정이 많았다. 업무로만 따지면 느긋했다.

Y 선배 바로 밑에서 일할 때, 난 그가 한 시간 이상 자리에 앉아 있는 것을 보지 못했다. 늘 돌아다녔다. 아침에 출근하면 그는 커피 한잔을 들고 여기저기 돌아다녔다. 후배들이 지나가면 어깨를 툭 치고 "잘 지내?"라고 먼저 말을 걸었다. 처음엔 그가 업무적으로 한량 스타일인 줄 알았다. 그러나 그게 아니었다.

데스크가 회의를 끝내고 나오면 당시 차장이었던 그의 진가가 발휘됐다.

"Y 차장, 이런 식으로 ○○○○ 기사 하나 쓰지?"

"네, 알겠습니다."

업무 지시를 받으면 그는 두 말도 하지 않고 뚝딱뚝딱 기사를 만들었고, 10분이면 기사 하나를 올렸다. 독자들은 잘 모를 것이다. 기사 한 꼭지를 10분 만에 올릴 수 있는 것은 보통 내공으론 힘들다. 이런 Y 선배가 데스크의 사랑을 독차지했음은 물론이다.

어느 날, 하도 궁금해서 물었다. "선배, 선배는 어떻게 그렇게 기사를 빨리 올리세요?"

대답이 걸작이었다. "어, 만든 게 아닌데……. 전날 대충 써 놓거나 머릿속에 담아뒀다가 그냥 금방 옮기면 되지, 뭐."

그 말은 내게 충격이었다. 말이 쉽지, 그건 아침이고 점심이고 저녁이고 출입처 현안을 꿰고 있어야 하고, 늘 기사에서 눈을 떼지 않고 있어야 하는 일이다. 24시간 기사 생각만 해야 가능한 일이다.

Y 선배에게 한 번도 말을 한 적은 없지만, 그는 그때부터 내 멘토가 됐다.

Y 선배는 일하는 스타일도 이처럼 효율적이었지만, 배려심도 깊었다. 후배들은 고민이 있으면 늘 Y 선배를 찾았다. 그가 H 경제로 옮겨 간 직후, 거기서 일하는 동료 기자를 만났다. 그의 멘트엔 놀람이 묻어 나왔다.

"Y 선배 말이에요. 정말 대단해요. 그런 사람 처음 봤어요. 보통 출장을 갈 때 오후 3~4시쯤이면 버스로 이동하는 때가 많은데, 기사가 전송이 안 되면 사무실에서 난리가 나는데, 그러면 버스에서 내려 어디 장소를 잡아 기사를 써 보내곤 했어요. 그런데 Y 선배는 그냥 버스 타고 움직이면서 전화로 기사를 부르라고 해요. 그러면 Y 선배가 안에서 깔끔하게 정리를 해줘요. 우리 조직에서 그런 사람은 없었거든요. 그래서 후배들이 다 좋아해요."

Y 선배 역시 현장 기자로 뛸 때, 수많은 출장지에서 기사 전송할 장소를 구하지 못해 발을 동동 굴렀을 것이다. 그런 경험을 바탕으로, 기사를 보내기 힘든 상황에서는 전화르 내용을 부르게 하고, 흔쾌히 후

배를 대신해서 기사를 정리해 신문에 넣는 역할을 했다는 것이다. 말이 그렇지, 그런 배려를 실행하기는 쉽지 않다. 자신의 실력에 대해 확신이 없으면 할 수 없는 일이기도 하다.

필자는 Y 선배가 평소 회사 내에서 위에서나 밑에서나 신뢰와 신망을 얻어 공채 출신이 아닌데도 편집국장이 됐다고 믿는다. 그와는 수년 동안 만난 적이 없고, 그의 설명을 직접 듣진 못했지만, 아마 맞을 것이다. Y 선배는 언론사 기자로 생활하는 한 늘 이렇게 '두터운 수'를 둬온 것이다.

두터움은 흔들림 없이 자신의 길을 가는 것이기도 하다. 평정심을 갖고 자신을 믿고 일관된 길을 걷는 것이다. 그래서 두터움은 위력적이다. 얄팍한 기술보다 두터운 마인드가 스포츠에선 유효하다.

박인비가 그렇다. '골프 여제'로 불리는 박인비에겐 화려함은 없다. 어찌 보면 단순하다. 폼도 얼핏 보면 엉성하다.

한때 박인비는 아마추어 스윙이라고 혹독한 평가를 받았다. 선천적으로 손목뼈가 짧아 손목 유연성이 부족했던 박인비는 코킹을 뺀 전매특허 스윙을 개발했다. 이른바 '박인비 폼'이다. 박인비가 초일류 프로골퍼가 된 이후 그 폼이 엉성하다고 얘기하는 이는 없다.

박인비의 강점은 뚜벅뚜벅 걷는 대범함이다. 상대방이 제아무리 뛰어나도, 한 타 잃었더라도, 러프나 헤저드에 빠졌더라도 눈빛 하나 흔들리지 않는다. 타수가 뒤져도 포기하는 법이 없다. 뚜벅뚜벅 추격한다. 하도 당당하게 따라오니까 앞선 이가 제풀에 기가 죽어 흔들리기까지 한다. 그게 박인비의 생존법이다. 바로 두터움이다. 박인비 역시 두터움의 위력을 알고 있다. '두터운 골프', 그것이 박인비의 힘인 것은 수차례 입증됐다.

지난 2014년 8월 열린 웨그먼스 LPGA 챔피언십 마지막 라운드. 수많은 경기 중에서 이날의 역전극은 박인비 골프의 상징이라고 본다. 4라운드 중반까지 박인비가 우승할 것으로 생각한 사람은 거의 없었다. 4라운드에서 줄인 타수는 겨우 2타. 버디 3개, 보기 1개로 성적은 평범했다. 대체로 묵묵히 파세이브를 이어갔다. 박인비가 놀라운 버디 행진이나 이글을 기록한 것도 아니다. 박인비가 그냥 표정 변화 없이 뚜벅뚜벅 따라오자, 심리적으로 위축된 이는 앞서가던 미국의 브리타니 린시컴이었다.

18번째 홀 직전까지 이변이 없는 한 우승은 린시컴 것이었다. 파만 하면 우승이었다. 18번째 세컨드 샷에서 린시컴의 공은 왼쪽으로 감겼다.

"린시컴이 매우 잘하다가도, 부담감을 느끼면 꼭 저렇게 왼쪽으로 감기더군요. 박인비가 묵묵히 따라오니까 부담을 크게 느끼는 것 같네요."

해설자는 그렇게 평했다.

린시컴은 결국 보기를 했고, 연장 승부로 넘어갔다. 연장 1홀에서 린시컴의 샷은 또다시 감겼다. 박인비는 무난히 파를 기록, 연장전서 승리했다. 굳이 화려할 필요 없이 단순하면서도 우직하게 승부를 거는 게 최고의 승부사라는 진리를 이 대회에서 보여줬다고 본다.

바둑에서 두터움은 곧 승리로 연결되곤 한다. 앞서 잠깐 언급했지만, 두터운 바둑의 대명사는 단연 이창호 9단이다. 중반까지 좀 실리에서 불리하다고 해도, 두터운 세력을 바탕으로 무표정하게 그냥 따라온다. 기가 질릴 만큼 무서운 평정심으로 추격한다. 상대방은 역전패에 대한 불안감에서 쉽게 벗어나지 못하고 실수를 연발한다. 결국, 이창호가 잘해서 이기는 게 아니라, 상대방이 스스로 무너지면서 역전 결과로 정리되곤 한다. 물론 이창호 전성기 때의 일이다.

두터우면 이긴다. 두터우면 인생에서도 결국 승리한다. 바둑의 수많은 성적표는 이를 강변한다.

07

요석(要石), 가장 귀한 것은 지켜라

서울 안암동 고려대학교 앞 명물인 '영철버거'를 고대인이라면 모르는 이가 없을 것이다. 영철버거 대표인 이영철은 내가 만나본 사람 중 가장 겸손한 사람이다.

몇 해 전 부자학연구학회 세미나에서 그를 만났는데, 맞지 않는 옷을 입은 것처럼 세미나 분위기를 거북해 했다. 말을 걸었다.

"유명하신 분 뵈어서 영광입니다."

그랬더니 굉장히 쑥스러워한다.

그의 말은 의외였다. "저같이 많이 배우지 못한 사람이 이런 자리에 끼는 게 괜히 죄송하네요. 학회 회장님께서 나오라고 나오라고 하셔서 나오긴 했습니다만……."

그는 조용히 자리를 차지하고 있다가, 어느샌가 자리를 떠났다.

당시 이 대표는 꽤 유명한 사람이었다. 나름대로 성공했다고, 돈 좀 벌었다고, 거들먹거리는 사람을 많이 봐온 나로선 이 대표의 그런 순박함이 맘에 들었다.

어느 날, 영철버거가 망했다는 소식이 들려왔다. 단 한 번 만난 사람이지만, 따뜻한 심성을 가진 사람이었다는 기억이 떠올라 안타까웠다. 왜 영철버거가 망했을까, 궁금해 알아봤다.

사실 영철버거의 원조는 '스트리트버거'였다. 지난 2000년 고대 정경대 후문 앞에서 노점으로 출발했다. 다진 돼지고기와 철판에 볶은 채소를 듬뿍 담은 버거는 주머니가 가벼운 대학생들에게 폭발적인 반응을 얻었다. 단돈 1,000원이었기 때문이다. 1,000원짜리 영철버거는 그렇게 단순한 음식이 아닌, 대학생들의 친구가 됐고 소울푸드(영혼을 위로하는 음식)가 됐다.

세월이 지나 단가가 올랐고, 1,000원의 가격은 2,500원까지 뛰었다. 모든 고대인은 영철버거를 사랑했다. 영철버거는 고대 밖으로도 입소문을 타며 유명해졌고, 7년이 지난 어느 날엔 가맹점 80여 개의 프랜차이즈로 도약했다. 하지만 이게 독(毒)이었다. 덩치가 커지면서 1,000원짜리 전략을 포기해야 했고, 6,000~7,000원대의 고급 수제버거 전략을 택할 수밖에 없었다. 때마침 불어온 수제버거 바람도 이 대표의 욕심 충동을 자극했다. 하지만 이후 학생들의 발길은 끊겼고, 지난 2015년 7월 경영난으로 문을 닫아야 했다.

사업이야 성공할 수 있고, 실패도 할 수 있다. 실패하면 재기하면 될 일이다. 이 대표의 좌절을 비판하거나 조롱할 생각이 전혀 없다. 고

대 노점에서 시작한 그의 인생은 고대에서 꽃을 피웠기에 한때의 사업 실패에도 그는 이미 성공한 사람이다.

이 대표 사례를 꼽은 것은 바둑의 '요석'을 설명하기 위해서다. 영철버거의 '요석'은 박리다매(薄利多賣)였다. 1,000원짜리 버거의 값은 싸지만, 정이 듬뿍 담긴 버거, 주머니가 가벼운 대학생들이 서슴없이 다가설 수 있는 서민형 버거. 그것은 영철버거의 요석이었다.

바둑으로 따지면 요석(要石)은 반드시 지켜야 할 돌이다. 크기로 따지면 작을 수 있지만, 상대편 돌의 세(勢)를 끊거나 훗날의 승전보를 위해 귀하게 여겨야 할 돌이다. 다시 말해, 요석은 바둑에서 형세에 커다란 영향을 미치기 때문에 버려서는 안 되는 중요한 돌이다. 따라서 요석은 무조건 수호해야 한다. 요석을 희생하고, 전체 대국에서 승리하는 것을 본 적이 없다.

실제 프로바둑기사들은 20~30집의 실리는 허용한다고 해도 요석만큼은 아끼고 또 아낀다. 훗날 어쩌면 40~50집 구축의 교두보가 될 수 있기 때문이다.

이 대표는 영철버거의 요석인 '1,000원짜리 버거'를 버렸다. 대신 6배, 7배의 값을 하는 수제버거를 선택했다. 그래서 결국 좌절을 맛본 것이다. 물론 고급화 바람과 경기 불황이 맞닿아 있다 보니 운도 없었다.

다행히 이 대표에겐 다른 요석이 있었던 모양이다. 바로 '고대인의 사랑'이었다. 영철버거가 망했다는 소식이 들리자, 고대의 상징 중 하나인 영철버거 살리기에 나선 고대생들은 크라우드펀딩 포털 와디즈를 통해 '비긴어게인 영철버거' 프로젝트를 시작했다. 학생들이 주도한 이 크라우드펀딩(온라인 플랫폼을 통한 모금)에는 모두 1,870여 명이 참여했고, 약 6,800만 원이 모였다. 이 돈은 이 대표에게 전달됐고, 이는 영철버거 부활의 종잣돈으로 쓰였다. 이렇게 이 대표는 다시 영철버거를 되살릴 수 있었다.

과거 영광까지 가려면 아직은 멀었지만, 그런 면에서 이 대표는 행복한 사람이다. 이 대표가 구축한 '저렴한 가격'이라는 요석은 무너졌지만, '고대생들의 추억'이라는 다른 요석이 이 대표를 살린 것이다. 지금도 영철버거 가게 게시판엔 "영철버거는 사랑입니다", "고대의 명물로 끝까지 남아주세요"라는 메시지가 빼곡하게 걸려 있다고 한다. 그가 고대생으로부터 받는 사랑을 요석 삼아 더 전진하기를 기대한다.

요석을 중요시 하는 것, 여기에도 인생의 교훈이 있다.

당연히 인생에 있어 요석은 '인간성'이다. 절대 버려선 안 되는 것이 바로 인간성이다.

최근 대기업 오너가의 갑질논란과 이에 따른 사회적 비판은 이 교훈을 망각했기 때문에 일어나는 일이다. 대한항공, 몽고식품, 대림산업에 이어 미스터피자로 유명한 MPK그룹까지! 비행기를 돌리고 운전기사를 종 부리듯 하고 서비스 종사자를 머슴 취급하는 오너가 일원의 행태에선 '인간이 가져야 할 인간성'이 보이지 않는다. 자신의 DNA는 남과 달라 선택받은 계층이라는 우월감에 빠진 나머지 상대적으로 사회적 약자들에 대한 배려가 실종된 '왜곡된 인간성'을 노출한 것이다. 배려는커녕 짓밟고 할퀴면서 희열을 느끼는 듯한 인간말종의 모습마저 보이는 것에는 분노를 느끼지 않을 수 없게 만든다.

이런 점에서 지금은 국회의원이 된 표창원 전 범죄과학연구소장의 분석은 예리하다.

"우리는 언제든 사회적 약자가 될 수 있습니다. 사회적 약자를 보호 및 배려하는 문화와 관습이 정착되지 않으면, 약자가 언제든 강자가 돼 다른 약자에게 갑질을 하는 불행의 악순환이 계속될 것입니다."

슈퍼갑질을 일삼으며 타인에 대한 배려와 존중이라는, 인간만이 가진 '요석'을 상실한 사람이 사회 리더층으로 군림하는 우리 사회, 그래서 우리가 더 불행한지 모른다는 것이다.

인생에서 버릴 수 없는 요석을 또 찾으라면 '나를 알아주는 사람'일 것이다. 이순신 장군으로 따지면 '징비록'을 쓴 서애(西厓) 류성룡이 바로 그런 사람이다. 이순신은 불세출의 영웅이었지만 너무 꼿꼿했고, 원리원칙을 따졌으며, 융통성이 없었다. 요즘 같아도 출세하고는 거리가 먼 성품이었다. 그러나 이순신 장군과 같은 동네에서 자란 서애는 일생 이순신의 재능과 실력을 믿었고 끝까지 지원했다.

사실 충무공 이순신을 발탁한 이드 류성룡이다. 간신배들의 모략과 권모술수(權謀術數)가 판을 치는 조정에서 만약 서애가 없었다면 이순신 장군은 일찌감치 눈 밖에 나 도태됐을 것이고, 명량해전이나 노량해전 같은 빛나는 전투는 꿈도 꾸지 못했을 것이다.

충무공이 노량해전을 준비할 때다. 선조 임금은 노량에서 싸우지 말고 왜군의 퇴로를 열어주라고 명했다. 왜군의 교묘한 작전에 조정 대신 대부분도 말려들었다. 충무공은 그 명을 거부했다. 퇴각하려는 왜군의 싹을 자르지 않으면, 또 침범할 것이 뻔하기에 아예 도륙하기로 결정한 것이다.

선조는 이순신 체포를 명했다. 이를 온몸으로 막아선 이가 바로 류성룡이다.

"전하, 이순신은 만고의 충신입니다. 충직한 신하의 진실을 왜곡하고 믿지 못하는 군주는 백성이 잘 사는 나라를 만들 수가 없습니다. 제발 그의 충정을 의심치 말고 믿고 기다리십시오. 오히려 단죄돼야 할 사람들은 이곳 대전에 있는 중신들입니다. 이순신이 온몸으로 이 나라의 종묘사직과 백성들을 구하려고 피를 토하는 심정으로 해전에서 바다를 지킬 때, 여기에 있다는 대다수 중신들은 이러한 전란이 도래된 책임을 지기는커녕 전란의 와중에서도 남을 탓하고, 일신의 안위만을 도모하면서 오히려 이순신과 같은 충신을 역도로 몰고 그 잘난 파당의 이익만을 쫓으면서 보신만 한 사람들입니다. 이순신을 체포하기 전에 이곳에 있는 중신들부터 책임을 묻고 체포해 단죄하는 것이 순리에 맞는 것입니다. 소인도 죽여 주시옵소서."

목숨을 걸고 피 토하듯 충언을 내뱉은 류성룡. 이런 서애는 충무공으로선 귀하디귀한 사람이었다.

요석, 이 단어만큼 뭉클한 것은 또 없다.

08

샤석작전(捨石作戰), 잘못된
읍참마속(泣斬馬謖)은 악(惡)이다

지난 1974년 2월. 당시 세계 최대의 비디오게임 개발사였던 '아타리'의 본사 1층에 앳된 한 청년이 들어왔다. 청년은 "이 회사에 취업을 시켜주지 않으면 나가지 않겠다"고 건물 로비에서 강하게 버텼다. 오랜 실랑이가 벌어졌고, 때마침 지나치던 회사 한 임원의 눈에 띄었다. 싹수(?)를 알아봤을까. 야간 근두일을 허락받았다.

청년은 훗날 '혁신의 아이콘', '정보기술(IT)의 총아', '디자인의 아이콘' 소리를 들었다. 바로 스티브 잡스다. 애플 날개를 달고 미래 IT 시장을 쥐락펴락했던 세기의 천재가 탄생하는 순간이었다.

스티브 잡스는 영리했고, 미래를 볼 줄 알았다. 사람들의 기호를 재빨리 알아차렸고, 소비자가 뭘 원하는지 본능적으로 감지했다.

애플 아이폰은 그의 영감의 총집합체다. 정보기술 입안자로, 설계자로, 마케팅자로, 경영자로 그의 능력은 위대했다. 그래서 지금도 많은 사람이 스티브 잡스에게 '21세기 최고의 혁신가'라는 타이틀을 주기에 한 치의 망설임도 없는지 모른다.

천재의 '똘끼'는 때론 이상한 방향으로 튀는가 보다. 스티브 잡스는 영민한 만큼 특이한 사람이었다. 평소엔 얌전했지만, 뭔가 한 가지에 꽂히면 괴팍한 성격을 노출했다. 변덕도 죽 끓듯 했다.

다음은 애플 본사 관계자로부터 미국에서 직접 들은 애기니까, 다소 과장은 있을지 몰라도 틀린 말은 아닐 것이다.

"스티브 잡스는 애플 본사 직원식당에서 자주 밥을 먹었습니다. 직원들과 줄을 같이 서서 배식을 기다리곤 했지요. 잡스는 앞에 서 있는 사람이나 뒤에 서 있는 사람에게 또는 밥을 같이 먹게 되는 옆자리 사람에게 자신이 지금 막 떠오른 영감에 대해 설명하곤 했어요. 그러면서 물었죠. 어떻게 생각하느냐고. 여기서 답을 잘해야 해요. 나름대로 자기 논리를 갖고 잡스의 영감을 논하면 좋아했고, 반대로 형편없는 답을 하게 되면 화를 냈습니다. 그러곤 사무실 자리로 돌아와 '그 사람 자르라'고 지시했어요. 며칠 있다가 '그 사람 잘렸는데 나갔나?'라고 확인했다고도 합니다. 잡스가 괴팍하다는 소문이 금세 돌았고, 직원식당에서 잡스 옆으론 아무도 가지 않으려 했습니다."

직원이 갖는 상상력이 자신의 기준(잣대)에 맞지 않으면 과감히 내치는 것, 그게 스티브 잡스의 경영 방식이었다.

"애플의 혁신 뒤엔 이런 괴팍한 스티브 잡스가 있었습니다. 잡스는 애플의 전 직원을 자신이 꿈꾸는 '상상력이 무한한 직원들로 가득 채

우겠다'는 이상론을 실현하려 한 것 같습니다."

이 일화를 국내 10대 그룹 임원에게 소개했더니 이렇게 정리해준다.
"스티브 잡스는 '사석작전(捨石作戰)'을 쓰는 것 같네요. 자신의 영감을 잘 이해하고 실행하는 직원은 '애플다운 직원'이라며 무한 보상을 약속하는 대신, 그렇지 못한 직원은 '애플답지 않은 직원'이라며 곧바로 도태시키는 방식을 선택한 것으로 봅니다. 잡스가 영리한 것 같으면서도 꽤 잔인하고 냉정하네요."

그때 그 임원의 이런 해석은 난해했다. 하지만 스티브 잡스가 일찍 사망하고, 이후 애플이 옛날과 다르게 실적악화를 겪고 있는 시점에서 되돌아보니 잡스가 왜 그때 그토록 집요하고 혹독하게 경영을 했는지 이해는 간다. 어쩌면 자기 죽음을 예견했기에, 그런 조급함이 애플 왕국에 대한 집착과 완벽한 구축에 대한 연연으로 이어졌는지도 모를 일이다. 그래서 애플 내부에선 '잔인한 잡스'라는 평가도 나왔었다.

어쨌든 그 임원은 잡스가 기준점에 모자라는 직원을 매 순간 체크하며 도태시키고, 새 활력을 지닌 직원들로 부지런히 수혈한 것을 경영상의 '사석작전'으로 규정했다.

일견 그럴 듯하지만, 그의 규정은 틀렸다. 바둑에서 사석작전은 자신의 돌을 버림으로써 더 큰 이득을 얻는 데 활용하는 전략을 말한다.

그런데 중요한 것은 쓸모없는 돌을 버리는 것은 사석작전이 아니라는 점이다. 자신에게도 쓸모는 있지만, 그것을 버려 더욱 큰 이득을 취할 수 있다면 아깝지만 버리는 게 사석작전의 조건이다. 즉, 버림돌로 활용되려면 상대방이 가치를 느껴야 한다는 것이다. 상대방이 매력을 느끼지 못하면 돌을 버리려 해도 버릴 수 없다. 상대방이 눈치채고 버림돌을 취하지 않기 때문이다. 이렇게 되면 사석작전은 실패하게 된다.

다시 정리하자면, 사석작전이 성립되려면 자신이 버리려는 돌이 가치가 있어야 한다. 다만 상대방이 느끼는 가치가 더 크기에 그것을 취할 때 상대방도 이익이라는 생각이 들어야 한다. 향후 얻을 자신의 이득이 더 클 수 있다는 확신이 있을 때 사석작전은 성립된다.

고수의 바둑에선 사석대결 대 사석대결로 진행되는 경우가 많다. 이는 고도의 심리전이 동반된다. "이 돌 잡아가세요"라고 줘도, 상대방 고수는 거들떠보지 않는 경우가 많다. 작은 것에 취해 큰 것을 잃는 우를 범하려 하지 않기 때문이다. 그래서 사석작전은 고수와 고수 간 불꽃 튀는 심리 싸움의 정점에 위치한다. 사석작전을 바둑의 정수라고 부르는 까닭이다.

조훈현 9단은 이런 점에서 능글맞다. "어이쿠", "망했네"라는 말을 연발하고, 상대방이 들으라는 듯 장탄식을 내놓기도 한다. 그 말에 취해 덥석 돌 몇 개를 잡으려 전력을 다하면, 잠시 후 어느새 조 9단은 큰 곳으로 발걸음을 돌리고 대세에 도장을 꽉 찍는 행마를 펼치곤 했다고 한다. 그런 날이면 "오늘 또 속았구나"라는 억울함에 밤잠을 설친 적이 많았다고 하는 프로기사의 경험담을 들은 게 한두 번이 아니다. 조 9단이 사석작전을 교묘히 전개하는 데 탁월한 능력이 있다는 방증이다. "바둑 인격은 최절정 고수는 아니다"라는 질투 어린 시샘을 많이 받았던 이유였기도 했지만 말이다.

바둑이 인생의 축소판이라는 말은 사석작전을 음미해보면 정말 적절해 보인다. 바둑에서 돌을 취하기만 할 수는 없다. 잡히는 돌도 적지 않다. 바둑의 신이라고 해도, 사석(捨石) 하나 없이 이기는 바둑을 둘 수는 없을 것이다.

이게 인생이다. 살아가면서 모든 것을 얻을 수는 없다. 명예가 있으면 돈이 없고, 성취를 일굴 때 쯤이면 건강을 잃게되는 것, 이게 인생이다. 미국의 시인 로버트 프로스트의 시, '가지 않은 길'이 명시로 빛나고 있는 것은 이와 무관치 않다.

인생은 포기의 연속이다. 포기할 것은 포기해야 한다. 살아가면서 '포기'라는 사석을 숱하게 부담하는 것이다.

특정 학교에 들어가는 것은 다른 학교를 포기하는 것이고, 특정 회사에 들어가는 것은 다른 회사에서의 꿈을 접는 것이다. 당신이 만약 공직자의 길을 걷고 있다면, 시인이나 예술가, 문학가의 길을 포기한 것이다. 그래서 사람은 누구나 '가지 않은 길'을 걸었다면 어땠을까 하는 아련한 추억에 젖어 살곤 한다. '가지 않은 길'은 인생에서 사석과 다름이 아니다.

여기서 '읍참마속(泣斬馬謖)'을 거론하지 않을 수 없다. 사석작전과 읍참마속은 닮은꼴이다. 읍참마속은 삼국지에서 유래된 말로, '제갈량휘루참마속(諸葛亮揮淚斬馬謖)'이라고도 한다. 한자를 빌려 풀이하면

‘(제갈량이) 울면서 마속을 벤다’는 뜻이다.

제갈량과 조비가 맞붙었을 때다. 조비는 명장 사마의에 방어를 명했다.

사마의는 뛰어난 장수였다. 누가 사마의를 맡을 것인지 의논했는데, 마속이 사마의 군사를 방어하겠다고 자원했다. 제갈량은 마속을 전적으로 신임했다. 하지만 사마의가 워낙 뛰어나 마속을 선택하기를 주저했다.

마속은 사마의와 싸우는데 자신의 목을 걸겠다고 거듭 자원했다. 마속은 자신의 능력을 과신했다. 제갈량이 신신당부한 전략을 무시한 채 포위당했고, 부하들을 대부분 잃고 간신히 혼자 살아 돌아왔다.

많은 사람은 마속의 재주를 아껴 살려주기를 간청했다. 아마, 제갈량도 그러고 싶었을 것이다.

하지만 제갈량은 “나 자신도 그를 사랑하는 마음이 크지만 사사로운 정보다는 군율과 기강이 먼저다”며 참수를 명했다. 마속도 제갈량의 선택을 존중했고, 제갈량은 처형장으로 가는 마속의 뒷모습을 보며 소맷자락으로 얼굴을 가리며 흐느꼈다. 이후 읍참마속은 ‘대의를 위해 사사로운 정을 끊는 것’을 뜻하는 용어가 됐다.

정치권은 수많은 읍참마속이 이뤄지는 곳이다. 하지만 그것이 제갈량이 실행한 읍참마속과 같은 것인지는 모르겠다는 이가 많다.

지난 총선에서 새누리당은 ‘유승민 읍참마속’, ‘진영 읍참마속’을 표방했지만, 결과로만 보면 역풍을 맞았다.

잘못된 읍참마속은 화를 부른다. 바둑 역시 사석작전을 잘못 쓰면

망한다.

경영에서도 사석작전은 매우 유용하게 쓰일 수 있다. 특히 구조조정을 할 때 그렇다.

자수성가형인 최고경영자(CEO) 윤석금 웅진그룹 회장의 행보는 원칙에 충실한 사석작전과 묘하게 어울린다.

윤 회장은 출판사 영업사원으로 출발해 최고경영자에 오른 입지전적인 인물이다. 웅진출판(현재의 웅진씽크빅) 하면 떠오르는 윤 회장은 그야말로 영업맨의 신화였다. 맨주먹으로 일군 웅진그룹을 한때 재계 30위권까지 끌어올렸으니, 그의 특출난 경영 수완을 엿볼 수 있다. 하지만 사업확장 의욕이 지나쳤고, 때마침 경기불황과 겹쳐 기나긴 회생 절차와 법정싸움을 벌여야 했다.

여기서는 윤 회장과 웅진그룹의 영광과 좌절을 설명하고자 하는 것은 아니다. 윤 회장이 위기를 극복할 때 바둑의 '사석작전'을 가장 잘 활용한 사람이었다는 것을 거론하고 싶은 것이다.

윤 회장은 재기를 위해서 과감히 알짜 기업을 매각했다. "내가 알짜면 다른 사람(사려는 사람)에게도 알짜인 만큼 그만큼 더 든을 받을 수 있을 것"이라는 게 윤 회장의 논리였다.

간단한 이치지만, 이는 쉽지 않다. 대개 법정관리 앞에 놓인 회장들은 자신이 아끼는 것은 놔두고, 가지 치듯이 상대적으로 가치가 덜 중요한 것을 매물로 내놓는다. 남에게 있으면야 좋고, 없다고 해서 서운하지 않은 매물. 그것을 정부나 채권단이 강요하지 않는 이상, 살 바보는 없다. 많은 기업이 회생안 앞에서 답을 찾지 못하는 결정적인 이유다.

윤 회장은 그 원리를 일찌감치 깨달았다. 피 같은 웅진코웨이를 과감히 매각한 것도 "알짜부터 팔아라. 그래야 상대방이 달려든다"는 사석작전의 기본을 꿰뚫고 있었기 때문이다.

윤 회장의 경영 스타일을 칭송하거나 과장할 생각은 전혀 없다. 사업가로서 윤 회장은 영광도 보였지만, 좌절의 눈물도 흘렸다. 경영적 평가는 다른 사람의 몫이다.

윤 회장은 최근 들어 회생절차와 법정싸움을 끝내고 그룹 재건에 시동을 걸면서 제2 인생을 시작했다고 한다. 그가 제2의 성공신화를 쓸 수 있을지는 모르겠지만, 사석작전에 충실했던 경영자 모습으로 여전히 남아 있다.

09

경적필패(輕敵必敗),
오만은 반드시 망한다

"선거의 여왕(女王)은 무슨……."

지난 4·13 총선에서 새누리당이 더불어민주당에 원내 1당을 내주자, 대구 출신인 지인이 내뱉은 말이다.

그는 박근혜 대통령의 오랜 팬이었다. 그의 말에선 배신감과 함께 심판의 기운이 느껴졌다.

총선에서 여당이 처참하게 패한 것은 오만과 방심 때문이었다. 이견이 없다. 현 정부가 자랑할만한 실적은 없지만, 야당도 이에 못잖게 헛발질을 계속하면서 새누리당이 절반을 넘길 것이라는 게 중론이었다. 야권이 더불어민주당과 국민의당으로 분열된 상태이기에 무리수만 두지 않으면 총선 승리가 보장됐다. 하지만 새누리당은 오만했다. 일단, 이한구 새누리당 공천관리위원장의 행태는 꼴불견이었다. 박 대통령이 완장을 채워주자 눈에 보이는 게 없었다. 박심(朴心)을 거스른 유승민 의원을 버리는 카드로 선택한 것은 그런대로 봐줄 만했다. 하지만 방법이 치졸했다. 공천 과정에서 이 위원장은 명확했어야 했다.

"유승민 의원은 우리 당과 정체성이 맞지 않는다. 그래서 공천을 주지 않겠다"고 처음부터 확실해 했다면, 아마 일각의 환호는 받았을지도 모른다. 그런데 이 위원장은 자기 일을 유승민에게 미뤘다. 알아서 나가달라는 투였다. 보는 사람이 짜증 날 정도였다. 결국 유승민은 마지막 순간에 어쩔 수 없이 무소속 출마를 택했고, 대구 시민은 그를 압도적으로 20대 국회의원으로 뽑았다.

이 위원장의 치졸한 행동은 박 대통령에게 고스란히 피해를 준 꼴이 됐다. 그러잖아도 박 대통령을 향한 대구 민심이 예전만 못한 상황에서 새누리당에 대한 표 이탈이 가속화한 계기가 됐다는 평가다. 박심을 거스른 유승민에게 무슨 일을 하더라도 대구의 민심은 자기편일 것이라는 오만과 독선이 낳은 역풍이다.

이 외에도 공천과정에서의 끊임없는 진박, 친박, 비박의 계파싸움, 김무성 대표의 옥새파동 등이 겹치면서 새누리당은 16년 만의 여소야대, 20년 만의 3당 체제라는 초라한 결과를 낳았고, 급기야 제1당을 야당에 넘겨주는 최악의 수모를 겪을 수밖에 없었다.

경적필패(輕敵必敗)의 대표 사례다.

상대방을 얕잡아보면 반드시 패한다. 새누리당은 '선거의 여왕'이라는 박 대통령만 믿고 상대방과 국민을 우습게 봤다. 여당은 자신들이 아무리 잘못해도 박 대통령의 지지세가 있는 만큼 국민이 재신임해

줄 것이라는 환상에 사로잡혀 있었다. 결과적으로 새누리당의 방심은 '선거의 여왕'이라는 공식 붕괴와 청와대 레임덕을 가속화하는 빌미를 제공했다. 방심은 그만큼 위험한 것이다.

바둑에선 '경적필패'를 가장 경계한다. 동물의 왕이라고 하는 사자도 먹이를 잡을 때는 최선을 다하는 것처럼 상대방의 기세를 아예 싹 둑 잘라야 하는 게 바둑이다. 물론 100% 승리를 확신할 때, 예의상 작은 수는 양보할 수는 있지만, 그 승리의 확신을 잡기까지는 한 치도 물러서선 안 되는 게 반상의 승자 법칙이다. 최고수의 바둑 대결에선 더욱 그렇다. 한 수 한 수 최선을 다하는 이가 인생에서 성공할 수 있는 것과 같은 원리다.

경적필패의 교훈 사례는 역사적으로도 숱하게 많다.

얼마 전 방송된 '육룡이 나르샤'의 주인공 중 하나인 정도전(鄭道傳, 1342~1398) 얘기가 그중 하나다. 삼봉 정도전은 당대 최고의 천재였다. 지략가이자 모략가였고, 왕조의 설계자로 활약할 만큼 포부가 원대했다. 정도전은 고려를 포기하고 이성계를 도와 조선을 건국했다. 역성혁명을 통해 새 왕조를 건립한 것이다. '장자방' 정도전이 아니었다면 조선 왕국은 탄생하지 않았을 것이란 평가가 있을 만큼, 정도전의 역할은 컸다.

정도전은 호방했다. 정도전은 취중에 종종 "한고조가 장자방을 쓴 것이 아니라, 장자방이 곧 한고조를 쓴 것이다"고 말했다고 태조실록에선 전한다. 임금을 모시는 신하로선 엄청난 자신감이다.

실제로 이성계는 정도전을 왕사(王師), 곧 스승의 예로 대했다. 정도전의 자부심이 하늘을 찌를 만하다.

정도전은 조선 건국 공신으로 나라를 확 바꾸려 했다. 토지를 개혁했고, 북벌을 추진했고, 경복궁 창건에도 앞장섰다.

정도전은 무엇보다 '재상 중심'의 신권(臣權) 정치를 추구했다. 왕은 군림하는 게 아니라, 재상과 의논해 정사를 이끌어야 한다는 것, 이것이 정도전 사상의 중심이었다. 왕권 정치를 거부한다는 것, 이것은 참으로 혁명가적인 발상이었다.

태조 이성계는 이를 잘 몰랐는지, 아니면 가볍게 흘렸는지 모르겠지만, 그의 아들 이방원은 이런 정도전을 대단히 위험한 인물로 여겼다. 아마 이방원이 포은 정몽주에 이어 정도전까지 제거한 것은 이런 정도전의 혁명가적 기질을 그냥방치하면 왕실에 두고두고 화근이 될 것이라는 판단이 작용한 것으로 보인다. 그만큼 정도전을 경계했다.

결론적으로 말하자면, 정몽주는 죽은 뒤 13년이 지난 1405년에 신원(가슴에 맺힌 원한을 풀어버리거나 명예가 회복됨)됐지만, 정도전이 신원된 것은 그보다 까마득하게 뒤인 19세기 말 고종 때였다. 조선 왕조는 조선 개국을 반대했지만, 왕에게 충성한 포은보다 조선 개국의 일등공신이지만 왕권정치를 위협한 정도전을 더 용납할 수 없었다는 의미가 된다.

어쨌든 왕이 되고 싶은 이방원으로선 정도전을 제거해야만 했다. 정도전도 이방원의 야심을 대충 눈치챘지만, 한순간 방심했다. 1398년 8월 26일, 정도전은 자신의 집(종로구청 자리)과 가까운 남은의 첩 집

(송현방)에서 술을 마시고 있다가 불의의 습격을 받아 목숨을 잃었다.

죽기 전 정도전은 시를 읊었다고 한다.

"조심조심해 공력을 다해 살면서(操存省察兩加功) 책 속에 담긴 성현의 말씀 저버리지 않았네(不負聖賢黃卷中), 삼십 년 긴 세월 고난 속에 쌓아온 사업(三十年來勤苦業) 송현방 정자 한잔 술에 그만 허사가 되었네(松亭一醉竟成空)"(삼봉집 중에서)

평생 새 나라 건설과 재상정치를 꿈꾸면서 초긴장하며 살았는데, 술 한잔 마시고 한순간 경계를 소홀히 해 화를 당했음을 절망스럽게 토로한 것이다. 어쨌든 삼봉은 정적 이방원에 허점을 보였고, 한순간 방심의 결과는 되돌릴 수 없는 결과를 낳았다.

정도전도 인간인 이상, 자신이 쌓아온 성과에 대해 자만심을 가졌을 수도 있다. 당대 조선을 쥐락펴락하던 그가 경적필패의 이치를 모를 리가 있었겠는가.

정도전이 그때 죽지 않았더라면 어땠을까.

흘러간 역사는 가정이 없다고 하지만, 조선 왕조의 정치 흐름은 다른 색깔로 전개됐을 것이다. 정도전의 사례는 늘 긴장하고 살아야 하는 우리네 인생에 있어 많은 생각을 하게 만든다.

10
노림수, 때가 오면
목숨 걸고 승부 걸라

내가 어렸을 때, 나와 친구들는 산과 들로 쏘다녔다. 그것은 우리의 안방이자, 놀이터였다.

산과 들이 싫증 나면 동네 입구 마을회관에 모였다. 동네에서 가장 널찍했다. 그곳에서 우린 술래잡기를 했다.

내가 너덧 살때 쯤일 것이다. 그날 술래는 나였다. 헝겊으로 눈을 묶은 채 숨은 아이들을 찾아다녔다. 발에 약간 걸리는 느낌이 있었지만, 계속 전진했다. 아, 뭔가 푹 꺼지는 듯한 느낌. 그대로 추락했다. 마을회관 앞 큰 우물에 빠진 것이다. 평소엔 큰 나무판으로 우물을 덮었으나, 그날따라 나무판을 걷어낸 것이다.

추락할 때의 느낌을 지금도 지울 수 없다. 몸이 허공을 한번 딛는가 하더니, 몸속 뭔가가 쑥하고 빠져나가는 공포. 차가운 물과 머리가 마찰했을 때, 어린 마음에도 '난 죽었구나'라고 생각했다.

수 초가 지났을까. 갑자기 며칠 전 할머니 말씀이 생각났다.

"내 새끼들 노는 데, 우물에 두레박 매놨어".

사력을 다해 손을 이리저리 흔들었다. 두레박 줄이 손에 닿았다. 그것을 타고 올라왔다. 죽다 살았다. 세월이 약인가 보다. 악몽이었지만 점점 나이가 들자, 그것도 추억으로 자리 잡고 있다.

하지만 물에 대한 트라우마는 아직도 극복하지 못하고 있다. 쉽게 말해, 난 물이 무섭다. 우물에 풍덩 빠진 기억, 그리고 생사에 대한 두려움에 치를 떨던 그 기억은 여전히 날 지배하는 것이다.

바둑에서 노림수는 곧 승부수다. 노림수는 기회를 노리고 쓰는 술수(術數)다. 남발하는 것은 노림수가 아니다. 승부가 버거울 때, 불리함을 역전시키려 할 때 상대방에 회심의 한 방을 날리는 게 노림수다.

"맹수가 잔뜩 몸을 웅크리고 기회가 왔을 때 단 한 번에 사냥에 성공하는 것처럼, 노림수는 위력적이어야 합니다. 상대방이 절대로 눈치채지 못하게, 슬금슬금 다가가 결정적인 한 방을 날리는 거지요."

속기의 달인인 서능욱 9단은 이런 노림수에 능했다.

바둑 고수의 대결은 노림수 대 노림수르 승패가 결정되는 경우가 많다. 내가 먹잇감을 노리듯이, 상대방도 늘 먹잇감을 찾고 있기에 바둑돌을 놓을 때까지 긴장을 늦춰선 안 되는 것이다.

중요한 것은 노림수는 자기 자신을 극복해야 위력이 배가될 수 있다는 점이다. 상대방에 대한 두려움, 한 수에 대한 확신의 부족, 언뜻 떠오르는 과거 한 수에 대한 실패의 기억들. 이런 것들이 머릿속에 있는 한 노림수는 성공을 거둘 수 없다. 즉, 노림수는 확신이 있는 상태에서 유효하다. 트라우마가 있는 한, 노림수는 꼼수와 다름이 아니다.

필자가 우물과 물에 대한 트라우마를 걷어내지 않는 한, 물에 관한 레포츠는 포기해야 하는 것처럼 말이다.

"2국에서 이세돌 9단이 훨씬 더 유리한 기회가 많았는데도 이를 다 놓쳤어요. 평소 기세를 중시하고 노림수가 강한 이 9단의 바둑을 생각하면 전혀 말이 안 되는 국면 운영을 한 겁니다."

이세돌과 알파고 2국에서 해설을 하던 유창혁 9단의 진단이다.

1국에서 알파고의 위력에 놀란 나머지, 그 트라우마를 극복하지 못하고 노림수를 제대로 보여주지 못했다는 안타까움이 묻어난 해설이었다.

노림수는 묘수라는 말의 다른 이름이다. 노림수는 자주 쓰면 안 된다. 노림수를 자주 쓴다는 것은 그만큼 대국이 어렵다는 뜻이다. 고수의 바둑은 대체로 편하게 이기는 쪽을 선택한다. "묘수 많은 바둑에 승리 없다"는 말이 있다. 형세가 불리하니까 그토록 많은 묘수가 요구됐다는 뜻이다.

노림수 하면 생각나는 게 있다. 전쟁 일화 '트로이 목마(Trojan Horse)'다. 호메로스의 일리아드(Homer's liad)에 나오는 얘기다. 너무 유명한 스토리이기에 축약한다.

그리스는 트로이를 둘러싸고 10여 년간 공성전(성이나 요새를 빼앗기 위해 벌이는 싸움)을 벌였다. 트로이 성은 굳건했다. 무수한 공격에도 성을 함락시키지 못했다. 성을 빼앗기는커녕, 전쟁에 지쳐 그리스가 내분이 나 망하게 될 정도까지 궁지에 몰렸다. 이때 거대한 목마를 만들어 그 안에 30여 명의 군인을 숨겼다. 적당히 싸우다가 목마를 버리고 퇴각했다. 트로이 사람들은 승리에 취해 목마를 성안으로 들여놓았다. 한밤중 목마 안 군인들은 밖으로 나와 성문을 활짝 열었고, 그리스 군대는 무혈입성할 수 있었다. 결국, 길고 긴 전쟁은 그리스 승리로 귀결됐다. '트로이 목마'는 꼼수이기도 했지만, 트로이를 무너뜨린 기발한 노림수였고 묘수였다.

여기서 한가지 짚고 넘어갈 게 있다. 노림수는 평범한 사고로 도출할 수 있는 게 아니다. 그리스가 10여 년의 지루한 전쟁 끝에 얻어낸 묘수가 '트로이 목마'였듯이 고민과 고민, 평범한 발상이 아닌 역발상으로 통해서만 도출할 수 있는것이 느림수다. 물론, 긍정과 확신이 있어야 노림수는 성립된다.

긍정과 역발상의 위력을 입증한 이는 정주영 현대그룹 창업주(명예회장)다. 고(故) 정주영 창업주는 긍정적 사고와 역발상의 아이콘이었다.

1975년 여름, 박정희 전 대통령은 정 명예회장을 청와대로 급히 불렀다.

"임자, 달러를 벌어들일 좋은 기회가 왔는데 일을 못 하겠다는 사람들이 있으니 당장 중동에 다녀왔으면 좋겠어. 임자가 안 된다고 하면 포기하겠어."

영문을 모르던 정 명예회장은 놀라 물었다.

"각하, 무슨 말씀입니까?"

"2년 전 석유파동 여파로 지금 중동 국가들은 달러를 주체하지 못하고 있어요. 그들은 오일 달러로 사회 인프라를 구축하고 싶은데, 너무 더운 나라라 공사를 하겠다는 나라가 없는 모양입니다. 우리나라에 일할 의사를 타진해 왔습니다. 관리들을 보냈더니 2주 만에 돌아와서 한다는 얘기가 (거기는) 너무 더워 낮에는 일을 할 수 없고, 건설공사에 절대적으로 필요한 물이 없어 공사를 할 수 없는 나라라는 겁니다. 이거 참."

정 명예회장은 곧바로 중동으로 날아갔다. 그리고 닷새 후, 귀국하자마자 박 전 대통령을 만났다. 그의 목소리는 들떠 있었다.

"각하, 지성이면 감천이라더니 하늘이 우리나라를 돕는 것 같습니다. 중동은 이 세상에서 건설공사 하기에 제일 좋은 지역이었습니다."

"임자, 자세히 말해 보셔."

"중동은 1년 열두 달 비가 오지 않으니 1년 내내 공사를 할 수 있고, 모래와 자갈이 현장에 있으니 자재 조달이 쉽습니다. 문제는 50도가 넘는 더위인데요, 그것도 방법이 있습니다. 낮에는 천막을 치고 자고, 밤에 일하면 됩니다. 물이야 실어오면 되고요. 아무튼 거기는 우리가 공사하기 최고 좋은 장소입니다."

정부의 총지원령이 떨어졌고, 정 명예회장 말대로 한국 사람들은 낮에는 자고, 밤에 횃불을 들고 일했다. 30만 명의 일꾼들이 중동으로 몰려나갔고, 보잉 747 특별기편으로 달러를 싣고 들어왔다.

대다수 사람에게 중동 사막은 공사 불가능 지역이었지만, 정 명예회장에겐 최고의 공사현장 장소였던 셈이다.

역발상과 긍정의 힘이 얼마나 위력적인 노림수로 변할 수 있는지를 입증한 사례다.

지금도 '정주영' 하면 떠오르는 무한 긍정의 신화는 이렇게 출발했다. 정 명예회장은 일생 사업에서 불가능은 없다는 긍정의 사고로 일관해 왔고, 박 전 대통령과의 인연이라는 때를 만나 목숨을 건 노림수를 던졌고, 이 노림수는 요즘 말로 대박을 일궜다.

40년 전인 그 당시에 정주영 명예회장이 중동을 둘러싼 많은 나라와의 바둑 대결에서 통찰력 있고, 통렬한 노림수 한방을 작렬시켰다는 사실이 정말 놀랍다.

인생에서 성공하는 사람은 뭔가가 다르다.

11

끝내기, 아름다운
마무리는 제2의 삶

이창호 9단은 전성기 시절 '끝내기 신산(神算)'으로 불렸다. 하도 많은 반집승을 거두다 보니, 그런 별명이 붙었다.

가로세로 19줄 위의 361개 좌표점에서 나오는 무한대의 판은 0.5집을 기초로 승패가 갈린다. 흑은 먼저 두는 대신, 6.5집을 공제(이세돌과 알파고 대결에선 중국식대로 7.5집을 공제했다.)한다. 즉, 흑이 백을 이기기 위해선 6.5집보다 많은 집을 내야 한다는 뜻이다. 흑집이 67집이고, 백집이 60집이라면 흑이 7집을 이기게 되는데, 여기서 흑이 선수로 잡는 이득분인 6.5집을 빼야 한다. 결국, 0.5집을 흑이 이기는 것이다. 만약 흑집이 67집이고, 백집이 61집이라면 반대로 백이 0.5집을 이겨 백 승리가 확정된다. 이 0.5집은 무승부를 막는 최소한 단위다.

이창호가 신산으로 불린 까닭은 0.5집으로 이기는 경우가 많았기 때문이다.

"이창호는 정확히 0.5집을 이긴다. 더 이겨도 소용없기에 냉철한 기계 같은 수읽기를 해서 더도 말고 덜도 말고 딱 0.5집만 이긴다."

이 9단이 최정상에 있을 때 이런 소문이 돌곤 했다.

물론 이 말을 믿지는 않는다. 이렇게까지 매번 세밀히 계산하는 것은 어쩌면 신의 영역이다. 돌부처 감각이 최절정일 때 계산능력이 너무도 탁월해 본능적으로 유불리를 판단, 0.5집을 더 확보했거나 지키는 능력이 뛰어났기에 '반집의 승리'를 많이 챙겼을 것이다. 이 9단도 훗날 "반집을 이기는 것은 대세관이 어울린 감각이고, 정확히 반집을 집어내기란 어려운 것"이라고 했다. 아무튼 세간의 평가대로 이창호가 반집까지 읽어내는 능력을 갖췄든, 그의 말대로 운이 작용했든, 이창호가 대세 흐름에 대한 직관과 정확한 끝내기 능력 면에서 타의 추종을 불허했던 것은 분명하다.

사실, 이창호가 등장하기 전에는 반집 승부는 순전히 운으로 치부됐던 시절도 있었다. 1980년대 중반까지 반집 승부는 '운수 좋은 날'로 통했다. 반집까지 읽어내는 초정밀 계산능력은 인간 능력 범주의 밖으로 본 것이다. 하지만 이창호가 우연히든, 실력이든 반집승을 자주 연출하니까 점점 반집승이 우연이 아닌, 실력이라는 인식이 확산된 것이다.

어쨌든 이창호의 등장으로 인해 바둑에서 끝내기 중요성은 매우 강조됐다.

"조훈현 9단의 시대까지만 해도 수읽기와 전투력이 가장 중시됐는데, 이창호가 등장하면서 끝내기, 계산력, 종반에서의 치밀함 같은 것들의 중요성이 새롭게 조명됐다. 이창호가 세계 바둑계에서 종반의 지평을 넓힌 영향력만큼은 인정하지 않을 수 없다.”

13세에 입단하고도 흔치 않게 학업도 병행해 '공부하는 프로기사'로 불린 최규병 9단의 해석이다.

이창호 시대 이후 끝내기는 현대 바둑에서 포석만큼이나 중요하다는 인식이 보편화됐다. 초반 포석, 중반 힘겨루기, 중반 이후 세력을 바탕으로 한 집짓기를 잘해도 끝내기에서 실착을 거듭해 손해를 자꾸 보다 보면 역전패하는 일이 고수 바둑에선 흔하다. 그래서 요즘 바둑 강자들은 한결같이 끝내기에 강하다. 큰 것부터 작은 것까지 정확한 수순으로 끝내기에 관한 한 달인이 된 것이 요즘 프로기사들이다.

반집승 하면 떠오르는 이가 또 있다면 단연 이세돌이다. 이세돌 9단은 지난 2012년 12월 중국 상하이 그랜드센트럴호텔 특설대국실에서 열린 제17회 삼성화재배 결승 3번기 3국에서 구리 9단에게 반집을 이겨 2대1로 타이틀을 차지했다. 제1국도 반집승이었고, 2국은 불계패했지만, 세 번째 또 반집승으로 이겨 최종 승리했다. 상금이 3억 원이었으니, 반집짜리(각각 1억5천만 원) 두 개가 합쳐진 한집으로 3억원을 번 셈이다.

바둑에서 끝내기는 인생에서는 마무리와 같을 것이다. 인생 역시 마무리가 중요하다.

금수저로 태어나 젊은 시절을 화려하게 살고, 영광의 중년을 보냈더라도 말년이 좋지 않으면 그를 행복한 사람이라고 말하지 않는다. 1년 농사 잘 지어도 마지막 수확 때 망치면 소용없게 되는 것. 그런 자연의 이치처럼 인간의 삶도 '아름다운 마무리'가 중요한 법이다. 욕심과 집착에서 벗어나 보기 좋은 마무리를 하려는 사람을 보는 것은 즐거운 일이다.

민병철 전 건국대 교수를 얼마 전에 만났다. '국민 영어 선생님'으로 유명한 민 교수는 지금은 강단을 떠났지만, 선플운동본부 이사장으로 활동하고 있다. 민 이사장은 악플이 사회문제가 됐을 때 선플운동을 해야겠다고 마음을 먹었단다.

"선한 언어습관이 욕설과 말다툼을 줄이고, 학교폭력 감소로 이어질 것으로 확신했습니다. 실제 선플달기운동을 전개한 이후 학교 폭력이 50% 이상 감소했다는 울산교육청의 발표에 큰 힘을 얻기도 했어요."

40·50세대라면 '민병철'이라는 이름 석 자를 모르는 이가 없을 것이다. 민병철 생활영어 책과 카세트테이프가 영어 공부의 최고 수단이던 시절에 영어 획일화 교육이라는 폐를 끼쳤다는 평가도 있긴 하지만, 민 이사장은 평생을 열심히 살아온 사람이다.

민 이사장은 서울 삼각지 근처에서 태어났다. 연희동으로 이사했는데, 마침 다니던 교회 목사가 호주 사람이었다. 목사 자녀와 매일 어울리다 보니 자연스럽게 영어가 늘었다.

대학 때 등록금 때문에 영어 학원에서 강의를 했고, 그게 계기가 돼 입소문을 타고 유명 강사가 되어 아예 학원도 차렸다. 100만 권 이상

팔린 민병철 생활영어(카세트테이프 포함)로 큰돈을 벌었다.

그가 지금 얼마만큼의 부자인지는 모르지만, 선플달기운동은 자기 돈으로 충당한다고 했다.

"혹시 정치 생각 있으세요?"

"정치 생각 있었으면 벌써 옛날에 했겠지요. 제가 마지막 할 일을 선플달기운동에서 찾은 것뿐입니다."

바둑에서 끝내기란 진짜로 끝이 아니다. 끝내기에도 단계가 있다. 큰 끝내기는 상대방의 집을 10여 집 가까이 줄이고, 내 집을 수십 집 이상 불릴 수도 있다. 그런 의미에서 끝내기는 최종 착점은 아니다. 그리고 끝내기를 잘하면 다음 바둑 기운이 더 세진단다.

인생에서도 끝내기는 맨 마지막 수단은 아니다. 끝내기를 잘하면 제2 인생을 살 수 있다.

최근 한 모임에서 대기업 임원을 만났다. 대화가 한창이었는데, 갑자기 그가 미안한 표정을 짓는다. "그래도 말씀드려야 할 것 같아서……"라며 운을 뗀다.

다음 달 회사를 떠나게 됐단다.

"우리 회사가 인수합병이 됐는데, 임원인 제가 구조조정 리스트에 올라 해임통보를 받았습니다."

좌중엔 침묵이 흘렀다. 분위기가 무거워졌다. 하지만 그의 목소리는 담담했다.

"하지만 기분은 나쁘지 않습니다. 제가 담당한 것이 인사인데, 어차피 제가 1년이고 2년이고 더 있으면 제 손으로 부하직원을 잘라야 하는 일을 해야 해요. 그러잖아도 제 손에 피를 묻힐 수 있다는 것이 정말 스트레스였는데, 오히려 홀가분합니다. 제 자랑 같지만 부하직원들에게 이미지가 좋은 편이었는데, 이미지를 흐리면서 남의 집 가장목을 치는 일을 하고 싶지 않았거든요.”

직장은 잃게 됐지만, 살아오면서 얻은 신망과 존경을 무너뜨리지 않게 돼 오히려 행복하다는 그의 말이 가슴을 울렸다. 난 그가 어디를 가든 환영받을 수 있으며, 반드시 재기할 것으로 믿는다. 그는 정말로 인생을 최종 승리로 만들 수 있는 큰 끝내기를 했으니까. 그 큰 끝내기를 바탕으로 새롭게 전개할 작은 끝내기에서도 속속 내실을 챙길 것으로 확신한다.

이런 점에서 윤여준 전 환경부 장관의 사례는 안타깝다. 정말 그를 좋아했었다. 관료보다는 정치인이 어울리는 그는 예전부터 ‘보수의 장자방’으로 불렸다. 선거의 최고 전략가로 통했다. 윤 전 장관은 정세를 정확히 꿰뚫는 눈, 정치 판도를 족집게처럼 예측하는 능력, 민심을 물 흐르듯이 읽어내는 통찰력 등을 고루 갖췄다. 강단도 있다. 2000년 김윤환·이기택 씨 등 정치 거물을 퇴장시킨 한나라당 물갈이 공천 기획은 그의 작품이다. 그가 여의도에서 활동할 때, 비범함은 빛나 보였다.

“이제 정치라면 신물 나요. 장자방이란 소리도 듣기 싫고요. 지방에 내려가 집 짓고 편하게 살고 싶어요.”

10년 전쯤, 그는 그렇게 말했다. 정말 집 짓고 공기 좋은 데서 사는 줄 알았다.

그러더니 어느 날 안철수 멘토로 등장했고, 여러 번 마찰을 겪다가 헤어졌다가 또 합치면서 국민의당 공동창당준비위원장을 하더니, 아예 최근엔 남경필 경기도지사와 손을 잡고 일한단다.

사람은 누구나 자기 길에 할 말이 있는 법이다. 윤 전 장관 역시 세상이 원하니까, 세상이 부르니까 '집 짓고 편안하게 살 입장'은 되지 않았을 수 있다. 그렇지만 윤 전 장관이 정치를 딱 끊었다면, 최소한 보수의 장자방으로서 일관성 있는 행보를 보였다면, 그의 후반부 인생이 더 빛나지 않았을까 하는 생각이 든다.

정치를 잘 모르면서 괜히 건방진 소리를 한 것 같다.

12

복기(復棋),
되돌아봄은 행복이다

골프 초보자 때의 일이다. 인연이 닿은 어느 중소기업 사장님과 골프를 치게 됐는데, 몇 번째 홀에서인가 세컨드 샷을 할 때쯤 그가 어깨를 툭 치며 이렇게 말했다.

"김 기자, 골프칠 땐 가끔 뒤를 돌아봐. 얼마나 골프장이 아름다운지 알게 될 거야. 앞만 보고 가면 골프장이 아름답다는 것을 절대로 알지 못하지. 가끔은 내가 걸어온 길이 최고로 예쁘고 아름다운 거야."

그 뒤로 가끔 뒤돌아봤다. 내가 지나쳐온 코스가 예쁜 것을 재발견할 수도 있었지만, 왜 내가 코스 공략을 그렇게 서툴게 했는지 반성도 됐다. 골프 실력이 조금 업그레이드된 것은 그의 가르침 덕분이었다.

바둑에서 복기는 예의이자 도(道)다. 바둑을 잘 모르는 시청자라도 이세돌 9단이 알파고에 진 날도 습관적으로 복기를 하려다 복기 상대가 없어 멋쩍은 표정을 지은 것을 기억할 것이다. 프로세계에서 복기는 새로운 대결을 위한 자기반성이자, 반추다.

바둑을 전혀 모르는 이는 프로기사들이 자신이 착점한 첫수부터 끝수까지 암기하며 그대로 둬가는 수순을 보곤 감탄했을 것이다. 복기는 그래서 아무나 할 수 있는 건 아니다. 되돌아보면서 자신의 바둑을 가다듬는 것, 새로운 바둑에서 똑같은 실수를 재연하지 않으려 노력하는 것, 여기에 복기의 미학이 있다.

"인간만이 할 수 있는 복기는 자기의 바둑 세계를 발전시키고, 삶을 풍요롭게 합니다. 졌다면 진 이유, 잘못했다면 잘못한 이유를 찾아내는 것, 그래서 똑같은 실수를 하지 않으려 하는 것, 이것이 복기가 아름다운 까닭입니다."

정수현 프로 9단은 복기에 이런 의미를 부여한다.

골프 얘기를 꺼냈으니, 프로 골퍼 세계로 아예 눈을 돌려보자.

김효주(20·롯데)는 요즘 잘나가는 골퍼 중 하나다. 김효주는 2014년 LPGA 메이저 대회 '에비앙 챔피언십' 우승으로 2015년 루키로 합류했다. 그런 김효주는 2016년 개막전부터 '퓨어 실크 바하마 LPGA 클래식'에서 우승을 차지해 한국 낭자의 LPGA 우승 사냥에 힘을 보태고 있다.

김효주의 강점은 강한 멘털이다. 여간해선 흔들리지 않는다. 그가 강한 정신력을 보유하게 된 배경에는 뛰어난 기억력이 자리 잡는다. KLPGA에서는 경기 내용을 가장 잘 복기하는 선수로 김효주를 꼽는

다. 완벽한 복기를 통해 똑같은 실수를 절대로 하지 않으려 노력한다
는 뜻이다. 김효주 주변인들은 "(김 선수가) 경기 후에 마치 스크립트
를 읽듯이 홀 별 상황을 주저없이 설명하곤 한다"고 입을 모은다.

인생에서 복기는 정말 중요하다. 실패는 누구나 할 수 있다. 그러나
복기를 통해 실패를 거울삼아 새로운 성공의 밀알로 삼는 이는 드물
다. 복기는 뒤돌아보는 것이자, 과거의 잘못을 성공의 씨앗으로 부활
시키는 초강력 매개체다.

필자가 골프장에서의 뒤돌아봄이 중요하다고 했지만, 산행에서의
뒤돌아봄이 소중하다고 말하는 이도 있다. 옛날 전 세계 고수들을 추
풍낙엽처럼 나가떨어지게 만들었던 조훈현 9단 얘기다.

조 9단은 산을 좋아한다. 특히 능선을 좋아한다.

"능선에 있으면 가야 할 길을 볼 수도, 걸어온 길을 되돌아볼 수도
있기 때문입니다. 바둑에서도 돌아보기를 즐기는 것은 같은 이유입니
다"

조 9단은 "대국이 끝나면 복기를 하는데 나의 수를 되돌아보고 한
수 고쳐 놓을 수도 있어요. 복기를 하다 '이 수가 참 좋네', '이 길은
안 가길 잘했구나' 하는 보람까지 느낍니다"라고 말한다.

얼마 전 파란만장했던 개인사와 바둑 이야기를 담은 첫 에세이집
'조훈현, 고수의 생각법'을 펴낸 조 9단은 복기에 대해 또 이렇게 설
명한다. 참으로 명쾌한 해석이다.

"우리가 바둑판에서 배울 점은 무수히 많지만, 그중에서도 복기하는 습관은 인생을 살아가는 데도 큰 도움이 됩니다.바둑에는 승자와 패자가 머리를 맞대고 대국 내용을 되짚어 보는 복기가 있지요. 패자가 괴로운 감정을 누르고 복기를 하기란 쉽지 않습니다. 그런데도 우리가 복기를 해야 하는 건 그 과정을 거쳐야 무엇을 잘했고, 무엇을 잘못했는지를 정확히 알고 넘어갈 수 있기 때문입니다. 복기를 잘해 두면 같은 실수를 반복하지 않고, 좋은 수를 깊이 연구해 다음 대국에 활용할 수 있습니다. 그렇습니다. 아파도 뚫어지게 바라보는 연습을 해야 하는 건 우리 인생도 마찬가지입니다. 실패를 바로 볼 수 있어야 되풀이하지 않죠."

이세돌 9단이 4국에서 알파고에 첫 승리를 거둘 수 있었던 것도 복기가 바탕이 됐다. 3국후 이 9단은 집념의 복기를 했다. 4국만큼은 정말 이겨보고 싶다는 절실함이 복기를 통해 고스란히 전달됐다고 한다. 이 9단과 유년시절부터 함께 바둑을 공부해온 한종진 9단은 이세돌 9단의 3국 패배 후 이 9단의 숙소를 찾아 복기를 도왔다고 한다.

한 9단은 언론 인터뷰에서 "원래는 혼자 괴로운 시간을 보내고 있을 것 같아 위로를 해주려고 간 것인데, 이 9단은 거듭 패인 분석에만 열중했다"고 했다. 그는 "3국 복기를 마친 뒤엔 (이 9단이) 다시 1국과 2국을 복기를 되풀이했다. 저녁 식사까지 이 9단의 아내가 시켜준 룸서비스로 해결했다"고도 했다. 이 복기를 통해 이 9단은 4국에서 아름다운 승부를 펼쳤고, 알파고에 첫 승리를 거두는 기염을 토했다.

정치 얘기를 꺼내는 것이 부담스럽기는 하지만, 복기는 현 정부에게도 매우 중요한 것일 수 있다.

지난 4·13 총선이 끝난 직후 실시한 여론조사(리얼미터)에서 박근혜 대통령의 국정 수행 지지도는 31.5%로, 취임 이후 가장 낮은 수준을 기록했다. 이는 그때까지 리얼미터가 박 대통령의 취임 이후 실시한 약 3년 2개월 동안의 주간 집계 기준으로 가장 낮은 것이었다. 기존 최저 지지율은 연말정산 세금 폭탄 후폭풍과 유승민 원내대표 시절 복지 증세 당청 갈등이 격화됐던 지난 2015년 2월 첫주에 기록했던 31.8%였다. 청와대 쪽에서 더 심각해 보이는 것은 박 대통령의 지지율 기반이었던 대구·경북과 60대 이상에서 지지율 추락세가 뚜렷했다는 점에서다. 총선 후 레임덕이 본격화되고 있음을 의미한다.

박 대통령과 청와대가 집권 이후 국민과의 소통 부재 논란, 친박 인물의 편중 인사, 여의도와의 교감 부족 등과 같은 실정(失政)을 복기하지 않고선 더 이상 힘을 받을 수 없을 것은 명확해 보인다. 남은 임기 동안 박 대통령이 기존 정부와 같이 레임덕에서 헤맬지, 아니면 '박 대통령은 달랐다'는 평가를 얻을 수 있을지는 그동안 수행해 온 국정에 대한 자기 담금질성의 냉철한 복기 여부에 달렸다.

인공지능 시대, 그래도 바둑 리더십

01

초절정 고수들의 바둑 카리스마…
조남철, 김인, 조훈현, 이창호, 이세돌, 박정환까지

바둑계에선 우연으로 받아들이기엔 너무 놀라운 사실이 하나 있다. 이른바 '10년 주기설'이다.

조남철(1923년생), 김인(1943년생), 조훈현(1953년생), 유창혁(1966년생), 이창호(1975년생), 이세돌(1983년생), 박정환(1993년생).

당대 반상을 풍미했거나 풍미하는 바둑계 제 일인자의 계보다. 세월은 어쩔 수 없는 법.

한때 반상을 호령했던 이들도 어김없이 뒤에 나타난 걸출한 고수 앞에 무릎을 꿇었다. 좋게 말해, 일인자의 바통을 넘겨준 것이다. 이 계보를 보면 앞서 일인자 길을 걸었던 이와 뒤에 그 길을 따라갔던 이가 대략 10년 터울임을 알 수 있다.

'바둑의 아버지'로 불리는 조남철 국수야 워낙 오래되신 분이니 그렇다고 해도, 이후 김인 국수에서 조훈현 국수 그리고 이창호와 이세돌, 현재의 최강자 박정환 프로 9단까지 10여 살 차이다. 김인과 조훈현, 이세돌과 박정환은 정확히 10살 터울이다. 한국 바둑이 10년 주기로 일인자가 바뀌는 패턴을 반복했다는 의미다.

"이유는 설명할 수 없지만, 우리 바둑계는 대략 10년 단위로 불세출의 천재가 등장한 것 같습니다. 그런 점에서 박정환 이후의 차세대 일인자가 너무 궁금합니다. 10년 단위로 천재가 출현한 것이 아마 바둑 인구와 열기가 대단한 중국을 겨우겨우 따라가는 힘일 겁니다."

조훈현 시대 이후 차세대 주자로 주목받았었던 양재호 프로는 이렇게 진단한다.

이세돌과 알파고 세기의 대결 후 '바둑'은 재조명받았다. 인간을 대표한 이세돌이 인공지능과 고독한 싸움을 벌이는 장면에서 감동한 많은 사람, 이중 바둑을 전혀 몰랐던 사람들도 '도대체 바둑이 뭔가'라는 관심을 갖기 시작했다. 온라인과 SNS에서 '알기 쉬운 바둑용어' 퍼 나르기 열풍이 분 것은 이 때문이다.

특히, 바둑 입문자와 초보자들은 이세돌이 한 이 말을 주목했다.

"알파고가 잘 두는 것은 맞지만, 바둑의 신은 아닙니다. 내가 아니라 젊은 프로기사인 박정환 선수가 뒀다면 충분히 이겼을 것입니다."

자기 대신 박정환이 알파고와 상대했더라면 승리했을 것이라는 이 말로, 금세 '박정환'은 검색어 1위에 올랐다.

더불어, 반상을 지배하는 현재 고수는 물론 반상을 호령했었던 예전 바둑계 인물에 대한 호기심도 검색 열풍을 부채질했다.

바둑 일인자 세계는 무협지의 세계와 닮았다.

어느 날 하늘에서 뚝 떨어진 무림 고수, 자기의 내공이 도대체 어느 정도인지 가늠조차 할 수 없는 이 신예 강호 앞에 추풍낙엽처럼 쓰러지는 무림 고수들. 여기에 열광한 사람이 한둘이 아니다. 필자 역시 한동안 무협지에 푹 빠져 있었음을 고백하지 않을 수 없다.

하지만 무협지와 바둑 세상은 다르다. 무협지에서 신예 고수는 절치부심의 오랜 세월 동안 절차탁마(切磋琢磨)를 통해 내공을 길러왔을 수도 있고, 아니면 주화입마(走火入魔)와 함께 목숨을 내놓을 위험을 무릅쓰고 스승들이 공력을 제자 몸에 불어넣었을 수도 있지만, 바둑은 다르다. 인내와 고통, 영광과 수많은 좌절, 밤새운 복기의 노력 끝에 일인자의 내공을 얻을 수 있는 게 바둑이다. 무협지와 달리 어느 날 우연으로 최절정 고수가 될 수 없다는 뜻이다.

당대 최고 고수들은 내공 키우는 법도 달랐지만, 바둑 스타일도 천차만별이었다. 카리스마 색깔도 뚜렷하게 구별됐다.

누가 뭐래도 현대 바둑의 1세대 최고수는 조남철 선생이었다. 그는 '한국 바둑의 아버지'로 불렸다. 그를 빼놓고는 한국 바둑계를 설명할 수 없다는 얘기다.

조남철 선생은 1950년 6월 20일 '단위결정시합'에서 국내 최초로 3단을 인정받았다. 그때까지 '단'이란 것은 없었다. 대체로 '급'으로 통칭됐다.

당시 바둑계에선 조남철 선생을 대적할 자가 없었다. 조남철 선생은 1956년 처음 탄생한 국수전에서 우승했다. 그 자리를 9년간 지켰다. 그래서 지금도 '조남철 국수'로 불린다. ('국수'라는 타이틀은 바둑인 제1의 영광으로 여겨진다. 국수전은 동아일보 주최로 1956년 처음으로 열렸고, 2016년 60년을 맞았다. 국내 프로 기전의 효시다. 이후 수많은 프로대회가 만들어졌다가 없어졌지만, 국수전은 여전히 건재하다. 수많은 프로가 가장 우승하고 싶은 대회는 그래서 국수전이다. 국수전 우승 계보는 한국 바둑계 일인자 계보와 동일하게 이어져 왔다.)

조남철 국수의 바둑은 호방하고 두터웠다. 무엇보다도 그는 바둑 후학들에게 사표가 됐다. 바둑을 꿈꾸는 이들의 롤모델은 조남철이었다. 그는 그것을 즐겼다. 후학을 양성하는 것은 그의 일생의 목표였다. 전북 부안 출신의 조 국수는 1945년에 대한민국 최초의 기원인 '한성기원'을 설립했다. 이 명맥은 그대로 이어졌고, 바둑 강자 중에서 호남 출신이 유난히 많았던 것은 이와 무관치 않다.

영원한 일인자는 없는 법이다.

조남철 바통을 이어받은 인물은 전남 강진 출신의 시골소년 김인이었다.

13살 때 바둑판을 품에 안고 서울로 올라온 그는 일본 유학을 다녀왔고, 착실히 내공을 다졌다.

드디어 김인은 1966년 제10기 국수전어서 조남철 선생 맞은 편에 앉게 됐다. 조남철 국수가 이 판을 이기면 10년 연속 국수전 우승이라는 금자탑을 쌓을 수 있었다. 하지만 김인은 20년 동안 바둑 천하를 호령했던 조남철 앞에서도 기가 죽지 않았다. 혈전의 승부 끝에 김인이 이겼다. 죽을죄라도 지은 듯 김인은 고개를 떨궜다. '유학파'가 한국 정석바둑을 이긴 첫 사례이기도 했다. 하지만 조남철은 호탕하게 웃었다. 20년간 군림했던 일인자가 물러나고, 후학의 신예가 일인자로 등극하는 순간은 이렇게 아름다웠다.

한번 받은 탄력은 위력이 있는 법이다. 김인 국수는 1970년대 초까지 무적을 자랑했다. '젠틀맨' 별명을 가진 김인 국수는 이후 국수 6연패, 왕위 7연패, 패왕 5연패 등 10년간 30개 타이틀 획득이라는 전인미답의 위업을 쌓았다.

김인의 독주에 제동을 건 이는 정확히 열 살 아래인 조훈현 국수였다. 조훈현은 1962년 9세의 나이로 세계 최연소 입단 기록을 세운 '바둑 신동'이었다. 조훈현 역시 어린 나이에 일본으로 건너가 일본인 스승에게 바둑을 배웠다. 일본에서 신인상을 수상할 만큼 기재가 뛰어났다. 유학을 끝낸 조훈현이 한국으로 돌아온 것은 지금 돌이켜보면 바둑계의 일대 사건이었다. 이미 경지에 오른 조훈현은 파죽지세로 달렸고, 1983년까지 6년 연속 바둑문화상 최우수기사상 수상, 1986년 제3차 전관왕(11관왕) 등 '신기록 제조' 행진을 이어갔다.

조훈현이 불세출의 기사로 불리는 것은 그때까지 국내에 머물렀던 바둑계 시선을 해외로 돌렸다는 점에 있다. 조훈현은 1989년 응씨배(초대 대회)에서 우승했다. 이 우승은 정말 대단한 것이었다.

응씨배는 중국이 처음으로 만든 것으로, 원래 중국기사의 실력을 과시하기 위한 대회로 구상했다. 당시 바둑은 중국과 일본이 주도권을 쥐고 있었고, 한국은 한 수 아래로 평가 받을 때였다. 응씨배를 만들면서 중국과 일본 두 나라 기사들끼리 싸우면 명분과 모양새가 약하니까, 한국 기사를 슬그머니 끼워 대형이벤트 대회라는 점을 부각하려 했던 게 중국이었다. 그래서 한국기사를 유일하게 한 명 초청했는데, 그게 조훈현이었다. 그런데 전혀 거들떠보지 않았던 조훈현은 고수들을 차례차례 물리치고, 급기야 세계 최강이던 중국의 녜웨이핑 9단을 상대로 3:2 역전승 드라마를 거둔 것이다. 중국은 놀라 한국을 다시 봤고, 한국은 더 놀라 발칵 뒤집혔다.

"우승하고 돌아오자 김포공항에서 서울 종로구 관철동 한국기원까지 카퍼레이드를 해줬는데, 정말 실감이 나지 않더군요. 제가 봐도 대단했어요."

조 국수가 한번은 이렇게 회상한 적이 있다.

세상은 참 재미있는 법이다. 그때 카퍼레이드 장면에 감동을 받아 프로기사가 되겠다고 결심한 인물이 있으니, 그가 바로 28년 뒤 알파고와 불꽃 승부를 벌인 이세돌이었다고 한다.

조훈현 세상은 이렇게 시작됐고 만개했다. 1992년에는 통산타이틀 획득 124회로 세계 최고 기록을 세웠고 1993년에는 패왕전을 우승해 한 기전 최다연패 기록인 16연패의 기록을 달성했다. 국가대항전인 진로배와 이듬해 후지쓰배를 우승함으로써 세계대회 사이클링 히트(응씨배·동양증권배·진로배·후지쓰배) 달성이라는 기염을 토했다.

바둑 황제 조훈현 롱런의 비결은 별명 '조제비' 속에 있었다. 반상에서 그는 누구보다 영민했고 민첩했으며, 형세 판단이 정확했다. 그가 맘먹고 때리는 카운터펀치 앞에 도전자들은 속속 나가떨어졌다. 그는 공격바둑의 시초였다. 지금 표현대로 하자면 조훈현은 거침없는 강공 바둑으로 한국 바둑을 글로벌화시킨 일등공신이기도 했다.

조훈현을 일인자 자리에서 끌어내린 인물은 바로 제자인 이창호였다. 바로 직전 유창혁이라는 스타가 나타나 위협하긴 했지만, 그 역시 도전자 중 하나로 끝났다. 유창혁은 당대 최고의 기재를 갖고 태어났지만, '게으른 천재'였다. 아니, 그보다는 천성이 너무 착해 혹독하고 냉철해야 하는 일인자 세계에 진입할 수 없었는지 모른다.

아무튼 이창호는 조훈현 자리를 꿰찼다. 이창호는 11세에 입단(스승보다 2년 늦었다)했고, 1989년 14세에 첫 번째 국내 타이틀을 따냈다. 이는 아직도 깨지지 않은 대기록이다.

이창호의 영특함과 천재성을 알아차린 조훈현은 이창호 스승을 자임했다. 집에 데려다 숙식을 제공했고, 제자로 키웠다. 하지만 이창호는 도무지 알 수 없는 사람이었다. 말수가 적고 묵묵히 바둑만 뒀다. 밤낮없이 이창호 방에선 혼자 바둑돌 두는 소리만 났다. 어느 날부터 스승과 제자는 같이 집에서 나가 같이 돌아오곤 했지만, 스승은 침울해했고 제자는 송구스러워했다. 제자 이창호가 스승 조훈현에 승리를 거두는 횟수가 많아진 것이다.

"밥상에 앉아 남편은 숟가락 젓가락질만 하고, 창호는 고개를 푹 떨구고 말없이 밥만 먹고……. 정말 그런 그림 또 없을 겁니다.”

언젠가 조훈현 국수 아내가 옛일을 회고하면서 들려준 말은 참 인상적이었다.

이렇게 스승을 누르며 승승장구한 이창흐는 ‘돌부처’, ‘신산’이라는 별명을 얻어가며 1991년부터 2006년까지 16년간 선두(세계랭킹 1위) 자리를 지켰다. 입단 10년도 안 된 1994년에 이미 국내 16개 기전을 모두 한 번씩 우승하는 사이클링 히트를 달성했고, 2003년에는 그랜드슬램(7개 세계 대회 1회 이상 우승)까지 일궜다.

이창호는 거대한 산(山)이었다. 그의 신중하고 우직한 행마, 치밀한 계산능력을 연구하며 수많은 후배가 ‘이창호 타도’를 외쳤지만, 그의 요새는 굳건했다.

이창호가 체력적인 한계를 보이며 자연스럽게 퇴색하자, 등장한 이가 이세돌이다.

이세돌은 창조적이었으며, 기존 바둑의 틀을 온몸으로 거부했다. 좌충우돌, 이것이 그의 캐릭터였다. 이창호와 다른 점이었다. 임기응변이 뛰어났으며, 독특한 수를 특히 많이 시도했다. 구글이 이세돌을 알파고 상대로 택한 것은 이와 무관치 않을 것이다. 창조와 응용력이라면 세계 최고수 중에서 가장 뛰어나다는 평가를 받는 이가 이세돌이다.

이세돌 이후 현재의 최강자는 박정환이다. 한국 나이로 24살, 한창 때인 박정환은 누구나 인정하는 한국 랭킹 1위다. 13살에 입단한 박정환은 두터운 힘과 가공할만한 형세 판단 능력을 갖췄고, 컴퓨터처럼 계산 능력이 뛰어나다는 얘기를 듣고 있다. 재미있는 것은, 박정환은 그 옛날 김인, 조훈현, 이창호, 이세돌의 장점을 고루 갖췄다는 평가를 얻고 있다는 점이다. 한마디로 바둑 스타일로 따지면 최강자 장점을 모두 섭렵해 완벽하다는 것이다. 다만, 모든 면에서 완벽한 것은 사실인데, 예전 일인자들이 갖췄던 '최고수 킬러로서의 한방'은 아직은 완성되지 않았다는 평도 듣는다. 이를 거꾸로 해석하면 '박정환만의 바둑'이 구축된다면 박정환의 장기집권을 예상하는 이가 많다는 뜻이 된다.

물론, 박정환도 일인자로서 스쳐 지나갈 인물일 것이다. 영광은 영원히 독차지할 수 없다. 10년 주기설을 감안한다면, 차세대 바둑왕좌는 박정환보다 열살 정도 아래인 바둑 새싹 중에서 차지할 가능성이 커 보인다.

그게 누굴까. 알파고, 넌 알고 있니?

02

바둑과 CEO 리더십

대마불사(大馬不死). 이 단어처럼 유명한 바둑용어는 없을 것이다. '대마는 좀처럼 죽지 않는다.'는 말이다.

그런데 오해를 해선 안 된다. 대마가 꼭 죽지 않는다는 뜻은 아니니까. 대마가 죽으면 바둑이 망하기에, 그것을 경계하는 말이다. 대마불사의 뜻은 대마는 잡히지 않는다는 게 아니라, 대마를 살리고 보호해야 한다는 데 방점이 찍혀 있다.

대마불사라는 바둑용어만큼 기업 경영에 시사점이 많은 것은 거의 없다. 대우가 해체되는 비운을 겪긴 했지만, 대체로 우리 기업의 생명력은 길고도 길었다. 서바이벌 경영을 잘했든, 정책 당국의 배려가 있었든, '큰 기업'들은 숱한 어려움을 극복하면서 위기 후 안정을 되찾곤 했다. 국민의 돈을 갖다 쓰며 이에 따른 쏟아지는 비판을 감수하고라도 버텨왔던 게 국내 기업들이었다.

하지만 최근 몇 년간의 대한민국 기업사(史)는 달랐다. 샐러리맨 신화(강덕수)를 대표하던 STX는 침몰했고, '윤석금 신화'로 잘나갔던 웅진은 재기에 나서고 있지만, 한때 좌초됐었고, 동양은 모럴헤저드 논란과 함께 몰락의 길을 걸었다.

더이상 대마불사라는 단어가 한국 기업의 진리이자, 수호신이 아니라는 의미다.

아마, 그늘 밑으로 추락한 기업이 있다면 '언제든지 사업은 망할 수 있으니, 경계를 게을리하지 마라'는 대마불사의 원뜻을 왜곡한 벌을 받고 있는 것일지도 모른다.

"잘 나갈 때의 상황에 안주함으로써 새로운 사업에 대한 탐색이나 경제적 환경 변화에 따른 유연한 대처에 게으른 것이 회사가 망하는 원인입니다."

조동근 명지대 경제학과 교수의 분석은 굉장히 날카롭다. 대마불사를 철석같이 믿고, 부단한 노력에 소홀한 기업의 말로 원인을 정확히 지적한 것이다.

요즘 시대는 대마불사가 아니라, '튼튼하면 죽을 수 없는' 견마불사(堅馬不死)를 신봉하고 추구해야 한다는 뜻이기도 하다.

바둑 용어 중 기업경영과 오버랩되는 것은 대마불사 말고도 많다. 큰 이득을 위해 작은 이득을 버리는 사석(捨石)작전은 경영의 인수합병(M&A) 원리와 묘하게 닮았고, 내가 산 후 상대방을 노린다는 뜻의 아생연후살타는 내실 없이 새로운 사업을 문어발처럼 탐욕스럽게 벌리는 경영적 판단을 경계하는 것이다.

"바둑은 곧 경영이다."

그래서 이 말은 진리처럼 다가온다.

기업 최고경영자(CEO) 중 바둑을 좋아하는 사람이 유독 많은 것은 이런 이유에서다. 바둑에서 인생을 태우듯, 바둑에서 경영에 관한 영감을 꾸준히 추구하는 것이다.

구본무 LG그룹 회장이 대표적이다. 다음은 명해설자이자, 바둑 이론에 일가견이 있는 백성호 프로 9단이 소개한 일화다.

"어느 날 구본무 회장님한테 전화가 왔습니다. '나 구본무요'라고 하더군요. 처음엔 못 알아듣다가 구 회장이라는 것을 알았습니다. 깜짝 놀랐죠. 구 회장이 말하더군요. '일본에서 사업상 귀한 손님이 오시는데, 그 손님이 당신 얘기를 하더라. 일본에서 만났었는데 다시 한 번 만나 바둑을 두고 싶다고 하더라. 방문해줄 수 있겠는가'라고요. 그러겠다고 했죠."

대기업 회장이 직접 전화까지 줬다는 사실이 너무 고맙기도 해 회사를 찾아갔다. 정말로 일본에서 만났었던 기업인이 와 있었다. 그 사람과는 일본에서 바둑 몇 판을 둔 적이 있었다. 일본 기업인은 그때의 추억을 잊지 못해 백 프로를 찾았고, 구 회장에게 만나게 해달라고 요청을 해 만남이 성사된 것이다.

둘은 회장 사무실에서 바둑을 뒀다고 한다. 그런데 재미있는 것은 구본무 회장이 뒷짐을 진 채 뒤에 서서 정말 열심히 대국판을 들여다보고 있었다는 점이다. 한 수 한 수 들여다보면서 돌들이 위험할 때는 자기가 두는 것처럼 안타까워하고 한숨을 쉬는 등 바둑에 푹 빠져들더라는 것이다. 구 회장은 몇 번이고 중요 미팅이 있다며 자리를 뜨곤 했다. 그러면서도 좋은 장면 놓치는 게 아깝다는 듯이 '천천히 두고 있어. 너무 빨리 두지 마'라고 말했다고 한다. 실제 몇 번이고 다시 돌아와 바둑판에 다시 빠져들었고, 나중엔 대놓고 훈수까지 거들었다고 한다.

"정말로 구 회장이 바둑을 사랑한다는 느낌을 받았습니다. 인상적이었습니다. 왜 동네 바둑 있잖아요? 동네에서 바둑을 두면 꼭 훈수하는 사람들이 있는데, 구 회장이 훈수하는 모습에서 사람 냄새가 나더군요."

백 프로에게 '거마비 얼마 받았는가'라고 물었더니, '작지는 않았다'며 그저 웃기만 했다.

구 회장은 종종 곤지암리조트로 프로기사를 초청해 대국을 치르기도 해 이처럼 바둑 기사들에게 인기가 높다.

바둑 아마 7단인 허동수 GS칼텍스 회장 역시 바둑 얘기를 할 때 빼놓을 수 없는 인물이다. 바둑 자체를 워낙 좋아하기도 하지만, 바둑계를 발전시킨 공로 역시 작지 않다. 허 회장은 지난 2001년부터 13년간 한국기원 이사장을 맡아 바둑이 아시안게임 정식종목으로 채택되는 데 큰 공을 세웠다.

사실상 명예뿐인 한국기원 이사장을 10년 이상 맡아 한국 바둑계에 대한 책임감을 놓지 않았다는 것 하나만으로도 바둑에 대한 남다른 열정을 엿볼 수 있다.

"GS칼텍스배가 여전히 유명한 대회로 유지되고 있는 것도 허 회장의 든든한 지원이 뒷받침되고 있습니다. 대회에 대한 허 회장의 애정은 각별합니다."

GS칼텍스 관계자의 설명이다.

LS 가(家)의 구자홍 회장은 바둑을 좋아하지만, '바둑 철학자'로도 유명하다. 그는 "바둑은 흑백의 조화로 무한한 세계를 창조한다"는 철학을 갖고 있다. 그에게 있어 바둑은 경영이자 도전, 그리고 영감이라고 한다.

구 회장은 지난 2000년 한국기원으로부터 아마 6단을 공인받은 숨은 고수로 정평이 나 있다. 바둑 꽤나 둔다는 사람들도 구 회장과 대국에서 속속 쓰러졌다고 한다. 구 회장은 개인 홈페이지에 '바둑 사랑'이라는 코너를 따로 마련할 정도라고 하니 거의 바둑 마니아급인 셈이다.

흥미로운 것은 구 회장의 아내와 아들 역시 상당한 바둑 실력을 갖추고 있다는 점이다. 재계에서 보기 드물게 '바둑패밀리'임을 과시하고 있다. 구 회장은 20여 년 전부터 '꿈나무 프로젝트'라는 이름으로 어린 바둑기사를 후원하고 있다. 이세돌 9단과 김지석 9단 등 스타 기사들도 지원했다고 하니, 바둑계로슨 고마운 인물이다.

자식들 경영권 분쟁으로 '인생무상' 소리를 들으며 세간의 안타까운 시선을 받는 신격호 롯데그룹 총괄회장의 바둑 실력은 아마 4단으로 알려져 있다. 그와 바둑을 둬 본 사람들 얘기로는 신 총괄회장의 기풍이 촘촘하고 치밀해서 좀처럼 실수가 없다고 한다. 롯데 경영권 분쟁 여파로, 그의 고령과 판단력 문제가 도마 위에 올랐던 것을 감안하면 세월 앞에선 장사가 없다는 인생 진리가 새삼 가슴에 다가온다.

아무튼 신 총괄회장은 바둑을 좋아했고, 바둑에서 끊임없이 경영 영감을 얻은 것은 분명해 보인다.

신 총괄회장은 통산 73번째 우승컵을 차지한 '불멸의 승부사' 조치훈 9단의 오랜 후견인이기도 하다. 롯데 분쟁이 한창일때 한국에 온 조치훈이 롯데호텔을 방문, 신 총괄회장과 바둑을 두는 장면이 나중에 공개되면서 둘의 남다른 인연은 화제가 됐었다.

한국의 '자수성가 1조 부호'에 이름을 올리며 주목받은 구몬학습의 장평순 교원그룹 회장도 아마 5단의 실력을 갖춘 바둑 애호가다. 시간이 날 때마다 바둑 채널을 보거나 기원에 가는 등 늘 바둑과 함께 하는 삶을 살고 있다. 장 회장은 프로기사들이 내놓는 새로운 수가 있다면 그냥 지나치는 법이 없고, 그것을 연구하면서 사업을 구상한다고 한다. 평소의 바둑 열정이라면, 이번의 이세돌과 알파고 세기의 대결에서도 뭔가 사업적 영감을 얻었을 법하다.

그는 비슷한 실력의 윤석금 웅진그룹 회장과 가끔 대국을 하며 친해졌다고 한다. '방문 판매'를 업(業)으로 삼은 영업맨 장 회장과 윤 회장은 경영자로서 비슷한 길을 걸었고, 통하는 바가 많아 즐거운 수담(談手)을 나누곤 했다는 것이다. 둘은 사업을 구상하거나 그룹의 중대변화를 모색할 때, 반상 앞에 자리를 틀고 골똘히 생각하는 것도 닮았다고 한다. 실제 윤 회장은 웅진그룹의 법정관리 기간에 매일같이 바둑을 두며 마음을 추스렸다고 한다.

아마 4단인 강명주 지지옥션 회장의 스토리도 흥미롭다. 강 회장은 '여류 대 시니어 대항전'을 8년 연속 후원하고 있는 인물이다. 경매정보 제공업체인 지지옥션은 경기도 가평군에 바둑수련원으로 활용할 수 있는 펜션형 산장도 운영하며 '바둑' 하던 떠오르는 기업이 됐다.

강 회장은 고려대 재학 시절, 대학신문어 시사만화 '타이거(Tiger)'를 연재했다. 학보사 간사로 일하기도 했다. 그는 이 경험을 바탕으로 지지옥션의 전신인 경매 정보지를 만들었다. 당시 정보지라는 게 너무 생소했던 때라 모두 그가 악수를 뒀다고 수군댔다. 하지만 지지옥션은 성공했고, 지지옥션의 차별화된 아이템이었던 '광고 없는 신문', '경매물건 정보에 등기부등본 첨부' 등은 묘수로 평가됐다. 그가 어쩌면 바둑에서 얻은 착상을 묘수로 발전시켰는지 모를 일이다.

한 가지 재미있는 점은 바둑은 기업 비전과 실행력에 영향을 주기도 한다는 것이다.

지난 2009년 1월 얘기다. 당시 이명박 대통령은 재계 총수들을 만난 자리에서 현금을 풀어 투자에 나설 것을 당부했다. 전년도 하반기에 서브프라임 모기지 사태가 강타했고, 북미발(發) 금융위기가 한국 경제를 뒤흔들던 때였다. 최태원 SK그룹 회장은 이 자리에서 아생연후살타라는 바둑용어를 언급했다.

"SK의 화두는 생존입니다. 지금은 금융권이 어려워서 투자 시기를 놓고 저울질해야 합니다. 바둑에 아생연후살타란 말이 있듯이 먼저 살고 나서 공격해야 합니다.”

당장의 투자보다는 기업 내실이 우선이라는 생각을 내비친 것이다. 그게 나중 괘씸죄로 작용했는지는 모르겠다. 그렇지만 그런 뜻을 대통령이 있는 자리에서 내놓는다는 것은 엄청난 용기가 필요하다는 점에서 쉽지 않은 것은 사실이다.

“21세기는 천재들이 먹여 살리는 시대다. 바둑 1급 열 명이 머리를 아무리 맞대도 바둑 1단 한 명을 당할 수 없다.”

이건희 삼성 회장이 2002년 사장단 회의에서 설파한 바둑론이다. 삼성은 이후 ‘S급 인재’ 발굴 노력을 가속화했고, 성과에 따른 보상 격차가 커지는 시스템으로 전환했다. 이후 능동적으로 일하는 직원들이 많아졌다고 한다. 비전을 제시하는 것을 즐겼던 이 회장과 관련해선 수많은 에피소드가 있지만, 바둑과 연결된 이 철학은 오늘날 삼성이 있게 된 원동력 중 하나이었음은 분명하다.

“빠른 포석으로 ‘제비’라고 불리던 조훈현 9단은 서봉수 9단이라는 라이벌의 등장으로 ‘전신(戰神)’이란 별명을 추가했습니다. 따라오는 서봉수를 잡는 전략으로 싸움바둑을 개발한 것이죠. 천적에 따라 스타일을 바꾸는 것, 그것이 조훈현의 생존법이었습니다.”

기업 대상의 강연에서 바둑과 경영 이론을 설파해온 정수현 교수(명지대 바둑학과)의 말에선 대마불사란 단어에 길들어 안주하는 것을 경계하고, 꾸준히 변해야 하는 것이 기업의 숙명임을 시사한다.

03

바둑으로 본 영웅 리더십

영화 '어벤져스(The Avengers)'는 영웅 집합체다. 아이언맨, 토르, 헐크, 호크아이, 캡틴 아메리카. 슈퍼히어로인 이 영웅들은 연약한 아이와 여성을 보호하고, 지구를 지킨다.

최첨단 갑옷을 입은 채 우주를 날고 광선을 뿜어내는 아이언맨, 거대한 빌딩 사이를 솟구치며 산만한 바위도 공기놀이하듯이 적을 향해 던져버리는 헐크, 천둥을 부르는 망치로 핵폭탄 같은 위력으로 악당들을 소탕하는 토르. 이들 초인적인 캐릭터에 많은 사람은 열광한다.

어벤져스는 영웅을 그리워하는 이들을 겨냥한 블록버스터 영화다. 영화를 보는 시각은 엇갈린다. 청소년과 젊은층을 중심으로 꿈과 희망을 주는 영화라며 좋게 말하는 이도 있지만, 어떤 이들은 스토리가 황당하고 할리우드 상업성 냄새가 심하게 진동한다며 싫어한다. 이 영화는 실제 마블 스튜디오가 제작하고 월트 디즈니 픽처스가 배급해 개봉

한 할리우드 영화다.

아무튼 어벤져스는 이같이 호불호가 갈리면서도 한국에선 큰 인기를 끌었다.

그런데 여기서 아주 재미있는 사실이 있다. 등장하는 여러 영웅 중 캡틴 아메리카가 슈퍼히어로 팀의 리더라는 것이다.

캡틴 아메리카는 본래 허약하고 평범한 보통 인간이었다. 조국에 봉사하기 위해 군인이 되고 싶었지만, 체력이 부족해 몇 번 퇴짜를 맞았다. 결국, 초병사 계획에 자원해 특수 혈청을 맞고 모든 능력을 인간의 한계 이상으로 끌어올린 초인이 됐다. 비브라늄 방패로 무장하고 제2차 세계대전에 참전해 나치의 음모를 분쇄하지만, 북극에 사고로 추락해 냉동인간이 된다. 이후 깨어난 캡틴 아메리카는 슈퍼히어로팀 리더가 돼 숨 가쁜 지구 수호 작전을 펼친다.

캡틴 아메리카의 캐릭터는 대충 이와 같다. 특유의 복장이 왠지 우스꽝스럽고, 칼과 광선도 뚫지 못하는 방패에 의존하며 싸우는 캡틴 아메리카. 초인이면서도 평범한 일반인 같은 그런 캐릭터. 그게 캡틴 아메리카다. 아이언맨, 토르, 헐크가 가진 무시무시한 능력에 비해 캡틴 아메리카의 힘은 보잘것없이 느껴지기도 한다. 그런데도 캡틴 아메리카는 영화 속에선 리더 임무를 부여받았다. 왜일까.

"당연히 미국 영화이고, '미국 우월주의'를 내세우다 보니 그렇게 된 것 아닙니까. 캡틴 아메리카가 들고 다니는 첨단 방패에 성조기가 그려져 있는 것. 그게 모든 것을 말해주는 것 아닙니까? 국적불명의 토르나 헐크는 그래서 절대 리더가 될 수 없죠.”

대체로 이렇게 답할 것이다. ‘미국산 영화인 데다가 방패를 휘두를 때마다 성조기가 화면에 나오는 히어로가 있는데, 감독 아니라 그 할애비라도 왜 다른 인물을 리더로 정하겠는가’라는 생각과 함께 말이다.

물론, 그런 측면은 분명히 있다.

캡틴 아메리카는 미국인의 상징이고, 가장 오래된 캐릭터다. 캡틴 아메리카 캐릭터는 지난 1941년에 탄생했다. 무려 75년 전에 만들어진 캐릭터로, 나머지 영웅들의 대선배다. 그동안 냉동에 갇혀 있어서 동안을 유지하는 것이지, 연세(?)는 매우 높으신 것이다.

하지만 이 때문에 리더가 된 것은 아니다. 영화를 보고 나서 그걸 확신했다. 영화에서 캡틴 아메리카가 뭔가를 지시하는 장면이 많았는데, 그럴때 마다 아이언맨이 “예스, 캡틴”하고 임무를 수행하기 위해 하늘을 향해 날아가는 장면은 인상적이었다. 불량스럽고 고집불통에다 매사 자기 뜻대로 안 되면 거칠어지는 아이언맨이 캡틴의 지시에 순한 강아지 마냥 복종할 땐 뭔가 이유가 있는 법이다.

캡틴 아메리카 리더십엔 배려와 희생이 빼곡하다. 그가 창이 아닌 방패를 들고 세상을 누비는 것, 그 손에 아이언맨이 복종할 수밖에 없는 이유가 담겨 있었다.

“캡틴 아메리카는 아이언맨이나 토르에 비해 초강력 파워는 떨어집니다. 하지만 그에겐 인간만이 가진 배려가 있습니다. 남들의 아픔을 같이하는 것을 넘어 자기희생을 통해서라도 그것을 덜어주겠다는 인간에 대한 근원적 사랑이 캡틴 아메리카에겐 있어요. 그것은 최고의 리더십입니다. 이기적인 아이언맨에겐 없는 자질이며, 이를 아는 아이언맨이 캡틴 아메리카를 팀 리더로 인정할 수밖에 없는 까닭이 바로 이것입니다.”

영화를 좋아하는 어느 교수는 이렇게 정의했다.

이세돌과 알파고가 한창 싸우던 때, 사람들이 왜 이세돌에 열광하는가에 대한 궁금증이 생기자, 그 교수의 말이 떠올랐다. 이세돌이 인간으로서 한계를 노출하면서도 고독한 승부를 의연히 이어가면서 인간 대표의 타이틀을 인정받았듯이, 히어로팀 중 위력은 가장 떨어지지만, 인간적이면서 불굴의 승리에 도전하는 캡틴 아메리카에 리더 자격을 부여하는데 다른 슈퍼히어로들도 이견이 없다는 말이다.

여담이지만, 아이언맨은 캡틴에 대해서 질투는 심한 것 같다. 로버트 다니어 주니어(아이언맨 배역)는 몇 해 전 조스 웨던 감독에게 아이언맨이 어벤져스의 리더가 되었으면 좋겠다고 압력(?)을 가했다고 한다. 이게 통했는지는 모르겠지만, 후속 어벤져스 내용이 캡틴 아메리카 팀과 아이언맨 팀이 충돌하는 것이고 보면, 슈퍼히어로 리더 싸움도 인간 세상 못잖게 치열한 것 같다.

물론, 여기서 말하고 싶은 것은 그게 본질이 아니다. 캡틴 아메리카의 리더십, 그것은 바둑 세상에 무궁무진하게 펼쳐져 있다는 점을 강조하고 싶은 것이다.

바둑은 상대방에 대한 배려, 예의, 양보심에서 출발한다. 욕심이 지나친 바둑은 망한다는 점에서 과욕에 대한 경계도 바둑은 가르쳐준다. 자기 돌의 희생 없이는 절대로 큰 집을 짓지 못한다는 점에서 희생의 가치도 배울 수 있다. 캡틴 아메리카의 리더십은 바둑이 추구하는 것과 별반 다르지 않다는 것이다.

바둑 속에는 고도의 전략과 전술이 넘쳐난다. 캡틴 아메리카가 리더가 될 수 있었던 다른 이유는, 전쟁 경험을 통한 전략과 전술에 능통하다는 점이다. 힘이 세다는 것, 그것만으른 리더가 될 수 없다. 인간에 대한 애정을 바탕으로 소통을 강화하고, 팀이 가진 힘을 전략, 전술에 잘 활용해 극대화시키는 것, 그게 리더의 참모습이다.

이런 점에서 캡틴 아메리카가 추구하는 리더십이나 바둑을 통해 배울 수 있는 리더십은 그 모양과 색채가 같다고 할 수 있다.

우리 역사상 가장 위대한 영웅인 이순신 장군도 바둑을 즐겼다. 난중일기에는 "부하들과 늘 바둑도 두고 술도 마셨다"는 대목이 나온다. 이순신 장군이 언제 바둑을 배웠고, 실력이 어느 정도였는지 알 길은 없다. 더 이상의 기록이 없기 때문이다.

필자는 이순신 장군이 부하들과 그냥 바둑만 뒀다고 보지는 않는다. 돌을 두면서 다가올 전쟁, 다가올 전투에 대해 끊임없이 토론하고 또 토론했을 것이다. 바둑의 포석마다 왜군과의 치열한 전투를 염두에 뒀을 것이다.

바둑은 포석이 중요하다. 초반의 좋은 초점은 훗날 세력형성에 도움되기도 하고, 큰집을 짓는데 유용하게 쓰이고, 나중에 적진에서 큰 집을 살려나오는 데 든든한 지원군이 될 수 있다.

이순신 장군의 전쟁 준비는 바둑에서의 '이상적인 포석'과 매우 닮았다.

이순신 장군은 중앙정부에서 쌀 한 톨도 지원하지 않을 것을 알았다. 그나마 쓸모 있는 병사들도 육지에서 다 차출해 갔다. 식량도 없고, 병사도 없으면 군대가 아니다. 하늘이 무너져도 솟아날 구멍이 있다. 이순신 장군은 이 말을 누구보다도 신봉했다. 희망을 잃지 않았다. 결국, 자신만의 포석을 개발했다.

"'이순신 장군' 하면 '전쟁의 신'으로만 알고 있습니다. 하지만 장군은 뛰어난 행정가이기도 했습니다. 그래서 군량조달을 위해 둔전(屯田)을 일구고, 염전을 만들었으며 해로통행첩을 실시해 식량과 자원(돈)을 자급자족했습니다. 오히려 임금에게 소금을 올릴 정도였습니다."

얼마전 남해로 여행을 갔을때, 운 좋게도 이부경 이순신포럼 이사장과 동행할 수 있었다. 그때 그가 소개한 일화다.

여성 벤처 1세대로 유명한 이 이사장은 어느 날 이순신 장군을 접하곤 그냥 이순신이 좋아져서 포럼을 만들었고, 어느 날부터 이순신 리더십을 전파하는 데 인생을 걸게 된 사람이다.

그가 소개한 놀랄만한 스토리는 또 있다. 윗사람에게 아첨하는 데 소질이 없는 이순신 장군은 병력마저 빼앗겼다. 그나마 쓸모있는 수군 병사를 다른 장군이 다 차출해 간 것이다. 이순신 진영엔 일부 병사를 제외하곤 뱃사람과 노비, 농사꾼만 남게 됐다. 이순신은 한때 절망했지만, 포기하지 않았다. 고기 잡던 손을 어루만지며 활 쏘는 법부터 직접 가르쳤고, 소통과 화합을 통해 얼마 안 돼 최고의 수군부대로 탈바꿈시켰다. 왜군 목을 베어오면 과감하게 큰 보상도 줬다. 뱃사람과 노비, 농사꾼, 노인들은 어느새 용맹한 수군이 돼 있었다.

"척박한 곳을 먹을 것이 충분한 곳으로 변화시켰고, 군인으로서 쓸모없었던 이들을 최고의 수군전투병으로 무장시킨 이순신 장군의 리더십은 어느 나라 역사에도 없는 위대한 것입니다."

이 이사장의 칭송이 과한 것으로 느껴지지 않았다.

먹을 것 걱정에서 벗어나고 강한 군대가 되니까 자연스럽게 세력이 불어났다. "많은 백성과 장병들이 '이순신에게 가면 먹고 안전하게 살 수 있다'는 꿈과 희망이 있어 구름처럼 몰려들었다"고 역사서는 전하고 있다.

이순신 장군은 정말 포석에 강했다. 바둑으로 따지면 튼튼한 포석으로 중반, 종반까지 적의 세력을 흔들고 잔뜩 겁먹게 하고 또 파괴하는 전략에 강했다. 왜군이 이순신 하면 벌벌 떨었던 것은 빈틈없는 포석을 기반으로 한 일관성 있는 공세 때문이었다. 거북선을 창제하고, 판옥선을 보강하고, 총통(화포)을 제작하는 등 평소의 단단한 포석은 명량해전, 노량해전 등 불멸의 승리 원동력이 됐다.

화제를 돌려보자.

지난 3월 26일, 필자는 남산을 산책했다. 이세돌과 알파고에 대한 책을 쓰려고 마음먹었고, 남산을 돌면서 머릿속 정리나 할까 해서였다.

날짜를 정확히 기억하는 것은 그날 남산 중턱에 있는 안중근의사기념관에서 안중근 의사 순국 106주기 추모식이 열렸기 때문이다.

행사는 안중근의사추모회가 주최하고 국가보훈처가 후원했다. 평소 안중근 의사를 존경하는 터라 유심히 봤고, 경건한 마음자세를 취했다.

기념관 옆 큰 비석에는 '견리사의 견위수명(見利思義 見危授命)'이라는 문구가 여전히 빛나고 있었다. 눈앞의 이익을 보거든 정의를 생각하고, 위태로움을 보거든 목숨을 바치라는 뜻이다.

'한 두 번 온 장소가 아니고, 한 두 번 본 글귀가 아닌데, 어쩌면 바둑의 진리와 이처럼 똑같을 수 있을까.'

이날 만큼은 그런 생각이 강하게 들었다.

생전의 안중근 의사가 바둑을 뒀다는 얘기는 들은 적 없다. 하지만 바둑은 소탐대실을 경계한다는 점에서 안 의사의 신념과 닮았다. 작은 이득에 취하면 대세를 망친다. 상대방이 거저 주려는 작은 실리가 있다면 눈길조차 주지 말고, 때론 중원으로 힘차게 뻗어 나가 훗날의 더 넓은 영토를 계획하는 게 호방한 바둑이다. 안중근 의사의 삶 역시 소탐대실을 경계했다. 작은 실리보다는 대의를 중시했다.

약간 논제에서 비껴가는 듯하지만, 이 얘기를 빼놓을 수는 없겠다. 안중근 의사의 정의감도 정의감이지만, 안 의사 어머니가 아들에게 보낸 마지막 편지는 너무 숭고하다. '대의'를 추구하는 아들에 대한 격려이자, 속으로 삼킨 눈물의 응원이다.

안 의사가 사형 직전에 받았다는 편지 내용엔 한 사람의 어머니로서의 인간의 극한 고통과 극도의 인내, 영원한 믿음에 대한 확신이 빼곡하다.

"네가 만약 늙은 어미보다 먼저 죽은 것을 불효라 생각한다면 이 어미는 웃음거리가 될 것이다.

너의 죽음은 너 한 사람 것이 아니라 조선인 전체의 공분을 짊어지고 있는 것이다.

네가 항소를 한다면 그것은 일제어 목숨을 구걸하는 짓이다.

네가 나라를 위해 이에 이른즉 딴 맘 먹지 말고 죽으라.

옳은 일을 하고 받은 형이니 비겁하게 삶을 구하지 말고

대의에 죽는 것이 어미에 대한 효도이다.

(중략)"

바둑에 대한 글을 쓰다 잠시 침묵에 빠지고, 어머니 생각을 해 본다.

04

알파고 리더십이 던진 숙제

"그 어려운 걸 자꾸 해냅니다. 제가."

대박을 내고 종영된 드라마 '태양의 후예'에서의 유시진 대위(송중기 분) 명대사로, 연인 강모연(송혜교 분)이 "살아 있었어요?"라고 말하며 울음을 터뜨리자, 가볍게 안아주며 유시진이 한 말이다. 기다리는 연인이 있는 한 어떻게든 살아 돌아가겠다는 인간 유시진의 의지가 애틋함을 던져준다.

인간이 위대한 것은 능력 때문이 아니다. 한계를 딛고 사랑과 믿음을 추구하는 것이 '태양의 후예'가 보여준 인간의 위대함이었다.

이세돌이 인간 승리의 감동을 보여준 것은 역시 능력 때문은 아니었다. 그는 전 세계에서 몇 손가락 안에 꼽히는 최고수였음에도 인공지능에 패했다. 인공지능은 1%의 허점은 있었지만, 너무 완벽했고 인간이 넘기엔 철벽이었다. 그래도 최선을 다하고 포기하지 않는 것이 바로 이세돌이 보여준 '인간다움'이었다.

아마, 이세돌이 알파고와 100번을 둔다고 하면(이건 이세돌과 알파고 대결 시점에서 가정한 것이다.), 수많은 게임에서 지겠지만, 또 몇 판은 승리할 수도 있을 것이다.

인간은 나약한 존재지만, 위기 때 생존 능력은 절대로 허약하지 않다. 불굴의 의지를 보여준 이세돌은 그런 점에서 인간 유시진과 DNA가 다르지 않다.

이세돌과 알파고 대결 후 알파고 리더십이 던진 숙제가 화두다. 정확히 표현하면 알파고가 리더십을 가졌다는 게 아니라, 알파고 쇼크를 극복하려면 인간의 리더십이 어떤 방향으로 추구돼야 하는가 하는 문제다. 이는 순서대로 정리작업이 필요해 보인다.

아예 처음부터 이세돌과 인공지능을 비교할 필요가 없다고 주장한 사람도 있다. 당대 석학인 도올 김용옥 교수의 주장이 그랬다.

이세돌과 알파고 대결이 세간의 화제에 오르던 때, 우연히 방송에서 김 교수의 얘기를 들었다.

"도대체 인간과 기계 대결 그 자체가 어불성설입니다. 바둑판 19로(361개의 점)가 아무리 많다고 한들 컴퓨터 능력에는 많고 적음이 없어요. 스포츠 대결은 인간 대 인간이어야 의미가 있습니다. 숨소리가 나는 대결이어야 한다는 겁니다. 왜 난 사람들이 이세돌, 알파고 승패에 그리 관심이 큰지 이해할 수 없어요. 이세돌은 그냥 살아있는, 살아 숨 쉬는 인간 최고수입니다. 그러면 돼요. 이건 의미가 없는 대결이었습니다."

일리 있는 이야기다. 그러면서 도올은 미국 철도 노동자 존 헨리의 일화를 소개했다.

존 헨리는 1840년에 태어난 흑인 노예 출신의 광부였는데, 철도 터널 건설에도 참여했다.

당시 토목 공사에는 별다른 기계가 없었다. 다이너마이트로 발파하고 뚝심 있는 장정들이 곡괭이로 파편을 캐내고 치우는 게 일의 형태였다. 당연히 많은 인력이 고용됐다.

그러던 중 증기기관 시대가 됐다. 어느 날 회사에서는 터널을 뚫는 최신예 증기 굴착 기계를 도입했다. 수많은 노동자가 해고당할 위기에 처한 것이다. 이에 존 헨리는 '영혼이 없는 기계 따위가 사람보다 일을 잘할 수는 없다'며 기계와의 결투를 선언했다. 회사에선 그가 이기면 노동자들을 해고하지 않겠다고 했고, 반대로 그가 지면 굴착기계의 몫(사람의 업무량)만큼 해고하겠다그 했다.

존 헨리와 굴착 기계는 양쪽에 나란히 서서 터널 굴착을 시작했다. 하루 종일 벌어진 시합에서 승리한 것은 존 헨리였다. 기계가 아직 터널을 파고 있을 때, 그는 산 반대편으로 뚫고 나왔다. 노동자들은 환호했다. 하지만 너무나도 온 힘을 다한 존 헨리는 망치를 짚고 서서 그대로 숨을 거두었다고 한다.

도올은 이 일화를 끄집어낸 것이다.

"역사적으로 기계와 인간은 수없이 많은 대결을 펼쳐왔고, 늘 기계의 승리로 귀결됐습니다. 주판과 컴퓨터 대결에서 처음엔 컴퓨터가 졌지만, 어느 날 역전됐고, 지금은 컴퓨터가 주판을 이기는 것을 당연시합니다. 그렇다고 컴퓨터가 인간을 지배한 것은 아니잖습니까. 어차피 스포츠 등에서도 인간은 기계에 계속 져왔는데, 왜 이세돌과 알파고 대결에서 사람들이 흥분하고 승패에 연연하는지 모르겠습니다. 감정도 없고, 고민도 없고, 실수도 없고, 체력적으로 지칠 줄 모르는 연산능력을 가진 인공지능이 인간을 이기는 것은 너무도 당연한 일 아닙니까."

평소 사람들의 일반적 생각에 허를 찌르는 도올답게 이세돌과 알파고 대결을 바라보는 관점이 명쾌하다. 그냥 즐거운 게임으로 보면 상관없지만, 이세돌이 졌다고 해서 인간의 운명에 갑자기 먹구름이 끼는 것은 아니라는 것이다.

"인공지능 시대엔 인간과 기계의 사투, 즉 목숨 건 대결은 의미가 없습니다. 인공지능과는 다른 영역의 인간 세상을 개척하는 게 더 중요한 것입니다."

4차 산업혁명 프로젝트를 진행하고 있는 국내 한 연구소 관계자의 말과 도올의 관점은 비슷하다. 사력을 다해 기계와 싸우는 것, 그것은 옛날얘기라는 것이다.

'알파고 이후 인간의 관점에서 어떤 리더십을 구축해야 하는가'라는 해답을 구하던 중에 어떤 청년을 만났다. 그 청년은 이장희 한국과학기술연구원(KIST) 연구원이었다. 28세의 젊은 청년으로 아직 학생이다. 부산 국제고를 졸업한 그는, 미국 인디애나 대학에서 박사 과정(의료정보학)을 밟고 있다.

"세돌 형님께 감사해요."

"인공지능을 공부하는 사람으로서, 인공지능의 참모습에 대해 사람들이 정말 몰랐거든요. 이세돌과 알파고 대결을 계기로 인공지능을 바라보는 사람들의 눈이 달라진 것 같습니다. 두려움을 갖게 됐다는 게 아니고요. 인공지능이 이런 거구나, 우리가 인공지능 시대에서 할 일이 많구나 하는 것을 다시 생각하게 됐다는 점에서 그렇습니다. 이건 의미 있는 일이지요."

이 연구원은 제2의 하사비스를 꿈꾼다. 아니, 구체적으로 말하면 하사비스를 넘어 신(新) 하사비스가 되는 게 목표다.

이 연구원은 고3 때 영어가 뚫렸단다. 열심히 공부했지만, 영어가 안 돼 고민하던 중에 귀가 뜨였단다. 미국 보이시주립대학교로 유학을 떠나 장학금을 받고 로체스터공과대학으로 옮겼다. 수학과 컴퓨터를 전공했는데, 시각 장애인을 위한 프로그래밍에 열중했다. 레고 브릭으로 인터페이스를 만드는 특허도 냈다.

"저는 기술 발전을 추구하는 게 아닙니다. 기술 진화를 통해 인간에 대한 배려, 인간에 대한 자비의 폭을 확대하는 게 목표입니다. 개발에 대한 기술이 아니라, 자비로워지는 기술을 꿈꾸는 것이죠. 즉, 기술 진화로 인해 사람들 간에 좀 더 소통하고 자비로워지는 세상, 그게 제가 추구하는 삶입니다."

잠깐 한국에 들렀는데, 체류 일정이 길어지게 된 것은 우연이었다. KIST에서 3D 프린팅 전시회를 했는데, 3D 프린팅으로 남한산성이나 거북선을 만들어서 실제 질감으로 느끼도록 하는 기술이 시연됐다. 그가 흥미를 느끼는 분야라서 전시회를 찾았다. 시각장애인들을 위해 뭔가 도움이 될 수 있을 것 같았다. 그곳으로 자신의 이력서를 보냈다. 30분 만에 답이 왔다. 다음날, 그 책임자를 만났다.

"책임자가 말하더군요. '그러잖아도 3D 프린팅 분야에서 소프트웨어 개발을 할 사람이 필요했는데, 당신이 적임자다. 같이 일하고 싶다'고요."

이 연구원은 이 일을 맡았고, 해커 사이트에 모집 공고를 냈다. 이렇게 6명이 모였고, 동료 중엔 18살인 카이스트 조기 입학자도 있다. 대부분 수학올림피아드 수상자들이다.

"상근은 아니어서 우리가 하는 일은 협업입니다. 최고의 파트너십으로 인공지능 쪽 알고리즘 프로젝트를 수행합니다. 전 이것이 인공지능 시대의 일자리 창출 방향이라고 봅니다. 구글이나 페이스북은 늘 실력 있는 사람을 뽑습니다. 만약, 우리 팀이 인정받으면 구글이나 페이스북에 함께 채용될 수도 있어요. 제가 가겠다는 게 아니라, 이런 식의 협업이 많아지고, 성과가 도출되면 일자리도 넓어지는 것입니다.

한국에는 알고리즘 강자가 많습니다. 그런데 거의 혼자 하지요. 그 사람이 빠지면 업무는 새로 시작됩니다. 협업으로 알고리즘 기술을 공유하고, 그 기술을 다른 사람이 진화시키는 쪽으로 서둘러야 합니다."

쉽게 인공지능의 개념도 설명해준다. 데이터 사이언스, 기계학습, 빅데이터를 거쳐 인공지능 단계로 진행된단다.

"감기로 예를 들어볼까요? 열이 나고 기침이 나면 감기일 확률이 높습니다. 의사들은 수련을 받으면서 이런 경험을 데이터로 축적하는 것이죠. 마찬가지로, '열과 기침은 감기와 연관 있다'는 수많은 자료가 쌓여 데이터 사이언스가 되고, 이 데이터 사이언스를 학습해 통계적으로 볼 때 감기는 기침과 열을 동반한다는 기계학습이 이뤄지죠. 알파고의 딥러닝은 이의 일종입니다. 이를 수많은 빅데이터로 축적하고, 전 과정을 거쳐 초대형컴퓨터로 결합한 것이 인공지능입니다. 결국, 의사의 처방보다 방대한 데이터를 활용한 인공지능의 진단이 더 정확할 수가 있는 것입니다."

인공지능은 인간에 좀 더 유용하고 유효하게 쓰이는 도구일 뿐, 두려워할 대상은 아니라는 게 이 연구원의 달이다. 인공지능의 영역은 따로 있고, 인간의 위대함을 입증할 영역은 따로 있다는 것이다.

이를 구체적으로 설명하기 위해 이 연구원은 카톡 배경 사진을 보여줬다. 흥미롭게도 이세돌이 그의 딸과 함께 알파고와의 대결 직전 대국행사장으로 입장하는 사진이었다.

"보세요. 이세돌이 딸을 바라보는 눈이 얼마나 따뜻합니까. 딸을 아끼는 아빠의 마음이 잔뜩 녹아 있잖아요? 전 이 사진이 모든 것을 말한다고 봅니다. 인공지능 시대에서 우리가 갈 길이 함축돼 있다고 봅니다."

인공지능이라는 게 인간 지성을 넘을만한 무기도 될 수 있겠지만, 그것을 발전과 평화로 쓸 수 있는 것은 인간 사이의 따뜻함과 사랑이 있기에 가능하다는 것이다. 인공지능엔 없는 그런 사랑 말이다.

그는 코스모폴리탄(cosmopolitan)과 컴패션(compassion), 도전(Challange)의 중요성을 강조했다.

"국적 상관없이 회사 비전과 리더십을 보고 성장하는 인재가 많아야 합니다. 또 그것만으론 부족합니다. 열정과 배려를 바탕으로 '기술을 통한 인류에 대한 기부'가 동반돼야 합니다. 물론, 끊임없이 도전해야죠. 전 그것을 향해 달립니다. 언젠가 그러면 하사비스를 뛰어넘어 새로운 하사비스가 될 수 있다고 믿습니다."

도전 정신은 충만하지만, 아직은 미래모습이 확실치 않은 젊은 청년을 책을 통해 너무 띄워줬나 하는 생각도 드는 게 사실이지만, 필자는 개인적으로 강렬한 인상을 받았다.

알고리즘에 해박한 그가 전도유망한 알고리즘 개발자가 될 것으로 믿지만, 그것 때문은 아니다. 그보다는 인공지능 시대의 기술진화와 인간의 공존이라는 점에 확고한 철학을 갖고 있어서다.

젊은 사람으로 여간 고민해서는 나올 수 없는 철학이다. 이 연구원은 필자가 만나본 젊은이 중 기술 진화와 인간에 대한 가치관, 공존에 대한 철학, 일자리 창출의 새로운 방법론, 궁극적으로 남겨야 할 인간의 영역 등에 대해 가장 명쾌하게 답을 한 사람이었다. 젊은 친구에게 많은 것을 배웠다.

"어릴 때 본 만화 중 감명 깊은 게 있는데요. 레스톨 특수구조대입니다. 이게 100% 순수 창작 한국산 애니메이션이었다는 것은 나중에 알았습니다. 내용이 흥미로워요. 에너지가 주제 핵심인 그 만화에선 로봇끼리는 절대 싸우지 않습니다. 여기에 인공지능의 방향이 있는 것입니다. 예를 들어 불이 났을 때 로봇을 들여보내 집 안 온도를 체크하고, 피난 루트를 확인할 수 있으면 구조대의 인명구조에 획기적으로 기여할 수 있습니다. 이런 식으로 인공지능을 극복이 아닌 공존과 활용 대상으로 범주를 넓혀야 합니다."

세상은 넓고, 참으로 영리하게 꿈꾸는 젊은이도 많다.

05

금수저, 흙수저 없는
바둑 세상, 알파고는 알까

'공포의 외인구단'이라는 만화가 있었다. 1980년대 중반, 이 만화는 대한민국을 사로잡았다.

야구단에서 쫓겨나 갈 데가 없는 삼류 선수, 외팔이 코치, 혼혈아 등 사회 주류에서 소외된 인물들이 모여 지옥훈련을 통해 무패의 최강 야구팀으로 거듭나는 게 만화의 줄거리다. 물론, 이현세 작가의 디테일한 그림에다가 뛰어난 심리 묘사, 거기에 까치머리 오혜성과 예쁘디 예쁜 엄지의 사랑 이야기가 어우러져 폭발적 인기를 끌었다.

이 만화 열풍의 근원지는 흙수저의 인생역전이었다. 그때 흙수저라는 말은 없었지만, 삼류인생·하층인생이 투지를 불살라 무적함대의 야구팀으로 변모했다는 사실과 그 과정은 정말 감동적이었다. 이 만화는 영화로까지 만들어졌고, 만화 역사상 가장 유명한 작품이 됐다.

야구판 '공포의 외인구단'이 축구판 '공포의 외인구단'으로 30여

년 만에 부활했다. 이변의 탄생지는 영국이었다.

지난 4월 초 잉글랜드 프로축구 프리미어리그(EPL) 레스터 시티가 창단 132년 만에 동화 같은 우승을 해냈다. 축구팀이 우승한 것이 뭐 대단하냐고 할 수 있겠지만, 그 의미가 남다르다.

도박사들이 전망한 레스터 시티의 우승확률은 0.02%였다. 사실상 불가능하다고 여긴 것이다. 현지는 물론, 전 세계 축구 팬들은 이 기적에 열광했다.

레스터 시티 선수들은 대부분 밑바닥 인생, 이른바 흙수저였다. 가난했고 축구를 좋아해도 실력은 형편없었다. 레스터 시티 우승 주역들은 다른 팀에서 방출되거나 하부리그를 뛰었던 선수들이 대부분이다.

특히 공격수 제이미 바디(Jamie Vardy)가 그랬다.

공장 노동자였던 바디는 2003년 잉글랜드 8부 리그에서 선수생활을 시작했다. 주급 5만 원을 받으며 일과 축구를 병행하던 바디는 레스터 시티가 우승하는 데 결정적인 공헌을 했다. 바디는 2015~16시즌 프리미어리그에서 득점 상위권에 포진했고, 올 시즌 프리미어리그에서 11경기 연속 득점에 성공하며 종전 10경기 연속 득점 기록을 갈아치웠다.

리야드 마레즈, 다니엘 드링크워터, 은골로 캉테 등도 전 소속팀에서는 주목을 받지 못했고, 레스터 시티로 와서야 능력을 발휘하고 있다.

감독 클라우디오 라니에리 역시 이름 없기는 마찬가지다. 2015년 7월 레스터 시티 감독으로 임명받은 그는 유명감독과는 거리가 멀었다.

전 그리스 국가대표팀 감독이었던 라니에리는 유벤투스, 아틀레티코 마드리드, AS 로마 등 빅 클럽을 많이 맡았지만, 우승 인연은 없었다. 그는 만년 하위 레스터 시티를 맡아 동화 같은 우승을 일굼으로써 활짝 핀 제2 인생을 맞이했다.

감독이나 선수 면면이 이현세 만화 '공포의 외인구단'과 어찌 그렇게 딱 맞아떨어지는지 신기할 정도다.

아무튼 '미생(未生)들의 구단'인 레스터 시티의 올 시즌 우승확률은 고작 5,000분의 1이었다. 0.02%. 흙수저 대접을 받을 만했다. 그 흙수저들이 9개월 동안 구르고 달리며, 인간 승리를 보여준 것이다.

이들의 힘은 용병술이었다. 우승 경험이 없었던 라니에리는 묘수를 던졌고, 이는 성공수로 이어졌다.

우선, 언더독(스포츠에서 우승이나 이길 확률이 적은 팀이나 선수를 일컫는 말)을 위한 맞춤전략으로 팀을 운영했다. 짜임새 있는 수비를 바탕으로 한 빠른 역습 전략, 공을 빼앗고 빠르게 공격하는 전략을 주문했다. 건방을 떠는 세계 초일류 선수들에겐 먹히지 않을 전술이었지만, 흙수저들은 이 전략을 빠르게 흡수했다. 이것은 의력적인 팀플레이의 기초가 됐다. 인간적인 소통도 힘이 됐다. 감독은 "무실점하면 피자를 쏘겠다"고 공언했고, 실제 무실점 경기를 펼치자 선수단에 피자를 돌렸다.

흙수저들 사이에선 하면 된다는 자신감과 동료애가 싹텄다. 만화 '공포의 외인구단'에서 감독을 중심으로 동료 간에 무한 신뢰가 싹튼 것처럼 말이다. 묘수와 소통, 이것은 기적의 원동력이었다.

별다른 투자도 하지 않은 레스터 시티의 우승으로 '쩐(錢)의 전쟁'

으로 치닫던 '부자 팀'들은 머쓱하게 됐다.

러시아 석유재벌이 인수한 첼시 FC, 석유재벌 만수르가 사들인 맨체스터 시티 등은 막대한 자금력을 활용해 늘 우승권에 들었다. 이런 현실에서 재력이 형편없는 레스터 시티가 우승한 것은 '금수저를 누른 흙수저의 힘'으로 오버랩되면서 축구 팬들이 열광하는 요인이 됐다. 세계 어딜 가나 '흙수저의 반란'은 감동의 스토리로 다가오는 모양이다.

재미있는 것은 레스터 우승에 베팅을 한 사람은 달랑 25명이었는데, 이중 영화배우 톰 행크스가 있었다는 점이다. 17만 원을 건 행크스는 약 8억3000만 원의 대박을 터뜨렸다. 무인도 표류기인 영화 '캐스트 어웨이'를 찍으면서 섬에서 틈틈이 도를 닦았는지는 모를 일이다.

금수저, 흙수저 없는 세상. 사람 사는 세상에선 불가능한 일이다. 하지만 바둑에선 가능하다. 바둑에선 금수저, 흙수저가 없다.

바둑에선 내가 한 수를 둘 때, 상대방도 한 수를 둔다. 어느 한 편이 한 번에 두 번 둘 수 있다면 게임은 성립되지 않는다. 누구라도 한 번에 두 수를 둘 수 있다면, 이세돌이나 알파고는 물론, 신이 두는 바둑도 이길 수 있다. 공평하게 한 수씩 두는 것. 그게 바둑의 평등이자 조화다.

바둑은 백지상태에서 출발한다. 실력 차이가 날 때 몇 점 깔고 시작하는 경우가 있는데 이는 예외다. 태어날 때부터 누구는 집 한 채 소유하고, 누구는 몇백억짜리 주식을 받는다는 등 불만이 있을 수 없다. 동일한 출발선에서 자신의 능력대로 자신의 집을 지어가는 것, 그게 바둑 세상이다.

이세돌과 알파고 대결이 의미가 컸던 것은 바둑을 모르던 사람들까지 시청자로 흡수했다는 점이다.

사실, 인간 대 인공지능 바둑 대결은 그 상징성이 컸던 때문인지 월드컵 이후 가장 많은 시청 열기로 이어졌다. 북한은 계속 핵 위협을 가했지만, 그리 이슈가 되지 못했고, 정치권 총선이 한 달 앞으로 다가왔는데도 정치 얘기는 쏙 들어갔다. 하긴. 당사자인 일부 국회의원마저 이세돌, 알파고에 푹 빠져 정치를 잠시 잊을 정도였으니, 그 열풍은 지금도 대단했다고 평가할 수 있다.

"알파고의 두꺼운 벽, 그 앞에서 고민하는 인간의 한계, 같은 인간으로서의 안타까움 등이 복합 작용해 열기가 더해졌다고 봅니다. 그렇지만 바둑에서 오로지 실력 대 실력으로 승부하는 두뇌싸움, 형세싸움이라는 극적 요소가 바둑을 잘 알지 못하던 사람들에게 깊이 각인됐다고 봅니다. 빽(배경)이 통한다면, 사람들이 모금을 해서라도 이세돌을 돕겠다고 했겠지요. 그런 게 아니니까, 더욱 바둑에 (사람들이) 몰입했던 것 같습니다."

이번에 바둑에 대해 관심을 갖게 됐다는 조수진 한양대 교수(연극영화학과)의 표현이 재미있다.

사실, 바둑은 3자가 개입할 수 없을 정도로 완벽히 공평하다. 바둑은 생존게임이지만, 영화 '헝거게임'과는 근본적으로 다르다. 아마 영화를 좋아하는 사람이라면 헝거게임 1편에서 여주인공 캣니스 에버딘

(제니퍼 로렌스 역)이 부상당하고, 생존위기에 몰린 채 나무 위에 몸을 의탁했을 때 긴급 처방약을 지원받은 내용을 기억할 것이다. 스토리상 흥미진진하게 만들 의도로 설정된 장면이겠지만, 이로써 서바이벌 게임의 공정성엔 금이 생긴 것이다. 캣니스 에버딘은 다른 대결자들에 비해 흙수저였지만, 이 장면 하나에선 금수저였다. 물론 이후 장면에선 캣니스 에버딘이 자기 힘으로 생존을 달성하며 감동적인 마무리로 끝났지만 말이다.

바둑에선 남에게 긴급 처방약을 받을 룸도, 틈도 없다. 그게 바둑의 완벽한 공정성이다. 그러다 보니 바둑에는 금수저, 흙수저라는 단어가 원천 봉쇄되는 것이다.

금수저, 흙수저 얘기를 하자면 이스라엘이 떠오른다. 태어날 때 차별 없는 나라는 지구 상에 어디도 없다. 다만 이스라엘은 그 차별의 정도가 가장 작은 나라다. 비밀은 '창업국가'에 있다.

창업국가로 유명한 이스라엘은 면적 2만770㎢, 인구 약 800여만 명 정도의 작은 국가다.

재미있는 것은, 이스라엘에선 남자도, 여자도 군대에 간다는 점이다. 고등학교를 졸업하면 남자는 3년, 여자는 2년 군인 생활을 한다. 군대 기피는 상상할 수 없다. 굳이 빽을 써서 빼는 일도 없다. 고교 졸업 후 자연스럽게 군대에 가기 때문에 혼자 남아있는 것은 소외감만 들 뿐이다.

이스라엘 젊은이들은 제대를 한 후 경험 삼아 해외여행을 하는데,

그것이 끝나면 두 가지 선택에 직면한다. 대학을 가느냐, 창업을 하느냐다. 창업을 선택하는 이가 약간 우세하다. 그래서 이스라엘 고교졸업자의 약 60%는 창업자의 길을걷는다. 1만 명당 창업자 수가 10명으로 세계 1위인 까닭이 여기에 있다. 물론 이스라엘에서도 금수저, 흙수저는 존재한다. 집안이 좋은 사람들은 창업을 하더라도 성공확률이 높은 창업 지원을 받을 것이다.

하지만 대체로 이스라엘 젊은이들은 출발선이 같다. 창업 이후 인생은 각자 능력을 꽃피우느냐, 그러지 못하느냐에 따라 갈릴 뿐이다.

중요한 것은, 이스라엘에선 실패를 두려워하지 말라고 가르친다는 점이다. '창업국가'의 저자인 사울 싱어는 "실패보다 더 무서운 것은 아무것도 하지 않거나 포기하는 것이다. 이스라엘에선 실패를 해도 재기 프로그램이 얼마든지 있으며, 오히려 '실패를 맛본 이는 훗날 창업에 더 성공할 수 있다'는 확신으로 계속해서 지원한다는 게 창업국가의 핵심"이라고 했다.

한번 실패하면 재기를 기약하기는커녕 계속해서 루저(loser)로 살아갈 확률이 큰 우리나라와는 다른 점이 바로 이것이다.

이스라엘의 이같은 사회시스템은 4포 세대(연애·결혼·출산·인간관계 포기), 7포 세대(4포 외 집·꿈·희망 포기)라는 신조어가 생기면서 부모의 재산 정도에 따라 금수저·은수저·등수저·흙수저 등의 자조 섞인 '수저 계급론'이 나뒹구는 우리 현실을 부끄럽게 만들 만큼 의미 있는 교훈을 준다.

바둑에선 절대로 수저계급론이라는 뒷말이 나올 수 없다. 바둑은 조화이고, 목표점은 예(禮)다. 바둑의 지향점은 적(敵)을 무자비하게 제거하는 게 아니다. 독식은 고수의 바둑이 아니다. 적절한 균형과 조화 속에서 상대적으로 보다 많은 집을 짓는 것, 그 과정에서 탐욕이 아닌 적절한 양보와 배려를 잊지 않는 것. 그게 바둑이다. 그래서 바둑은 반상의 예술로 불리는 것이다.

굳이 덧붙이자면 바둑은 탐욕스런 승리보다 공존과 공영에 무게를 둔다. 바둑에 만약 금수저가 있고 흙수저가 있다면 그것은 바둑이 아니다. 바둑이 '예술의 총합'으로 불리는 까닭을 알파고는 영원히 모를 것이다. 그것은 인간만의 비밀이다.

06

하사비스 리더십의 정체, '똘끼'

"알파고요? 다른 업종은 몰라도 아마 문화나 예술은 대체하지 못할 겁니다."

얼마 전 강은희 여성가족부 장관과 점심을 했을 때, 그가 한 말이다. 이세돌과 알파고 대결 후 인공지능에 대한 관심이 부쩍 늘었고, 사람들 사이에선 인공지능이 자기 일을 대신할 것이라는 두려움이 생겼다고 한 것에 대한 그의 대답이었다. 과연 그럴까? 그렇게 되면 좋겠다.

강 장관의 의견은 무게감이 있다. 교사에서 사업가로, 사업가에서 정치인으로, 정치인에서 행정가로, 알파고 못잖은 무한 진화를 한 사람이 바로 그다.

강 장관은 지금은 대한민국의 여성, 청소년, 가족정책 방향을 제시하는 업무를 맡고 있지만, 정보기술(IT) 쪽에도 일가견이 있다. 교사를 그만두고 사업에서 성공한 데 이어 IT 여성기업인협회장도 맡았다.

당시 소프트웨어 생태 복원을 위해 상호출자제한기업집단 소속 시스템통합(SI) 기업의 공공정보화 시장 전면 금지 등을 골자로 하는 'SW산업진흥법 개정' 발의에 일조했다. 여야를 막론하고 입법 청원을 하던 때였다. 이 인연으로 비례대표 후보로 올랐고, 의원을 거쳐 여가부 장관이 된 이가 바로 강 장관이다. 그래서 인공지능 시대에 대한 그의 견해가 궁금했다.

강 장관은 긍정의 중요성을 강조했다.

"인간에게는 긍정이라는 게 있습니다. 그게 힘이죠. 인간 긍정의 힘은 알파고가 갖지 못하는 무한 상상력과 창조로 인간만의 영역을 넓힐 수 있습니다. 물론, 인공지능 역시 어느 정도까지는 흉내 내겠지만, 인간 이상의 창조력엔 한계가 있을 겁니다. 학습능력으로 바둑을 이긴 것과는 차원이 다른 것이죠."

강 장관은 인공지능보다는 제2, 제3 하사비스를 키우는 일이 더 중요한 것이라고 했다. 청소년에게 창의성을 불어넣는 교육, 끼와 발랄함을 지닌 청소년들이 하사비스처럼 무한 도전할 기회를 넓혀주는 게 선배들의 역할이라고 했다. 많은 이가 '하사비스'라는 목표를 생각하게 됐는데, 현 정부 장관 역시 그런 흐름을 정확히 인식하고 있는 것을 확인할 수 있어 반가웠다.

실제로 이세돌과 알파고 대결 이후 가장 많이 화두에 오른 이름이 바로 하사비스다. 세기의 바둑대결이 펼쳐지는 동안 그 이름은 검색어에서 가장 '핫'한 단어였다.

그렇게 이세돌과 알파고 싸움을 통해 일개 개인의 힘은 세상을 요동치게 만들었고, 지구촌을 발칵 뒤집어 놓을 만큼 위력적이었다. 지구인 전체가 한 사람으로 인해 '인간의 한겨'를 절감하는 탄식을 내뱉을 수밖에 없었으니, 실로 대단한 일이다. 그렇게 만든 이가 다름아닌 데미스 하사비스 구글 딥마인드 최고경영자(CEO)였다.

대체 하사비스는 누구인가. 어느 날 갑자기 하늘에서 뚝 떨어진 '하사비스'라는 이름이 오늘날 우리에게 왜 큰 의미로 다가오는 것일까.

그의 스토리를 해부해보면 답은 나온다.

지금이야 누구나 인정하듯이 하사비스는 '알파고의 아버지'다. 자신이 창조한 알파고가 세계 최강바둑고수 이세돌을격파했으니, 인공지능의 승리는 어쩌면 하사비스의 승리이기도 하다.

재미있는 것은 하사비스는 어렸을 때부터 이단아였다는 점이다. 스티브 잡스처럼 말이다.

애플 신화의 주인공인 잡스는 유년시절 유난히 기계에 몰입했다. 기계를 해부하고 조립하는 데 취미가 있었다. 하지만 결석과 정학이 잦은 문제아였다.

철학과에 진학했지만, 한 학기만 다니고 그만뒀다. '자유로운 영혼'을 가진 그에게 대학은 감옥같았다.

청년시절에 히피 문화에 빠졌고, 한때는 마약을 했다고 잡스는 훗날 고백할 정도로 방황기를 거쳤다.

그런 잡스처럼 하사비스도 '문제아' 소티를 듣고 컸다. 잡스가 기계에 빠져 어린 시절을 보냈다면, 하사비스는 컴퓨터 게임에 미쳤었다. 그의 부모는 이런 하사비스에 질색했다. 동생들은 모두 작곡과 피아노, 문학 등 과학과 무관한 분야를 전공했다. 집안 전체가 예술과 문학을 즐기는 분위기인데 '컴퓨터'라는 기계를 끼고 살다시피 한 그가 가족들로부터 심한 눈총을 받았을 것은 불 보듯 뻔하다. 그는 훗날 "집에서 나는 검은 양과 같은 외계인이었다"고 했다. 가족 간에도 이질감의 대상이었다는 자기 고백이었다.

그러나 하사비스는 자신의 '똘끼'를 거두지 않았다. 가족들도 그런 그를 포기했지만 개의치 않았다. 그가 천재적인 체스 선수, 성공한 게임 개발자, 뇌과학 박사, 그리고 인공지능 알파고 개발자를 거쳐 전세계에 자기 이름을 기억하게 한 것은 똘끼를 바탕으로 한 고집 덕분이었을 것이다.

하사비스는 1976년 영국 런던에서 태어났다.

하사비스는 13살 때 이미 체스 '마스터' 등급에 오른 체스 신동으로 이름을 날렸다. 세계 유소년 체스 2위까지 올랐다. 계속하면 체스 세계 1위도 가능해 보였지만, 하사비스의 관심은 체스에만 머무르지 않았다. 나중에 비상한 머리로 두뇌게임 올림픽 5년 연속 챔피언에도 오를 정도로 호기심 대상은 광범위했다.

천재성을 바탕으로 하사비스는 남들보다 2년 빠른 15세에 고교를 졸업했지만, 대학에 진학하지 않았다. 대신, 게임 개발사에 들어갔다. 세계적인 게임 개발자 피터 몰리뉴는 그를 영입했다. 거기서 17세의 나이에 전 세계에서 수백만 장이 팔린 대작 게임인 '테마파크'를 공동

개발했다. 17살에 일찌감치 '대박의 맛'을 체험한 것이다.

여기서부터 그의 상상력과 창의력은 날개를 단 것 같다. 게임과 두뇌에 일가견이 있던 그는 미지의 '인공지능' 쪽으로 시선을 돌렸다. 게임 개발자의 명성과 예정된 탄탄대로를 뒤로 한 채 다시 영국의 명문대 케임브리지에 진학해 컴퓨터공학을 공부했다.

하사비스는 2009년 영국 유니버시티 칼리지 런던(UCL)에서 인지신경과학 박사학위까지 취득했다. 이로써 인공지능과 게임을 결합하는 무한 도전에 뛰어들 채비를 마쳤다.

그는 2010년 인공지능 기술 회사인 딥마인드 테크놀로지를 설립했다. 딥마인드는 신경과학에 기반한 인공지능 개발 회사로, 무한 창조력이 요구되는 회사였다. 사업은 승승장구했고, 구글과 페이스북은 딥마인드를 사기 위해 달려들었다. 결국, 딥마인드는 2014년 구글에 4억 달러(한화 4,800억 원)에 팔렸고, 구글 딥마인드가 생겨난 것이다. 하사비스는 이후 딥마인드 연구진들과 함께 구글의 인공지능 사업 전반을 이끌어 왔다. 이런 구글 딥마인드에서 만든 것이 알파고였고, 하사비스는 당연히 알파고를 창시한 '조물주'가 됐다.

하사비스의 경력은 이처럼 화려하다. 무엇보다도 자신의 '똘끼'를 확신하고 자기가 원하는 삶으로 일관해 왔다는 점이 놀랍다. 호기심이 남다르고, 좋아하는 일에 미치지 않으면 절대로 불가능한 일이다.

"하사비스가 아무리 천재라고 해도 한국에서 태어났다면 이른바 사(士)자 직업만 좇거나 '한 우물'만 파도록 길러졌을 게 뻔합니다. 하사비스가 우리 현실에서 있었다면 세계적인 체스 선수 혹은 유명 게임 개발자로 이름은 날렸을 것입니다. 그렇지만 알파고는 태어나지 못했겠죠."

인공지능과 4차 산업혁명에 대해 취재하던 중 만난 KT경제경영연구소 한 박사는 이렇게 단언했다.

하사비스라는 거물을 일찌감치 알아보고 키운 구글의 선견지명을 우리 기업들도 배워야 한다는 의견도 나온다. 유망 스타트업(창업) 육성과 그에 따라 창의적 인재가 마음껏 하늘을 날 기회를 주는 것, 그게 대기업의 의무라는 것이다. 그런데 그게 우리 기업은 모자란다는 것이다.

"영국 런던에서 시작된 작은 테크형 스타트업인 딥마인드가 일약 글로벌 스타 기업으로 떠오른 것에 주목할 필요가있습니다. 하사비스 개인의 역량도 중요하지만, 회사와 다른 개발자들 역량을 알아본 구글의 안목이 더해졌기에 가능했다고 봅니다."

이영 한국여성벤처협회장의 이런 진단은 매우 시의적절(時宜適切)해 보인다.

지난 3월 9일 알파고가 이세돌과의 첫 대국에서 이긴 날, 하사비스는 "우리는 달에 착륙했다"는 글을 자신의 트위터에 올렸다. 이세돌과의 싸움에서 그 역시 극도로 긴장했고, 자신이 만든 알파고가 첫 승리를 거두자 들뜬 마음을 감추지 못한 것으로 보인다. 알파고의 승리를 달 착륙에 비유하며 인류가 이룬 또 하나의 기술적 승리라고 자평한 것이다.

하사비스는 그렇게 환호할 만했다. 그럴 만한 자격도 충분했다.

하사비스의 다음 목표가 궁금해진다. 스타크래프트2를 노리든, 아니면 다른 영역을 노리든, 도전하는 삶이 계속되는 한 또 다른 획기적인 결과물이 그를 통해 나올 것으로 보인다. 다만, 하사비스 못잖은 똘끼로 무장한 우리 젊은이들이 많이 나와 빨리 하사비스 코를 납작 눌러주는 일이 생기길 은근히 기대하는 것은 필자만은 아닐 것이다.

제4장

인공지능과의
공존 그리고
인간의 미래

01

4차 산업혁명의 총아, 인공지능

콜럼버스 달걀 얘기로 시작해보자.

콜럼버스가 신대륙을 개척하고 돌아왔을 때, 여왕은 성대한 파티를 열어줬다. 영웅 대접 받는 그를 보며 사람들은 시샘했다.

"그냥 서쪽으로 쭉 가면 되는 것을 누가 못해?"

콜럼버스가 꾀를 하나 냈다. "여러분, 이 달걀을 세울 수 있는 사람이 있습니까?"

몇 사람이 시도했지만, 달걀은 쓰러지기만 했다. 콜럼버스는 달걀 밑부분을 탁자에 살짝 내려 깨더니 그것을 세웠다.

"자, 보셨지요?"

몇몇이 항의했다. "밑을 깨서 세우는 것, 그건 누군들 못하겠어요?"

고개를 끄덕이더니 콜럼버스가 말했다. "바로 그겁니다. 누군가 처음 하는 게 중요한 것입니다. 남들이 하는 것을 따라 하는 게 아니라,

처음 한 것이 의미가 있다는 것입니다. 제가 이런 식으로 달걀을 세웠듯이 말입니다."

그의 말을 들은 사람들은 더는 시기와 질투를 하지 않았다.

'역발상'의 중요성을 강조할 때 매번 등장하는 이 일화는 중요한 것이지만, 조금은 식상하다.

그래서 필자는 이보다 진화된 버전을 소개하겠다.

서로 형, 동생 하며 친하게 지내는 T그룹 임원은 재미있는 사람이다. 그가 가끔 내놓는 엉뚱한 말에 버꼽을 잡곤 한다.

"달걀 세워봤어?"

어느 날 그가 물었다.

"뭐, 콜럼버스 달걀 얘기? 밑을 꺼서 세우면 되잖아요."

"그런 거 말고. 진짜 세우는 거 말야."

"정말 그게 돼요?"

된단다. 우연히 냉장고 문을 열었는데, 달걀이 보이더란다. 달걀을 몇 번이고 세워 봤는데, 역시나 안 서더란다. 느낌이 왔고, 우연히 한 번 세웠단다. 확신이 생기자, 연달아 세워지더란다.

"친구들 만난 자리에서 그 얘길 했더니 아무도 안 믿는거야. 실제로 아무도 못 세우더라고. 그래서 시범을 보여줬지. 몇 번 만에 세웠어. 그런데 놀랄만한 것이 그 친구들도 나중엔 세우는 거야."

그가 뻥을 쳤다고 생각지는 않는다.

4차 산업혁명, 구체적으로 인공지능 글을 쓰려고 하니 이 일화가 생각났다.

사람은 보지 않으면 믿지 않는다. 그러나 보고 난 후 확신과 믿음이 생기면 그것을 똑같이 할 수 있다.

인공지능도 마찬가지다. 인공지능이 아무리 위력적이라고 강조하고, 인공지능 시대를 대비해야 한다고 떠들어봤자 소용없는 일이다. 최소한 대한민국에선 그랬다. 인공지능을 본 적이 없으니 어쩌면 당연한 일이었다.

이세돌과 알파고 세기의 대결은 그래서 의미가 있다. 바둑에서 인간이 인공지능에 참패를 당한 현장을 목격한 사람들은 인공지능 위력을 비로소 실감했다. 당장 인공지능 시대를 대비해야 한다고 호들갑 떨었다. 과정이야 어찌 됐건, 인공지능 시대로 줄달음쳐야 한다는 당위성과 인공지능 시대 방향을 인간이 어떻게 설정해야 하는가에 대한 방법론이 구체화되기 시작했다는 것은 바람직하다.

올 1월 스위스에서 다보스포럼이 열렸는데, 주제는 '제4차 산업혁명의 이해(Mastering the 4th Industrial Revolution)'였다.

4차 산업혁명은 증기기관으로 시작된 1차 산업혁명과 전기에너지 기반의 2차 산업혁명, 3차 컴퓨터 혁명에 이어 정보통신기술(ICT)이 이끌게 될 산업계 전반의 혁신을 의미한다. 인간사회가 성장 변곡점에 도달했다는 위기감이 팽배한 시점에서 열린 다보스포럼에서는 이런 4차 산업혁명의 총아로 인공지능(AI)과 로봇이 거론됐다. 특히, 인공지능 기술은 로봇, 자율주행차, 드론, 가상현실(VR) 등 미래 산업을 이끌 핵심 기술로 평가됐다.

인간으로선 부정적인 전망도 나왔다.

"인공지능과 로봇, 생명과학 등의 기술 발전으로 오는 2020년까지 510만개의 일자리가 사라질 수 있습니다."

포럼에서 등장한 이 한 문장은 사람들 사이에선 떠들썩한 화제로 오르내렸다.

포럼 시각을 빌리지 않더라도, 다가올 4차 산업혁명의 총아가 인공지능인 것은 분명해 보인다.

필자는 이세돌과 알파고 바둑 대결이 있기 전에 '4차 산업혁명 방향과 인식' 설문조사를 했다. 설문은 헤럴드경제와 대한상공회의소 공동으로 이뤄졌다.

'4차 산업혁명 하면 떠오르는 단어'를 물었더니 기업인 20.3%가 인공지능을 꼽았다. 최다였다. 로봇(17.1%)이 뒤를 이었다. 인공지능과 로봇은 하나의 카테고리로 묶어도 그리 왜곡이 아니라는 점에서 4차 산업혁명을 인공지능의 위력과 연상하는 이가 40%에 육박한 셈이다. 이 조사 시점은 3월 1일~8일에 이뤄졌다. 이세돌과 알파고 첫 대국(3월 9일) 바로 직전에 조사한 것이니, 곧바로 알파고가 던진 강력한 인상을 감안해 현재 똑같은 조사를 다시 한다면 인공지능을 꼽는 확률은 껑충 뛰어오를 것임은 자명하다.

물론, 사물인터넷(16.1%), 3D 프린터(14.9%), 무인드론(11.4%)도 거론됐다. 공장무인화(6.8%), 무인자동차(3.6%), 무인화(2.0%) 등을 꼽은 이도 적지 않았다.

4차 산업혁명 시대가 되면 산업 곳곳에서 무인화가 이뤄지고, 인간이 그 일자리를 잃을 것이라는 경계심이 작용한 것으로 보인다.

매일 현장에서 트렌드를 맞닥뜨리는 기업인들이어서 인공지능 위기감이 유독 클 수 있지만, 전체적인 흐름은 일반인들도 다를 게 없다는 게 필자의 견해다. 앞으로, 아니 조만간 세상은 4차 산업혁명과 인공지능을 크게 외치는 흐름으로 진입할 것으로 본다.

문제는, 콜럼버스 달걀처럼 누구도 가보지 못한 길이기에 방향 설정을 제대로 하지 못하고 있다는 점이다.

10대 그룹 임원의 자기 고백은 이렇다.

"우리 사회는 4차 산업혁명이 미래 성장이라는 것을 말만 했을 뿐 제대로 눈길을 준 적이 없었고, 정부 역시 전술이나 전략도 하나 없이 기업의 의무로만 돌려왔습니다. 또, 기업 스스로도 하루하루 허덕이다 보니 인공지능에 관한 한 기업가정신을 발휘하지 못했습니다."

목소리는 있는데 실행력이 모자란 4차 산업혁명의 어두운 미래를 대변한다.

더 큰 문제는, 알파고를 개발한 구글이나 애플, 마이크로소프트(MS), 페이스북 등은 4차 산업혁명 물결을 타고 하늘 높이 치솟으려는데, 국내 기업 중 4차 산업혁명 대표 주자에 가세한 곳은 뚜렷하게 없다는 점이다. 물론 국내에서도 네이버와 카카오, SK텔레콤, 일부 게임업체 등을 중심으로 4차 산업혁명과 인공지능 연구를 진행하고 있지만, 걸음마 수준이다.

이런 면에서 정부의 뒤늦은 대응은 뼈아픈 대목이다. 4차 산업혁명

물결을 수수방관하던 정부는 '알파고 쇼크'로 한국사회가 떠들썩해지자 인공지능 간담회를 부랴부랴 여는 등 부산하게 움직였다. 정부는 인공지능의 지휘봉을 잡고, 1조 원 이상을 인공지능에 쏟아붓겠다고 공약도 했다.

"이세돌과 알파고 대결로 AI 관심이 폭발적으로 일자 정부가 뒤늦게 지휘봉을 휘두르겠다고 했는데, 정말 뒷북을 쳐도 그렇게 칠 수가 없더라고요. 정부 쪽으로 4차 산업혁명, 인공지능에 대해 투자나 제도 개선 요청을 한 게 한두 번이 아닌데, 그때마다 쳐다도 보지 않았었는데 말이죠. 정말 꼴사나운 '보여주기 행정'의 전형이 아닙니까."(ICT 업체 임원)

정부의 급조성 정책 냄새가 진동하는 것은 사실이지만, 어찌 보면 다행스러운 일이다. 뒤늦은 감은 있지만, 늦었을 때가 빠른 것이다. 이제라도 4차 산업혁명 전반에 대한 정부의 지원, 규제 완화와 함께 기업의 자율적 도전정신이 어우러져 IT 강국 답게 질주하는 일만 남았다.

"정부가 이제부터 (인공지능) 수장 역할을 한다니 반갑기는 한 일입니다. 다만 실행력이 모호한 투자액 발표브다는 인공지능 시대에 맞춘 세부적이고 치밀한 규제 혁파와 신산업동력으로서의 구체적인 성장 비전과 일관성이 중요하다고 봅니다."(재계 단체 임원)

사실, 인공지능을 포함한 4차 산업혁명 시대 준비를 서둘러야 한다는 시각은 기업 쪽에서 일찌감치 나오긴 했다. '4차 산업혁명 전도사'를 자임한 황창규 KT 회장이 대표적이다.

"다른 국가에서 4차 산업혁명은 ICT와 제조업의 결합 수준에 머물고 있지만 한국에서는 한 단계 진화된 ICT 융합이 필요합니다. 4차 산업혁명이라는 거대한 변화를 잘 활용하면 현재의 경제위기를 기회로 바꾸고 글로벌 1등으로 도약할 수 있습니다."

황 회장은 기회가 있을 때마다 누누이 이렇게 강조했다. 독일은 '인더스트리 4.0', 중국은 '중국제조 2025', 일본은 '일본재흥전략' 등을 앞세워 4차 산업혁명을 향해 달려가고, 일부 성과도 있는데 우리만 뒤처질 수 없다는 것이었다.

아쉬운 것은 황 회장의 말 속에 구체적 내용이 담겨 있는 것을 보지 못했다. 알맹이는 없고 당위성만 있는 것이다. 황 회장뿐만 아니라 4차 산업혁명을 주창하고 있는 다른 대기업 CEO 말에서도 내용이 없기는 마찬가지다. 현재로선 기업 최고경영자(CEO)들의 발언은 아젠다 선점용으로 보이고, 립 서비스로 여겨질 뿐이다. 그렇다고 황 회장 등을 폄하하는 것은 절대 아니다. 이들의 앞선 시각은 발언 자체로도 상징성이 크다. 그것을 뒷받침할 실천력이 동반되길 기대한다.

거창한 구호부터 출발하는 일은 생각보다 많다. 4차 산업혁명과 인공지능도 그럴 수 있다.

02

영화, 거기서 출발을 찾다…
엑스 마키나, 아이, 로봇

#1. 그 시절, 우리가 좋아했던 소녀(You Are the Apple of My Eye·2011)

갓 17살이 된 불량소년들이 있었다. 공부는 꼴찌지만 의리의 사나이인 '몸매 짱' 커징텅(가진동 분), 늘 서 있는 '발기' 쉬보춘, 순박한 '뚱보' 아허, 자뻑이 심한 '머저리' 라오차오, 여자 꽁무니만 따라다니는 '사타구니' 랴오잉훙. 성격도, 스타일도 다른 4명의 공통점은 딱 하나다. 같은 반 친구이자, 전교 1등의 모범생인 션자이(진연희 분)를 좋아한다는 것이다.

주인공 커징텅은 션자이가 얄밉지만, 좋았다. 늘 주변에서 배회했지만, 마음과 달리 차갑게 대했다. 션자이는 커징텅을 징그럽게 여겼다. 어느 날 커징텅은 션자이를 대신해 벌을 받고, 둘 사이는 조금씩

벽이 허물어져 진다. 커징텅은 션자이에게 공부를 배우고, 커징텅도 문제아에서 '열공'하는 학생으로 변했다. 둘의 마음은 하나가 됐다.

하지만 청춘은 사랑이 서툰 법이다. 사랑 고백은 자꾸 어긋나게 되고, 대학생이 돼 떨어지게 된 두 사람. 커징텅은 잘하는 게 싸우는 것밖에 없다. 가장 잘하는 것을 연인에게 보여주고 싶은 맘뿐이다.

어느 날, 커징텅이 권투를 하는 데 션자이가 찾아왔다. 코피가 나고 얼굴이 깨지는 권투를 하는 것을 이해할 수 없는 션자이. 서로 상처가 되는 말이 오고 갔다. 둘은 거리감을 느껴 결국, 헤어졌다.

15년 뒤 션자이의 결혼식이 이뤄지는 날, 커징텅은 하객으로 기꺼이 참석한다. 32살이 된 커징텅이 17살의 커징텅에게 보내는 고백, 짠하다. "너는 반짝반짝 빛났어, 그 시절에……."

#2. 조다 악바르(Jodhaa Akbar · 2008)

16~17세기 인도에서 무굴제국을 일군 악바르 대제의 이야기다.

악바르는 '위대한'이라는 뜻으로, 악바르 대제는 우리의 세종대왕처럼 인도에서 칭송받는 성군(聖君)이다.

영화는 무슬림(이슬람)이었던 황제가 당시 세력가인 힌두교 집안 조다와 정략결혼을 하는 데서 시작된다. 악바르 황제는 야심이 컸고, 영토 확장의 일환으로 다른 종교를 포섭하기 위해 조다를 황후로 들여왔다.

황제는 젠틀했고, 황후는 속이 깊고 아름다웠다. 그렇지만 종교적 신념과 문화적 차이, 사람을 보는 시선이 다른 둘은 처음부터 티격태격한다. (뻔한 스토리지만) 그러다가 서로어 호감을 갖게 되고, 둘 사이에 있던 벽은 점차 허물어진다.

하지만 악바르는 그때까지도 야심에 불타 있었다. 그때, 조다 황후의 명대사가 나온다.

"폐하는 정복은 알지만, 통치는 알지 못합니다. 제 몸은 정복했지만 제 마음은 통치하지 못하고 있습니다."

진심으로 사랑하는 이를 어떻게 대해야 하는지, 백성을 어떻게 대해야 하는지를 깨달은 황제는 인두세(人頭稅)를 폐지하고, 종교 차별을 없애는 등 태평성대의 정치를 펼친다. 황제는 백성의 마음을 얻고, 황후의 사랑까지 차지한다.

필자가 개인적으로 좋아하는 영화 두 편이다.

두 편을 내세운 것은 인공지능과 영화 얘기를 하기 위해서다.

인공지능은 사람들에게 영화로 먼저 다가왔다. 영화 속에서부터 인공지능이 진화했다는 의미다. 이세들과 알파고 바둑대결에서 사람들은 충격을 받았지만, 곧바로 거부감 없이 일상으로 돌아갈 수 있었던 것도 영화 속에서 숱하게 봐온 인공지능의 위력을 알기 때문이다.

인공지능 영화는 참으로 많다.

인공지능 영화의 효시는 스텐리 큐브릭이 만든 '2001 스페이스 오디세이(2001: A Space Odyssey·1968년)라는 데 이견이 없다. 무려 50여 년 전 사람들이 인공지능 개념을 접했다는 게 놀랍다.

인공지능 영화 계보는 터미네이터(The Terminator·1984년), 매트릭스(The Matrix·1999년), A.I.(Artificial Intelligence: AI·2001년), 아이, 로봇(I, Robot·2004년) 등으로 이어져 왔다. 영화가 한 편씩 나올 때마다 충격과 반전이 뒤따랐고, "저게 과연 가능한 것인가"하는 인간의 물음표도 꼬리처럼 이어졌다.

그래도 여기까지의 영화 속에선 인공지능의 섬세함은 없었다. 위력적인 기계였고, 신의 능력을 방불케 하는 슈퍼바이저였으며, 인류 생존을 위협하는 가공할 적(敵)이었지만, 인간이 느끼는 미세한 감정의 떨림까지 소유한 인공지능은 없었다. 쉽게 말해, 아름다운 소녀를 처음 봤을 때의 두근거림, 아슬아슬한 '밀당', 마음의 벽이 허물어질 때의 얼굴 붉어지는 떨림 등은 어디까지나 인간의 전유물이었다.

'그 시절, 우리가 좋아했던 소녀'에서 커징텅이 속으로 좋아하면서도 자기 마음을 들킬까 봐 션자이를 함부로 하고, 그게 후회돼 션자이 뒷모습을 슬프게 응시하는 표정, '조다 악바르'에서 황제에 대해 마음은 끌리면서도 다가서기엔 자존심이 용납하지 않는 황후의 고민이 담긴 흔들리는 눈빛, 이것은 절대적인 인간 영역이었다. 그렇게 믿었다.

하지만 이것마저 인간의 욕심이었을지 모른다. 인간 고유영역으로 믿어왔던 바둑이 알파고에 무너진 것처럼, 인간의 섬세한 영역도 인공지능에 잠식당하는 날이 올 수 있다는 불안감을 필자는 갖기 시작했다.

그런 생각을 하게 된 것은 영화 엑스 마키나(Ex Machina·2015)를 떠올린 후였다. 영화는 '인간보다 매혹적인 인공지능 로봇' 얘기다. 사전 세팅은 완벽하다.

이미 할리우드 대세 신인임을 입증한 여배우 알리시아 비칸데르가 주인공이다. 영화에 빠져들다 보면 인공지능이라는 게 너무 아쉬울 정도로 매력적인 여배우다. 발레리나였던 사람답게 인물 선(線) 하나하나가 예술로 다가온다.

영화 제목 '엑스 마키나'는 '기계를 타고 내려온 신'이란 뜻의 고대 그리스의 연극용어 '데우스 엑스마키나'에서 따왔다. 제목 자체가 매우 함축적이다.

영화의 또 다른 주인공은 세계 최고 검색엔진 회사 블루북의 특급 프로그래머 칼렙이다. 그는 어느 날 사내 이벤트에도전한다. 경쟁률은 수천 대 1이나 됐다. 그가 최종 당첨됐다. 그가 받은 상은 블루북의 회장이자 천재 개발자인 네이든(오스카 아이삭 분)과 새 프로젝트에 참여한다.

"대통령도 만나기 어려운 분인데……. 칼렙, 당신은 행운아네요."

동료들은 칼렙에 찬사와 부러움을 쏟아낸다.

뭔가 가슴 떨리는 일이 생길 것 같다. 칼렙은 헬기를 타고 울창한 숲 속에 있는 곳에 도착하는데, 바로 네이든의 비밀 연구소였다.

그의 임무는 거기서 들었다. 7일 동안 네이든이 창조한 인공지능(AI) 에이바와 면담을 통해 기계에 입력된 감정과 인격의 수준을 평가하는 것, 그게 칼렙이 할 일이었다. 인공지능의 능력을 가늠하는 일종의 '튜링 테스트'였다. 네이든 입장에선 노림수가 있었다. 인간의 능력을 뛰어넘는 인공지능(AI)을 만들려는 자신의 플랜이 완벽한지 점검

할 기회였다.

"새로운 누굴 만난 건 처음이에요."

처음 마주하게 된 인간 칼렙과 AI 에이바. 에이바는 자신의 창조주를 제외하곤 인간을 처음 만나는 순간이었고, 칼렙은 인공지능을 처음 대면한 순간이었다. 놀랄만한 것은 칼렙의 반응. 처음부터 에이바의 자태에 매료된다.

"내 친구가 되고 싶어요?"

며칠 후 에이바의 이 한마디에 칼렙은 자신의 심장이 요동치고 있음을 느낀다. 왜 에이바를 보면 심장박동이 빨라지는지는 이해할 수 없다. 인공지능 기계에 대한 자기감정의 헷갈림, 수많은 머뭇거림과 혼란. 그러고는 며칠 뒤 "네이든의 말을 믿지 마요"라는 에이바의 말 한마디에 칼렙은 결국 무너진다.

이제 칼렙은 네이든은 믿지 않고 에이바를 위해서만 행동하게 된다. 인간을 상대로 한 감정·지능 대결에서 AI의 완벽한 승리는 이렇게 결정됐다. 이 순간 인간의 능력을 뛰어넘는 AI를 창조하겠다는 네이든의 야심 찬 목표도 성공했다.

그 이후 숱한 일이 일어나고 에이바가 네이든에 칼을 꽂고, 결말로 치닫지만, 그 이후 내용은 중요한 게 아니다.

여태까지 많은 인공지능 영화를 봤지만, 에이바 모습에선 정말 섬뜩함을 느끼지 않을 수 없었다.

에이바는 인간, 그 자체였다. 인간 자체를 흉내 내는 것이든, 인간의 감정을 똑같이 복사했든, 사람의 감정을 훔치고 이용하는 것은 인

간 아니면 절대로 불가능한 일임을 확신해온 필자로선 굉장한 충격이
었다.

"당신도 어차피 프로그래밍이 돼 있다. 자연으로부터, 경험으로부
터 프로그래밍이 돼 있는 것이다."

네이든이 칼렙에게 이렇게 말했다.

이 장면에서 에이바가 아니라, 칼렙이 인공지능이 아닐까, 영화에
반전이 숨어 있는 게 아닐까 하는 생각이 들 정도로 영화 내내 집중했
던 기억이 난다.

결과론이지만, 현실의 이세돌은 기계를 이기기 어려웠다. 그렇게
세팅됐다. 슈퍼컴퓨터 1,202대가 연결된 최신 알고리즘 기술로 무장
한 인공지능을 대적해야 했으니, 이세돌로선 역부족이었다.

같은 논리로 영화 속 칼렙 역시 인공지능에 휘둘릴 수밖에 없었다.
세계 최대 검색엔진 블루북의 빅데이터 총합인 인공지능을 상대로 심
리 게임을 이기기엔 능력이 달렸다. 영화 속 설정은 최소한 그랬다.

영화는 미래의 거울이다. 영화 속 얘기는 언젠가 현실화된다. 옛날
영화를 보면 꼭 그렇게 됐다. 엑스 마키나는 그런 영화가 아니길 빌지
만, 섬세한 감정 라인은 신이 부여한 인간 만의 것인데 언젠가 인공지
능에게도 따라잡힐 수 있다는 두려움이 금기어의 벽을 뚫고 논쟁의 화
두에 올려진 것은 사실이다. 정말 이렇게 되면 커징텅이 사랑했던 여
인이 에이바이고, 황제가 사랑했던 황후가 에이바인 날이 올지도 모르
겠다. 상상하는 것만으로도 심장에 '쿵' 소리가 난다.

요즘 들어 인공지능 영화가 너무 앞서가니까 부담스럽다는 이들이 많아졌다. 필자 역시 그렇다.

아이, 로봇(I, Robot · 2004년) 정도가 딱 좋다.

영화의 원작은 아이작 아시모프의 소설이다. 영화에 등장하는 로봇은 '3원칙'을 충실히 지킨다. 그 원칙 중 하나가 인간의 안전을 최우선시 한다는 것이다. 로봇은 어디까지나 인간 안전을 위하고, 인간을 위해 요리하고, 인간을 위해 아이들을 돌보는 것이다.

어느 날 로봇을 만든 래닝 박사가 의문의 죽임을 당한다. 평소 박사와 친한 스프너(윌 스미스 분) 형사가 나선다. 그는 로봇 써니의 소행임을 직감한다. 써니를 추적하는 스프너. 하지만 써니는 사건 일부분일 뿐, 그 뒤엔 로봇을 조종하는 엄청난 초대형 인공지능의 음모가 도사리고 있음을 알아차린다. 스프너는 써니와 힘을 합쳐 그 음모를 부순다.

이 영화상으론 아직 인간은 인공지능에 우월하다. '생각하는 로봇'이 등장했지만, 여기까지는 인간의 통제권이유효하다. 앞으로의 세상은 더 나가지 말고, 딱 이 정도까지만.

나만 그렇게 생각하는 것은 아닐 것이다.

03

아이돌 아닌 하사비스돌을 키워라

"10대라면 열심히 공부하세요. 20대라면 누군가를 따르세요. 30대라면 명확하게 생각하고 자기를 위해 일해야 합니다. 40대라면 본인이 잘하는 일에 집중하세요. 50대라면 젊은 사람을 믿어주시고요. 60대라면 자신에게 시간을 투자하십시오. 무엇보다 젊은 청춘에게 말합니다. 25세라면 실패를 많이 하세요. 실패를 통해 많이 배우게 됩니다. 인생은 그냥 즐기는 겁니다."

지난 2015년 8월께 마윈(馬雲) 알리바바 회장이 한국에 왔을 때다. 'KBS 광복 70주년 미래 30년' 행사에 참석한 마윈의 강연은 정말 인상적이었다. 강연이 끝나자 청중들은 일제히 박수를 쳤다. 몇몇은 감동을 받은 듯 자리를 쉽게 뜨지 못했다. 하지만 그게 다였다.

필자가 주목한 것은 세계 최대 갑부 중 하나, 세계에서 최고 잘 나가는 전자상거래 기업 알리바바의 회장에 대한 청중의 반응이었다. 호감은 있었지만, 열광은 없었다. 어찌 보면 당연하다. 어디까지나 중국 기업인이다.

하지만 중국에서라면 얘기가 달라진다. 거기라면 어림없는 일이다.

마윈은 중국에서 대스타다. 마윈이 나타나는 곳엔 광팬들이 항상 있다. 마윈이 등장하면 열광과 환호의 물결을 이룬다. 특히 마윈을 바라보는 중국 청소년들의 눈빛은 존경 대상이다. 마윈은 그들에게 꿈이고 목표이기 때문이다. 한국사회의 연예인 '아이돌' 처럼 말이다.

물론, 중국 내에서 거부는 많다. 중국 내 2위 부자인 마윈의 순 자산은 300억 달러에 육박하지만, 그 못잖게 돈을 번 사람은 적지 않다. 그렇지만 유독 마윈에 열광한다.

지난해 베이징대 시장·마케팅연구센터는 1990년대 이후 태어난 쥬링허우(20대)를 대상으로 '가장 존경하는 인물'을 조사했는데, 무려 75.3%의 청소년들이 마윈을 꼽았다. 중국 20대 10명 중 7명 이상이 존경하는 인물로 마윈을 선택한 것이다. 정말 엄청난 인기이자, 카리스마가 아닐 수 없다.

20대가 이토록 마윈에 열광하는 것은 마윈의 인생 스토리가 드라마틱하기 때문이다.

마윈은 서민 가정에서 태어났고, 수학 공부도 제대로 못 해 대입에 두 번이나 실패했다. 사업도 신통치 않았다. 쓰러지고, 쓰러지기를 몇 번 반복한 끝에 32살의 나이로 인터넷 가능성에 눈을 떴고, 중국 최초의 상업용 사이트에 뛰어들며 성공신화를 써 나갔다.

지금의 마윈이야 엄청난 부(富)를 과시하고 있지만, 금수저 출신도 아닌 마윈의 한때 악전고투와 인생역전의 모습을 중국 20대들이 자신과 동일시하고 있다는 게 마윈의 절대적인 인기 비결이다.

"마윈처럼 되고 싶어요. 마윈처럼 돈 벌고 싶어요."

중국 청소년들은 이같이 합창한다. 마윈은 그들이 닮고 싶은 모델이고, 어쩌면 가능한 모델로 여겨진다.

마윈 회장이 평소 소탈한 모습을 보이는 것이 그렇게 생각되는 이유 중 하나다. 마윈이 한국에서 강연한 멘트처럼, 그는 인생을 즐기는 법을 안다.

마윈은 끼를 주체하지 못하는 사람이다. 지난 2008년 알리바바 기업행사 때 공주로 분장하고 무대에 선 일은 너무나도 유명한 일화다. 모두를 기절초풍하게 만들었고, 열광으로 이끌었다. 2009년 알리바바가 운영하는 온라인 B2C 장터인 '티몰' 10주년 기념 공연 땐 직접 무대에 올라 앨튼 존의 노래 '오늘 밤 사랑을 느끼나요(Can you feel the love tonight)'를 열창했다.

이런 소박하고 자유분방한 모습에서 중국 10~20대들은 '회장님 마윈'이 아니라 '친구 같은 마윈'으로 느낀다고 한다. 그래서 다른 갑부들과 달리 '나도 마윈처럼 될 수 있다'는 신념을 청소년들이 느끼게 되고, 이는 마윈에 대한 절대적인 존경으로 연결된다고 한다.

한국에 '아이돌'이 있다면, 중국엔 '마윈돌'이 있다고 할까.

사실 이건 매우 중요하다.

"한국에 마윈 같은 사람이 없어서 그렇겠지만, 설사 마윈 같은 이가 한국에 등장한다고 해도 중국과 같은 열광적인 호응으로 이어질까요? 그 사람을 우리 청소년들이 존경한다고 할까요? 전 아니라고 봅니다."(대한상의 임원)

중국 청소년에겐 기업인으로 성공해서 부자가 되는 것은 지극히 선(善)이다. 따르고, 배우고 싶은 로망이다. 반면, 한국 청소년에겐 성공한 기업인은 존경대상에서 일단 배제된다. 남의 것을 빼앗고 부정한 방법으로 부를 축적했을 것이라는 생각부터 들기 때문이다. 알게 모르게 몸에 젖어든 반기업정서 또는 반기업인 정서가 그렇게 만든다. 그들에게 보낼 환호 여력이 있다면 차라리 '아이돌'을 선택하는 게 한국 청소년의 분위기다.

조금도 과장할 생각이 없다. 이는 필자가 오랜 취재활동을 통해 얻은 결론이다.

이를 거론하는 것은 이세돌과 알파고 대결 이후 우리에게 절대적으로 필요한 '하사비스돌'이 현재 여건으로는 나오기 힘들다는 위기감을 경계하기 위해서다.

세기의 대결 이후 한국사회의 모든 초점은 하사비스에 있다. 인공지능 진화 속도도 관심이었지만, 알파고를 만든 하사비스가 과연 어떤 사람인가, 어떻게 하면 제2, 제3의 하사비스를 우리 현실에서도 등장시킬 수 있을까 하는 문제에 집중됐다. 그래서 '하사비스돌'이 한국사회에서 커나갈 토양이 구체적으로 논의될 것으로 기대했다. 하지만 하사비스돌에 대한 조명은 소리만 요란한 빈 수레에 그쳤고, 일상은 다시 아이돌 열풍으로 돌아갔다.

이를 감안하면 현재 우리 현실에서 하사비스 같은 천재가 나온다고 하더라도 아이돌에만 열광하는 분위기가 지속되는 한, 제2, 제3의 하사비스로 키워질 확률은 희박한 게 사실이다. 정말 큰 문제가 아닐 수 없다.

반기업 정서가 일단은 주범이다.

남규만과 조태오. 누구나 들어본 이름이다. 얼마전까지 장안의 화제였던 이름이다.

드라마 '리멤버' 속 일호그룹 후계자인 남규만(남궁민 역), 영화 '베테랑'에서 재벌 3세인 조태오(유아인 역). 잘 생긴 남자배우들이 분한 역할의 공통점은 재벌가 망나니 아들이라는 것이다. 남을 짓밟는 갑질에다가 폭력, 살인교사까지 눈 깜박하지 않고 저지르는 괴팍한 성격의 소유자다. 드라마나 영화 속의 재벌가는 이렇듯 남규만과 조태오로 집약된다. 영화 '내부자들'에선 재벌 회장이 대통령 후보, 문필권력의 언론인과 정경유착하는 거대한 음모론자로 묘사됐다.

드라마나 영화는 소재의 자유가 있다. 재벌이 아니라 재벌 할애비라도 얼마든지 창작 영역으로 끌어들일 수 있다. 그것을 비판하는 것은 아니다.

또, 그럴 만도 하다. 최근 운전기사에 대한 갑질 논란으로 손가락질을 받는 재벌 3세, 직원을 머슴 부리듯 하며 우월적 DNA를 과시하는 재벌 3세들이 일으킨 사회적 파장은 작지 않다. 돈 많은 아버지 밑에서 화초처럼 자라다보니, 세상 물정 모르고 날뛰는 재벌 3세는 정말 많다. 이런 재벌가의 사회적 물의가 고질병처럼 반복되다 보니 반기업 정서는 개선의 기미가 없다. 스스로를 탓해야지 누굴 탓하랴.

실제 기업에 대한 국민의 반응은 싸늘하다. 대한상의가 최근 조사 한 기업 호감도는 10년 만에 가장 낮은 수치(44.7)로 떨어졌다. 10년간 수치가 50 이하로 내려간 적은 드물다.

문제는, 일부 재벌들이 문제를 일으키면서 모든 기업과 기업인들이 싸잡아 '나쁜 놈' 취급을 당하는 데 있다. 계속 기업 이미지는 추락할 수 밖에 없다.

그러다보니 자신의 능력대로 부를 쌓아가려는 많은 젊은이, 제2, 제3 하사비스를 꿈꾸며 비상하고 싶은 청년과 기업인들의 의지가 소중히 여겨지는 문화는 제대로 형성되지 않는다. 하사비스를 넘으려는 청년정신, 인공지능 분야에서 최고를 꿈꾸며 갑부가 되겠다는 창업정신을 제대로 북돋워야 하는데, 그런 면에서 아쉬움이 큰 게 우리 현실이다.

"기업가정신을 귀하게 여기고 따라가려는 문화, 누구나 떳떳한 갑부를 추구하는 문화, 그런 게 우린 없어요. 그래서 극단적으로 말하면 하사비스 길을 가기보다는 아이돌을 택하겠다는 청소년들이 많은 것이죠."

기업에선 이를 안타까워한다.

이건희 삼성 회장이 "한 사람이 1만 명을 먹여 살리는 시대"를 외친 것은 오래됐다. 하지만 1만 명을 먹여 살릴 그 한사람이 나올 환경은 아직도 무르익지 않은 것이다.

인공지능 시대에 꼭 필요한 교육 혁명도 속도가 더디다. 교육 현장은 여전히 암기식으로 진행되고 있고, 청소년들은 대입을 위해 방과 후 학원들을 전전하는 게 현실이다. 그러다 보니 인공지능 시대에 요구되는 창의력 있는 인재는 실천이 없는 공허한 울림에 그치고 있다.

"우리나라는 초등학교 교육에서 대학교육에 이르기까지 X(Xerox)형 인재 육성시스템을 갖고 있습니다. 교사나 교수는 갖고 있는 지식과 생각을 학생들에게 복사를 시키고 있습니다. 더욱 한심한 것은 사교육을 통해 보다 짧은 시간에 보다 많은 지식을 복사시키는 경쟁을 하고 있다는 것이죠."

'Y형 인재에 투자하라'의 저자인 이효수 영남대 교수의 지적이 날카롭다.

"변화를 선도하고 그것을 즐길 줄 알고, 끼와 함께 창의적인 지식으로 인공지능과 차별화할 수 있는, 그런 Y(Yield)형 인재를 키우는 쪽으로 교육대혁명이 단행돼야 할 때입니다."

구구절절 옳은 말이다.

실제로 한국의 인재 양성 시스템은 서열 중심의 사회에서 극심한 경쟁만 중시해왔고, 사물과 현상의 이해보다는 결과만을 중요시하는 교육 위주였다. 그 결과 '질문'보다는 '답'만을 요구하는 상황을 초래했고 '빨리빨리' 문화까지 팽배함으로써 미래를 책임질 창의적 인재

양성에는 한계를 보여왔다. 인공지능 시대를 겨냥해 교육 틀 근간부터 바꿔야 한다는 의견은 그래서 나온다.

"암기력과 창의력은 근본적으로 다른 행위입니다. 암기력과 창의력을 경제적으로 해석하면 암기력은 돈을 주고 소비하는 행위지만, 창의력은 생산적인 행위입니다. 무엇보다도 암기 중심의 주입식 교육이 아닌 질문하는 교실 쪽으로 교육환경이 변해야 합니다."(조벽 동국대 석좌교수)

몇 년 전 원기찬 삼성카드 사장을 만난 적이 있다. 당시 원 사장은 삼성 인사팀장이었다. 막강한 자리였다. 삼성전자 국내외 임직원 21만 명에 대한 인사 지원 업무를 총괄하는 자리였으니, 핵심 자리였다. 그의 채용 철학이 궁금했다.

"기업이 원하는 인재는 주인의식, 긍정적 마인드, 전문성(실력)을 갖춘 사람입니다. 이 셋을 갖추되, 그래도 가장 필요한 이를 뽑으라면 '끼'가 있는 사람일 겁니다. '끼'는 자신과 세상을 춤출 수 있게 하기 때문입니다."

주인의식, 긍정 마인드, 전문성은 노력으로 얻을 수 있지만, '끼'는 어느 정도 선천적으로 타고나는 것이란 게 그의 말이었다.

몇 년 전 원 사장의 이런 철학은 인공지능 시대에도 여전히 유효하다고 믿는다. 마윈은 놀 때 놀 줄 아는 '끼'를 가졌기에 갑부가 됐고, 하사비스는 공부보다는 두뇌게임에 관한 한 천재적인 '끼'를 소유했기에 알파고의 조물주가 될 수 있었다.

물론, 여기에서 이세돌의 '끼' 얘기를 꺼내지 않을 수 없다. 바둑에 관한 한 자유분방하고 일정한 형식의 틀을 거부하고, 유행을 싫어하고 매 판을 다르게 두는 스타일인 이세돌은 '끼'를 유감없이 발휘하는 인생을 살아왔다. 그러기에 좌충우돌하며 상처를 받곤 했지만, 그게 이세돌 인생을 지탱하고 때론 날개를 달아줬다.

알파고에 충격의 3연패를 당하는 날, 다른 사람 같으면 휘청거리거나 입술이 바들바들 떨렸을 법한 상황에서도 "이세돌이 진 것이지, 인간이 진 것이 아니다"는 강심장성 명언을 남긴 것은 '끼'로 똘똘 뭉친 이세돌 아니면 힘들었을 것이다. 악착같은, 그러면서도 포기를 모르는 '끼'는 1승을 포획한 힘이 됐다.

다만, 앞으론 '하사비스의 끼'가 대접받는 시대가 될 것이 너무도 분명하다.

중국 거센 AI 바람, 우리는?

이세돌과 알파고가 바둑 전쟁을 벌이고 있을 때 유난히 시샘과 질투의 눈길을 보낸 나라가 있었다. 바로 중국이다.

알파고 승리로 미국은 구글을 앞세워 인공지능 대국임을 입증했고, 이세돌이 지긴 했지만, 한국은 '인공지능의 테스트베드'라는 부수효과를 얻었다. 구글이 인공지능 대결 장소와 대상을 한국과 이세돌로 정한 것도 중국으로선 시기할 수밖에 없었다. 인공지능에 관한 한 미국이 한참 앞서있긴 하지만, 중국도 열심히 따라가고 있었기 때문에 또다시 멀찌감치 달아나려는 구글에 속이 뒤집힐 만도 했다.

커제 9단과 인공지능의 바둑 대결을 추진한 것은 이 때문이다. 커제는 중국 바둑 랭킹 1위이자, 전 세계 랭킹 1위다. 이세돌보다 뛰어나다고 중국이 자랑하는 기사다. 이세돌과 알파고 대결 후 중국에선 곧장 커제 9단과 중국 사물인터넷업체 노부마인드는 인간과 인공지능 대결을 성사시켰다. 이세돌과 알파고 대결 2탄인 셈이다. 노부마인드의 인공지능을 업데이트할 시간이 필요해 당장은 아니지만, 조만간 둘의 대국은 펼쳐질 것으로 보인다.

이처럼 중국이 이세돌과 알파고 대결을 의식한 것은 인공지능과 관련한 '중국의 자존심'과 관련이 크다.

인공지능은 미국이 압도적으로 우위를 보이지만, 중국 역시 인공지능 개발에 지대한 노력을 기울이고 있다. 일부 기술 발전은 눈부시다.

그동안 중국은 인공지능에 대대적인 투자를 단행해왔다. 투자 규모 면에선 한국은 이미 비교 대상이 아니다.

한 예로, 중국 최대 포털인 바이두는 지난 2014년 로봇공학과 기계학습 분야의 전문가인 앤드루 응 스탠퍼드대 교수를 영입하고, 3억 달러(약 3582억 원)를 들여 미국에 인공지능연구소를 설립했다.

음성인식 인공지능은 바이두가 미국 보다 앞섰다고 자랑하는 기술이다.

실제로 식당 등 시끄러운 환경에서 음성인식 오류 비율을 비교한 적이 있다. 그 결과, 애플은 43.6%, 마이크로소프트는 36.12%, 구글은 30.47%로 나타났다. 그런데 바이두는 19.06%에 불과했다. 오류 면에서 애플 등에 비교해서 압도적으로 작았다.

중국은 지역마다 방언이 다른 나라로 유명하다. 다양한 중국의 언어를 인식하기 위해 그만큼 정확한 음성인식 인공지능 개발에 힘썼고, 이에 앞선 기술을 확보할 수 있었던 것으로 보인다.

“중국이 애가 닳을 만 하지요. 구글이 이세돌과 알파고 대결로 인해 엄청난 홍보효과를 얻은 것은 사실이니까요. 인공지능 하면 구글이 연상되는 게 중국으로선 부담이 될 겁니다.”(현대경제연구원 관계자)

하지만 중국을 얕잡아 봐서는 안 될 것으로 보인다. 이세돌과 알파고 대결에 자극받은 중국은 인공지능을 차세대 성장동력으로 키우기 위한 프로젝트 페달을 더욱 힘차게 밟고 있다.

일단, 중국정부는 올해부터 적용되는 ‘13차 5개년(2016~2020년) 계획’에서 인공지능 분야를 100대 국가전략 사업 중 네 번째 주요사업으로 선정했다. 향후 3년간 인공지능 분야 육성 계획을 담은 ‘차이나 브레인 프로젝트’도 준비 중이다. 이 프로젝트엔 중국 정부 부처는 물론, 학계·기업 등의 인공지능 전문가가 대거 달려든 것으로 알려졌다.

중국은 이미 인공지능 관련 특허출원 건수에서 미국에 이은 세계 2위다. 중국 정부의 대대적 지원까지 받으면 미국, 일본을 위협하는 인공지능 강자로 떠오를 것은 확실해 보인다.

중국이 지난 2015년까지 인공지능 분야에서 출원한 특허 건수는 총 6,900건이다. 1위 미국(9,786건)에 3,000여건 뒤져있다. 이는 지식재산권 조사기관 팻스냅의 추정치다.

눈에 띄는 것은 중국 기업들의 인공지능 개발 관련 투자 규모가 2015년 14억2300만 위안(약 2534억 원)으로 전년보다 75.7%나 늘었다는 점이다. 그리 큰 금액은 아니지만, 앞으로 더욱 가파른 투자 성장세를 예고한다.

인공지능 투자는 바이두, 알리바바, 텐센트 등 중국의 대표적 정보기술(IT) 기업이 주도하고 있다. 세 회사가 인공지능에서 특허 출원한 건수는 총 1,030건이다. 세 회사가 특허 출원의 6분의 1을 차지하고 있는 셈이다.

프로젝트 진행은 구체적이고 세밀하다.

인공지능을 활용한 자율주행차를 개발하고 있는 바이두는 최근 '베른 프로젝트'라는 이름의 인공지능 플랜에 돌입했다. 검색엔진 바이두로 축적한 빅데이터를 활용해 2~3세 유아의 지능을 갖춘 인공지능을 개발한다는 게 1차 목표다.

중국의 인공지능 시장 규모는 2020년께 91억 위안(약 1조6000억 원)에 달해 세계시장 점유율 10%를 차지할 것으로 예측된다. 특히 음성식별과 이미지 처리 분야는 세계시장의 60%, 27.5%를 각각 차지해 선두그룹을 형성할 것으로 보인다.

중국 스타트업(창업) 기업들의 인공지능 개발 바람도 거세다. 최근 중국에선 인공지능을 장착한 '셀카 드론'이 등장했다. 이는 중국 스타트업 제로제로 로보틱스가 개발한 것으로, 소형 카메라와 인공지능이 내장돼 스스로 사람을 따라다니며 사진과 영상을 찍는 셀카용 드론 '호버 카메라'다. 인공지능이 탑재돼 있어 따로 조종하지 않아도 사용자의 얼굴과 몸을 인식하고, 움직이는 사용자를 따라오며 영상을 촬영하는 획기적인 기술이다.

문제는 우리나라다. 중국이 이토록 빠르게 움직이는데 우린 하세월이다. 현대경제연구원이 최근 발표한 'AI 시대, 한국의 현주소는' 보고서(2014년)에 따르면 한국의 인공지능 관련 특허는 모두 306건(전체의 3%)이었다. 미국의 20분의 1, 일본의 10분의 1에 해당하는 수치다. 그만큼 열악한 상황을 대변한다. 한국의 인공지능 관련 소프트웨어(SW) 기술 수준도 최고 기술 대비 75%, 응용 SW 기술은 74% 수준이다.

통계청이 조사한 상황도 다르지 않다. 지난 10년간 인공지능 관련 특허는 미국(2만4,054건), 일본(4,208건)으로, 한국(2,638건)에 비해 각각 9.1배, 1.6배 많았다.

"이세돌 9단과 인공지능 프로그램 알파고의 바둑 대국으로 인공지능에 대한 국민의 관심이 매우 높습니다. 이를 통해 빅데이터 분석가, 증강현실 전문가, 인공지능서비스 개발자 등 청년층이 선호하는 양질의 일자리도 많이 창출할 수 있을 것입니다."

박근혜 대통령이 지난 3월 15일 국무회의에서 강조한 말이다.

박 대통령의 이날 발언은 역설적으로 우리 인공지능 관련 산업의 암울한 현실을 대변했다. 구글 '알파고'로 대표되는 세계시장은 2015년 이미 1,270억 달러 규모로 성장했고, 앞으로도 매년 14%씩 고성장을 계속할 전도유망한 산업으로 부상했는데, 한국은 아직 인터넷과 게임 등 지엽적인 분야에서만 3조~5조 원 규모의 시장을 형성했을 뿐이라는 점에서 그렇다.

"우리 정부도 부랴부랴 인공지능 산업 육성정책을 수립하기 시작했지만, 착수시점 및 투자 규모 측면에서 주요국에 뒤져있는 것으로 평가됩니다. 민간 부문의 인공지능 산업 기반 역시 기업 수 및 투자 규모 측면에서 부족한 형편입니다."(장우석 현대경제연구소 연구위원)

국내 인공지능 관련 기업(2015년)은 24~64개로 세계 인공지능 관련 스타트업 수와 비교할 때 약 2.5%~6.7% 수준에 불과하다. ICT 산업 강국이라는 한국 위상과 걸맞지 않은 규모다. 대기업의 인공지능 투자 규모 역시 미국은 물론, 중국 같은 후발 주자들에도 못 미치는 실정이다.

실제 '알파고 쇼크'를 가져다준 구글은 이미 2001년부터 인공지능 관련 기업 인수와 연구개발에 나서며 2015년까지 모두 280억 달러를 투자했다. 앞서 언급했듯이 중국의 바이두 역시 3억 달러를 투자해 미국 실리콘밸리에 전담 딥러닝 연구소를 구축했다.

반면, 우리나라에서는 삼성전자가 '지보', '바이카이우스', '킨진' 같은 스타트업에 투자한 480억 원, 그리고 네이버가 1000억 원 규모의 투자계획을 밝힌 것이 인공지능 민간 투자의 사실상 전부다. 참으로 뼈아픈 대목이다.

설상가상 현대경제연구원에 따르면, 한국은 미국의 기술 수준보다 2년 뒤지고 일본보다는 1.1년 뒤떨어져 있다. 중국보다는 0.3년 앞섰다고 하지만, 이는 2014년 자료라는 점과 중국이 최근 인공지능에 막대한 투자를 하고 있다는 것을 감안하면 이미 대등한 수준이거나 중국에 추월당했을 것이라는 분석도 나온다.

일본 역시 간과해선 안 되는 나라다. 일본은 애완용 로봇부터 인간

형 로봇까지 생물과 비슷한 로봇을 만들기 위해 관련 기술 개발에 매진해왔다. 가장 대표적인 게 도쿄대 입시에 도전하는 로봇 개발 프로젝트다.

일본 국립정보학연구소는 지난 2011년부터 도쿄대 합격을 목표로 '도로봇 군'이라는 인공지능을 개발하고 있다. 도로봇 군은 이미 2014년 대입 모의시험에서 900점 만점에 386점을 받았다. 도쿄대 합격은 어렵지만, 사립대 합격은 가능한 수준이다.

나아가 일본 정부는 최근 인공지능과 빅데이터 등의 분야에 대한 투자를 오는 2020년까지 국내총생산(GDP)의 4% 이상으로 끌어올리기로 했다. 이는 아베 신조 총리가 목표로 내건 2020년 GDP 600조엔(약

6210조 원) 달성을 위해 정부 경제자문위원회가 마련한 방안이다. 내각부가 발표한 일본의 2014년 명목 GDP가 489조6000억엔(약 5062조 9000억 원)이었던 만큼 이를 기준으로 4%를 적용하면 연간 20조엔(약 207조 원) 가까이를 인공지능 등의 연구개발에 투입하겠다는 것이다.

중국도 달리고 있고, 일본은 더 달리는 데 집중하는 모양새다.

"여러 정황상 미국은 한참 멀리 달아나 있고, 일본은 특정 로봇에서 발군의 기술을 뽐내고 있고, 중국은 우리를 추월함과 동시에 빛의 속도로 달리려는 상황입니다. 우리는 정말 심각하게 고민해야 합니다."(특허청 관계자)

전문가들은 인공시대를 맞아 보다 전략적인 접근이 유효하다고 보고 있다. ICT 인프라부터 소프트웨어, 나아가 인문학과 법, 사회학까지 포함하는 전방위적인 협력만이 뒤처진 인공지능 기술 수준을 단숨에 따라잡을 수 있는 '비법'이라는 것이다.

"통신이나 빅데이터 등에서 산업 갈라파고스화를 초래했던 정부 관료들의 중앙집중식 통제 패러다임에서 벗어나 개방과 공유의 패러다임으로 정책 방향을 전환하고, 공공부문의 선도적 투자를 확대해야 합니다."

장우석 현대경제연구소 연구위원이 제시하는 길이다.

과거 통신규격에 대한 고집 등으로 시장 실패를 불러왔던 기술관료들의 전횡을 원천 차단하는 게 인공지능 발전의 선결 핵심 과제라는 뜻으로 풀이된다.

인공지능 산업의 한 축인 빅데이터, 사물인터넷, 자율주행 자동차 등에서 우리 기업의 보다 적극적인 전략도 중요해보인다. 구글의 알파고 같은 종합 인공지능을 단숨에 만들려 하기 보다는 인공지능의 핵심인 센서와 반도체 등을 움직이는 임베디드 소프트웨어 등 기존 하드웨어의 강점을 살릴 수 있는 전략적 소프트웨어 사업 확장이 유효하다는 시각도 있다.

이참에 단기에 연연하지 말고, 기초 연구 분야를 튼튼히 할 절호의 기회로 삼아야 한다는 의견도 나온다.

"인공지능 알고리즘 연구는 30년 이상 투자해야 결과가 나오는 것입니다. 알파고 이슈로 급상승한 인공지능에 대한 관심이 장기적으로 기초 연구 투자로 이어져야 합니다."(조영임 가천대 컴퓨터공학과 교수)

인공지능은 두려움 아닌 공존의 대상

"아빠, 인공지능이 우리 일 뺏으면 난 뭐 하고 살아?"

딸 아이는 당장 그게 걱정인 모양이다. 바둑은 모르지만, 이세돌이 알파고에 지는 모습이 뉴스에 나오니까 그런 생각이 들었나 보다.

"글쎄, 우리 딸한테는 조금 있어야 할 얘기 같고……. 당장 아빠가 문제네. 인공지능이 기사 대신 쓰겠다고 나설 것 같은데."

가벼운 농을 주고받은 지 며칠이 지났을까. 페북에 올라온 글 하나가 심장을 후벼 판다. 인공지능이 쓴 기사와 기자가 쓴 기사가 올려져 있다. 누구누구가 썼는지 모를 정도로 둘 다 매끄럽다. 아니, 인공지능이 더 정확하게 쓴 것 같다. 이거 밥줄 끊기게 생겼다.

하지만 필자는 크게 걱정하지 않는다. 먼 얘기라는 게 아니라, 인공지능이 발달할수록 인간의 영역도 넓어질 것으로 믿기 때문이다. 인공지능이 팩트에 기반한 기사를 아무리 잘 쓰더라도, 시적 표현을 잘 학

습해 빼어난 글을 쓰더라도, 인간 냄새 물씬 풍기는 기사는 어디까지
나 필자의 몫이라고 본다.

이세돌과 알파고 대결 후 사람들에게 남은 두려움은 '혹시 일자리
를 뺏길지 모른다'는 점에서 기인한다. 정말 그럴지 모른다.

사람들이 농사에 지칠 때, 1차 산업혁명이 일어났다. 증기기관이
발명됐고, 공장이 가동됐다. 농사를 접은 사람들은 대도시로 나가 공
장에 다녔다. 기계가 가져다준 직업, 공장노동자들이었다.

같은 논리로 인공지능이 진화할수록 새로운 일자리는 창출될 것으
로 본다. 시중에 나도는 우스갯소리대로 "정 할 일 없으면 로봇 닦으
면 되지, 뭐"하고 긍정적으로 생각할 필요가 있지 않을까 싶다.

이런 필자의 순진함을 비웃기라도 하듯, 그러나 상황은 긍정적이지
만은 않다.

최근 LG경제연구원은 '인공지능 시대를 위해 시작해야 할 두 번째
고민' 보고서를 내놨는데, 우리 정부와 산업계는 인공지능과 관련한
경쟁력 확보 노력 뿐아니라 인공지능이 가져올 사회적 변화에 대비해
야 할 시기라고 했다. 인공지능이 새로운 성장 기회를 제공하는 것과
별개로 기존 직업의 소멸, 직업 구조의 변화 등 사회적 변화를 동반할
가능성이 매우 크다는 것이다.

앞서 올해 초 열린 다보스포럼에서는 오는 2020년까지 향후 5년
동안 전 세계적으로 단순 사무 및 행정직 등 710만 개의 일자리가 사
라지리라 예상했다. 선진국과 신흥시장 등 15개국에서 컴퓨터, 수학,

건축, 엔지니어 등과 관련한 200만 개의 새 일자리가 창출되겠지만, 이를 합산하면 결국 510만 개의 일자리가 사라진다는 결론을 내놨다.

보고서는 인공지능 시대 전망을 비관론 신중론, 낙관론 등 세 가지로 분석했다.

"인공지능 기술이 발달하면서 인간 직종과 기계 직종의 경계가 흐려질 것이다."

보고서가 일단 직시한 내용이다. 인공지능이 이끄는 제4차 산업혁명이 본격화하면 의사, 변호사, 회계사, 세무사 등 전문직이 힘을 잃을 것으로 봤다. 이런 고위험 직업군엔 단순 사무직, 생산직, 운반직은 물론 예술과 디자인, 스포츠 분야 등 인간 고우 영역으로 여겨지던 직업군도 다수 포함됐다.

일자리 개수가 감소하는 차원이 아니라 직업 자체가 멸종할 것이라는 암울한 전망도 나왔다. 올해 초 발표된 '유엔(UN) 미래보고서 2045'는 의사, 변호사, 기자, 통·번역가, 세무사, 회계사, 재무 설계사, 금융 컨설턴트 등 전문직을 포함한 상당수의 직업이 소멸할 것으로 봤다.

"흔히 노동비용이 지나치게 싼 저숙련 직업은 오히려 인공지능 자동화를 하기엔 비용 대비 효과가 작아 인간영역으로 남을 것으로 분석된다. 하지만 인공지능 가격이 충분히 낮아질 때 쯤이면 이마저도 완전히 대체할 것이다."

보고서의 추가 설명이다.

하지만 신중론도 빼놓지 않았다. 인공지능 기술이 고도화되고, 비용 측면의 한계를 극복한다고 하더라도 기계가 인간 영역을 완전히 대체할 수는 없다고 보는 관점이다. 사람과 깊게 소통하거나 인간 감성과 관련된 부분은 인공지능이 인간을 대체하기 불가하다는 것이다.

"화가, 조각가, 사진사, 작가 등 예술 분야나 초등 교사와 같은 교육 분야 등 감성에 기반하거나 소통이 필수인 직업은 인간 고유의 영역으로 남을 것이다."(한국고용정보원 분석)

비즈니스인사이더 역시 영리함, 협상력, 도와주는 능력, (작업시) 좁은 공간에 배치하는 능력에서 서예가와 의사, 병원 카운슬러 및 사회심리학자 등은 살아남을 것으로 예측했다.

보고서는 낙관론도 내놨다. "인공지능은 단지 인간의 도구일 뿐"이란 것이다. 발달한 기술을 활용하면 인간의 역량과 생산성이 늘어나면서 직업 경계가 조정되는 것은 자연스러운 현상이고, 일시적 고용 불안, 해고 등의 문제는 언제든 나타났다는 것이다.

이는 사례로 제시했다. 1970년대 자동입출금기(ATM)가 등장하자 많은 사람은 은행 직원의 감원을 우려했지만, 결과는 달랐다. 2010년 미국에는 40만 개의 ATM 기기가 있지만, 은행 직원은 1980년에 비해 2010년 오히려 10%가 증가했다는 것이다.

"역사적으로 새로운 기술의 잠재성은 늘 과대 평가되는 반면, 인간의 잠재성은 과소 평가됐습니다."

과학철학자 마이클 폴라니의 말이다. 기술 발달을 과도하게 두려워할 필요가 없다는 것이다.

이런 시각을 알파고 측에서도 내놓은 것은 흥미롭다. 선다 피차이 구글 CEO는 "인공지능은 사람의 일자리를 뺏기보다는 업무를 도와주는 방식으로 진화할 것이며 인공지능에 대한 지나친 우려와 경계가 필요치 않다"고 했다.

인간이 일자리를 빼앗기느냐, 새 일자리를 창출하느냐 문제 외에도 인공지능과의 공존 문제가 당장 중요하다는 의견도 제시된다. 인공지능과 공존할 수 있는가 하는 문제가 정리된 다음, 일자리를 생각해도 늦지 않다는 것이다.

인공지능에 대한 경고음은 어제, 오늘 있었던 것은 아니다.

마이크로소프트 창업자인 빌 게이츠는 "인공지능은 미래 인류에게 위협이 될 수 있다”고 경고했고, 영화 ‘아이언맨’의 실제 모델로 유명한 엘론 머스크 회장 역시 “인공지능은 악마를 소환하는 것이나 마찬가지”, “인공지능은 핵무기보다 위험하다”는 등의 극단적 발언을 해가며 인공지능의 위험성을 설파했다.

하지만 전문가들은 SF영화에서 보이는 강인공지능(AGI·인간급의 인공지능)에 대해 과도한 공포심을 가질 필요가 없다고 조언한다.

“예전보다 기계가 크게 발전했지만, 그것은 도구적 측면에서 발달한 것이며 감성적이고 감각적인 부분, 예술과 소통 등 여러 측면에서 아직 인간이 훨씬 앞섭니다.”

인공지능과 인류 문명 변화에 대해 많은 연구를 한 김문조 고려대학교 사회학과 명예교수는 이렇게 단언한다.

김 교수는 “일각의 우려만큼 기계가 인간을 완전히 압도하는 상황은 결코 아니다. 이젠 ‘인간과 기계 둘 중 누가 이기냐’는 문제보다는 인간이 잘하는 건 인간이, 기계가 잘하는 건 기계가 하는 ‘인간과 기계의 협조’가 중요한 고려 대상이다”고 했다.

“신약 개발에 기계가 도움됐을 때 기분이 나쁘다고 생각하는 사람은 없을 것이다. 이번(이세돌과 알파고 대결)은 기계가 인간을 이기니까 두렵게 느껴지고 기분이 나쁜 것인데, AI의 발달이 가진 자들의 이익을 위해서만 사용되는 불균형을 걱정해야지 공상과학 영화처럼 되지 않을까 두려워할 상황은 아닙니다.”

강홍렬 정보통신정책연구원 선임연구위원은 이처럼 약간 다른 시각을 내보인다.

그의 말처럼 사실 인공지능 기술의 발전을 되돌릴 수는 없다. 어차피 다가올 인공지능 시대에서 인간의 역할과 위상을 넓히고 높이는 데 주안점을 둬야 한다는 뜻이다. 인간 지능에 대한 지배력을 잃지 않고, 평화롭게 공존하는 길을 모색해야 한다는 것이다.

인공지능은 절대 '거꾸로' 가지 않는다는 것엔 그 누구도 이견을 달 수 없다. 인공지능이 진화하면서 사물인터넷(IoT)·자율주행차·3D 프린팅과 같은 혁신기술 역시 등장했다. IBM과 구글, 애플, 바이두 등 인공지능 선두를 달리고 있는글로벌기업은 금융·의료 분야 진출과 자율주행 자동차 개발, 개인비서 서비스 등어서 획기적인 성과를 거두고 있다.

오는 2025년까지 전 세계 인공지능 시장규모는 2,000조 원에 이를 것으로 보인다.

다행히 알파고와 같은 인공지능이 당장 인간을 위협할 가능성은 크지 않다는 시각이 우세하다. 준비할 시간은 남아 있다는 것이다.

"지금의 인공지능은 판단, 추론, 탐색 등에서 인간보다 잘하는 게 분명합니다만, 이게 자의식을 갖고 스스로 무엇을 하는 수준은 아닙니다."

김진형 소프트웨어정책연구소장의 진단이다. 인공지능은 인간이 시킨 일을 더 잘하게 된 것일 뿐, 현재로썬 그 이상은 아니라는 것이다.

인공지능을 포용해야 한다는 시각은 인공지능 개발 업체에서도 나왔다.

"인공지능을 두려워하지 말고 새로운 변화를 사회와 경제 속에서 포용해야 합니다. 이를 통해 인간은 더 나은 존재가 될 수 있습니다."

롭 하이 IBM 최고기술책임자(CTO)가 최근 서울 강남구 삼성동 코엑스에서 열린 '인공지능 국제 심포지엄'에서 강조한 것이다. 그는 "향후 5~10년 안에 오늘날 상상하는 것을 넘어서는 궁극적인 변화가 도래할 것"이라며 "인공지능은 우리의 인지과정을 강화시켜 새로운 아이디어를 창출할 수 있는 능력을 주고, 의미 있는 일을 할 수 있도록 해줄 것"이라고 했다. 중요한 것은 관점이고, 판단이다.

두려워할 것인가, 공존할 것인가. 나아가 인공지능을 재앙으로 여길 것인가, 축복으로 받아들일 것인가.

06 가장 급한 것은 '인공지능 윤리'

2013년 12월 중동 예멘 바이다 주에서 일어난 일이다. 결혼식장으로 향하던 차량 한 대가 느닷없이 드론의 무차별 공격을 받았다. 신부와 하객 12명이 숨지고 15명이 크게 다쳤다. 사고 전말을 파악해보니 어이없었다. 드론은 테러단체 알카에다의 차량으로 오인해 미사일을 쐈다. 아이러니하게도 희생자 중에선 알카에다 조직에 저항하며 활동하던 아버지와 아들도 있었다. 테러 조직을 소탕할 목적으로 띄웠던 드론이 정반대의 악행을 저지른 셈이 됐다.

드론을 띄운 미국은 변명으로 일관했다. 미국 측은 "무인기에 달린 카메라만으로 목표의 얼굴을 정확히 식별하기는 힘들다"며 "목표물로 추정되는 차량에 누가 탔든 (드론을 조종하는) 군인은 타격 버튼을 누를 수 밖에 없다"고 했다. 드론의 허점을 자인한 것이다.

이 드론은 인공지능의 초기 버전이라고 할 수 있다. 인공지능에 대한 지배 권리, 그것의 활용과 책임에 대한 규제가 뒤따라야 한다는 시각이 나온 것은 이때부터다.

드론이 해킹에 취약하다는 점은 이런 우려에 불을 지폈다. 전문가들은 드론에 장착된 위성위치확인시스템(GPS) 수신기를 해킹해 비행경로를 바꾸고 자신의 목적에 따라 다른 용도로 사용할 수 있다고 그 위험성을 경고한다. 현재 기술로선 드론 운행 시스템은 해킹에 대한 방어가 사실상 힘들고, 결국 통제불능에 빠질 수 있다는 것이다.

만약 드론이 더욱 가공할만한 위력을 지닌 살상무기로 진화했을 때, 그것에 대한 통제가 어렵다면 지구촌은 공포에 떨 수밖에 없다. 인공지능 기술 독점에 따른 글로벌 규제 가이드라인이 급하게 됐다고 주장하는 이들은 바로 이 점을 염려하는 것이다.

"예전 교회 권력이 자본과 손잡고 중세를 뒤흔들었던 것처럼, 앞으로 인공지능 개발자들은 자본가들과 기술 지배세력이 하늘을 찌를 듯한 권력을 가질 겁니다. 많은 학자는 절대 기계가 인간을 이길 수 없다고 하는데, 저는 그렇게 생각하지 않는 이유입니다."

인문학자인 김석수 경북대 철학과 교수의 이 예측은 인공지능 시대를 맞아 고뇌하는 지식인의 모습을 대변한다.

비슷한 시각은 많다. 홍준영 서울대 교수의 경고음도 대표적이다.

"2045 초연결사회는 국가뿐만 아니라 시민사회와 집단, 지역, 개인 등 전방위에서 강력하고 효과적인 안전보장수단이 필요합니다. 우월한 기술 역량을 갖춘 집단이나 조직이 정치·행정 모든 영역에서 영향력을 확대하는 전통 거버넌스와 다른 기술과 정치가 결합한 새로운 거버넌스가 정부를 대신해 권력을 장악하게 될 것입니다."

인공지능 시대가 발달할수록 기술 권력 독점 세력을 견제할 강력한 규제가 요구된다는 것은 이런 시각에서 출발한다. 인공지능으로 다양한 분야에서 혁신적 서비스는 가능해지겠지만, 이런 서비스를 누구나 공평하게 누릴 수 있느냐 하는 점에선 전망이 어둡다는 것이다.

시장조사업체 트랙티카에 따르면, 기업용 인공지능 시장은 2015년 2억 달러 수준에서 2024년 111억 달러로 연평균 56.1%씩 급성장할 것으로 보인다. 주목할 것은, 트랙티카가 이 전망을 내놓으면서 이 시장의 상당 부분을 우수한 인공지능을 보유한 일부 기업이 독점하며 시장을 지배할 가능성이 크다는 점을 언급했다는 점이다.

격차가 벌어지면 후발 주자의 추격이 쉽지 않다는 점에서 한번 인공지능 강자가 된 기업은 계속 '절대적인 독식'을 꿈꾸게 되고, 이 자본 세력은 향후 인류에 엄청난 부담이 될 수 있다는 것이다. '승자독식'을 막고, 인공지능을 사회 전체의 공공 기반기술로 육성할 필요가 있다는 목소리가 나오지만, 현재로썬 공허한 울림으로 그치고 있다.

인공지능 기술 독점 견제와 더불어 제기되는 것이 '인공지능 시대의 윤리' 문제다. 기술이 발전하면서 그에 따르는 윤리 문제도 변화된 색깔을 띠었다는 점에서 이 둘은 인과관계를 지닌다.

사실, 인공지능 시대의 윤리 문제를 생각할 수 있는 실마리는 영화에서 먼저 나왔다.

필자는 로빈 윌리엄스의 광팬이다. '죽은 시인의 사회(1989)'에서 학생들에게 자유와 낭만을 가르치던 선생님 캐릭터는 너무 멋졌고, '쥬만지(1996)'에서의 순박한 개구쟁이 얼굴은 정말 좋았다. '미세스 다웃파이어(1993)' 코믹 캐릭터는 그의 연기력 아니었으면 삼류 코미디로 전락했을 것이다. 그의 연기는 늘 빛났고, 묵직했다.

로빈 윌리엄스 영화는 다 좋다. 그렇지만 대표작을 꼽으라면 '바이센테니얼 맨(Bicentennial Man · 1999)'일 것이다.

오래전에 본 영화이지만, 아직도 장면 하나하나가 기억난다. 그의 명연기가 그렇게 강렬한 기억으로 남게 했겠지만 말이다.

이세돌과 알파고 대국으로 인공지능과 윤리 문제가 다시 거론되면서, 갑자기 로빈 윌리엄스가 떠올랐다. 그의 영화와 함께 말이다. 영화에서 로빈 윌리엄스는 로봇 '앤드류'를 연기했다.

앤드류는 가사 로봇이다. 주인에 신문을 갖다 주는 작은 심부름과 설거지, 청소, 요리, 정원 손질까지 알아서 하는 로봇이다. 뉴저지에 사는 '리처드'라는 사람이 아이들과 함께 놀아줄 로봇을 사게 되는데, 그게 앤드류였다. 앤드류는 이렇게 리처드 가족들과 살게 됐다.

처음엔 로봇 이상, 그 이하도 아니었다. 하지만 앤드류는 가끔 엉뚱한 질문을 던지는 이상한 로봇이었다. 리처드 가족들은 앤드류를 점점 사람처럼 대했고, 잠잘 때 동화를 읽어주는 앤드류에게 아이들은 보모의 감정을 느끼게 된다.

사실 앤드류가 일반 기계와 달랐던 이유는 따로 있었다. 리처드에

배달될 로봇 앤드류를 만들던 엔지니어가 샌드위치를 먹다가 마요네즈 한 방울을 로봇 회로에 떨어뜨린 것이다. 로봇 신경계엔 이상 현상이 일어났다. 앤드류가 그냥 기계가 아니라, 지능과 호기심을 지닌 로봇이었던 이유는 여기에 있었다.

리처드 가족은 아름다운 작품에 아름다움을 느끼고, 사람처럼 집사 일을 보는 앤드류에 더욱 빠지게 된다. 리처드는 앤드류를 친아들처럼 생각하게 된다.

여기서 앤드류의 진화가 시작된다. 리처드가 죽자, 앤드류는 자기 고민에 빠진다. 자기와 같은 로봇을 만나고 싶다는 열망에 빠진다. 수십 년 동안 지구 몇 바퀴를 돌면서 찾아 헤맸지만, 자기와 같은 로봇을 만날 순 없었다. 세상에 혼자라는 두려움 그것은 앤드류가 인간이 돼 가고 있다는 뜻이었다.

다시 집으로 돌아온 앤드류.

보모 같이 돌봤던 작은 아가씨는 어느새 할머니가 돼 있고, 그를 쏙 빼닮은 손녀를 보고 앤드류는 사랑의 감정을 느낀다. 손녀 역시 앤드류에게 오래전부터 알았던 것 같은 친근감을 느낀다.

앤드류는 인간이 되고 싶었다. 수술실에 눕는 앤드류는 인공피부를 이식하고 사람이 된다. 앤드류와 손녀는 마침내 부부가 된다.

필자가 영화에서 주목한 것은 가사 로봇이 인간이 되는 과정이었다. 놀랍게도 일개 로봇에서 감정을 지닌 인간이 되기까지의 여정은 인간의 삶과 닮았다. 그래서 로봇이 사람이 된다는 그 줄거리가 역겹지 않았다.

특히 흥미로웠던 것은 사람이 된 로봇과 손녀의 결합이었다. 앤드류는 손녀와 부부가 됐지만, 인간의 자격을 부여받지 못했다. 줄기차게 사람으로 인정해 달라고 청원했다. 그것은 앤드류가 죽기 바로 직전에 이뤄졌다. 사람으로 인정받던 날, 평온함을 찾은 앤드류는 인간답게 생을 마감한다. '영원'을 보장받은 로봇이 아니라, 죽음을 기꺼이 받아들이는 인간을 택한 것이다.

필자는 로봇과 인간의 결합 줄거리가 전개되는 이 대목에서 적잖은 사고의 혼란을 느낄 수밖에 없었다. 인공지능 시대의 윤리 문제에 대해 심각하게 생각하는 계기가 됐음은 물론이다.

이세돌과 알파고 대결 후 많은 사람에게 던져진 질문 역시 필자가 고민했었던 그 부분과 일치할 것이다.

지능을 가진 인공지능, 학습능력과 지적 호기심을 가진 인공지능, 더 나아가 인간의 감정과 예술적 감성까지 내재된 인공지능 등. 사람과 그 인공지능의 차별성이 거의 느껴지지 않는 시대의 '윤리성'은 과연 어떻게 변화할지 많은 이들은 궁금해한다. 현재를 사는 우리와 무관한 먼 얘기라고 말하지 말라. 그것은 책임 회피다.

당장 '알파고의 조물주'인 하사비스도 이 화두를 던지고 있다.

"인공지능 그 자체는 가치중립적입니다. 어떻게 다수가 이 혜택을 받을 수 있게 윤리적으로 쓸 지는 사회가 논의해야 할 일입니다."

인공지능이 자의식을 갖게 하는 과제를 넘을 수 있느냐, 넘겨야 하느냐, 넘겨도 되느냐, 넘긴다면 어떻게 넘겨야 하느냐 등은 언제나 유효하며 과학계뿐만 아니라 사회 전체가 고민해야 할 문제라는 것이다.

중요한 것은 당장의 윤리가 아니라는 시각도 있다. 인공지능이 인공일반지능(AGI · Artificial general intelligence)으로 갈수록 생기는 기술격차부터 줄이는 게 우선이라는 것이다. 윤리는 그다음이라는 견해다.

현재의 인공지능(AI)은 수작업으로 프로그래밍해야 하고 특정 과제에 맞춰져 있는 데 비해, AGI는 유연하고 적응 가능하며 창의적인 것이다. 즉, AGI는 인공지능과 같은 알고리즘을 이용하지만, 여러 가지 과제를 수행할 수 있게 인공지능에 '범용성'을 확장했다. 알파고를 내세운 구글의 목표는 AGI를 개발해 헬스케어와 로봇, 스마트시스템, 스마트폰 앱에 접목해 인류를 위한 더 큰 일에 활용하겠다는 것이다.

"AGI 연구의 윤리적 책임은 알파고 같은 것을 만들 능력을 갖춘 국가들이 먼저 고민해야 할 문제입니다. 우리가 고민한다고 해결될 사안이 아니라는 뜻입니다. 우리가 합의를 도출해낸다고 해도 그들을 강제할 수 없고, 그들이 들어주지도 않을 것입니다. 지금은 윤리를 논하기보는 개발능력부터 갖춰야 합니다. 그래야 윤리를 논할 자격이 생깁니다." (이인식 지식융합연구소장)

그렇다고 해도 손을 놓고 있을 수 없기에 우리가 할 수 있는 준비부터 해야 한다는 의견도 제시된다.

신용태 숭실대 교수가 갖는 생각이다. 그는 법률·의학 분야처럼 정보통신기술(ICT)도 미래기술 개발 시 윤리강령 마련이 시급하다는 입장이다.

"ICT 개발자와 전문가 의사결정에서 윤리적 판단은 매우 중요한 문제로 떠오르고 있습니다. AI에 대한 기대와 우려가 커지고 있는데 개발자 윤리의식에 따라 프라이버시 문제뿐만 아니라 건강 생명, 공공 안전, 복지 등 삶에 미치는 영향이 달라집니다. ICT 윤리 가이드를 만들어야 하며, ICT뿐만 아니라 인문, 철학, 문화, 윤리, 경영 등 비(非)ICT 분야도 함께 검토해야 합니다."

인공지능 시대의 윤리 문제에 이처럼 우리가 달려들어야 하는 이유는 인간이 절대로 기계의 종이 될 수 없다는 강박관념 때문이 아니라, 어차피 인간 만큼으로 진화할 '인공지능과의 공존'이 거부할 수 없는 새 가치로 다가왔기 때문이다.

물론 여전히 인공지능과 윤리, 이것에 당장 목숨 걸고 고민할 필요가 없다는 이도 적지 않다. 쉬운 곳에서 출발점을 찾자는 것이다.

얼마 전 친구와 밥을 먹었는데, 그가 툭 이런 말을 던졌다. 아무리 뜯어봐도 개똥철학인데, 틀린 말은 아니다.

"뭘 그런 걸 고민해? 쉽게 생각해봐. 요즘 지하철 안, 버스 안, 커피숍 안, 길거리를 봐. 사람들이 스마트폰만 들여다보고 있잖아. 그게 종속이지. 스마트폰에 지배당하고 사는 사람들 천지, 그게 우리 세상이야. 그런 사람들이 바로 기계의 머슴이자, 종이지. 반대로 스마트폰 적당히 활용하고 살아봐. 그건 주인으로 사는 거지. 인공지능에 우리가 종처럼 사는가, 주인처럼 사는가 하는 문제도 결국 같은 게 아니겠어? 윤리는 무슨, 얼어 죽을……."

인공지능 미래학자들의 이야기

유진선.

2030 층은 잘 모를 테지만, 4050 세대 이상이라면 다 아는 이름이다. 1986년 아시안게임 테니스 4관왕. 단체전·단식·복식·혼합 복식 4관왕의 금자탑을 쌓았고, 불모지 테니스계의 꽃을 피운 전설적인 선수다. 2003~2004년 중국 테니스 국가대표팀 감독을 맡아 한국 테니스 위상을 높였고, 지금은 꿈나무들 육성에 힘을 기울이고 있다.

그와 호형호제하는 사이인데, 며칠 전 그와의 대화는 인상적이었다.

"알파고가 이세돌을 이기긴 했는데, 인공지능이 테니스마저 지배하지는 못할 거야. 물론, 시간이 흐른 뒤에는 모르겠지만."

"골프에선 인공지능(로봇)이 프로를 가볍게 이겼어요. 테니스도 곧 로봇이 이길걸요."

그가 로봇이 테니스를 절대로 (조만 간엔) 이기지 못하는 이유를 몇 가지 꼽는다.

"테니스는 일단 계속 뛰는 게임이야. 숨이 턱턱 막힐 정도로 코트를 왔다 갔다 해야 돼. 일단 로봇은 그렇게 못 뛰지. 그리고 사람들은 시속 300Km가 넘는 배드민턴의 공 속도가 가장 빠르다고 하는데, 잘못 알고 있는 거야. 배드민턴 공 스피드는 상대방 공을 받아치는 스매싱을 기준으로 한 것이고, 테니스는 서브를 기준으로 한 것이지. 아마 테니스도 스매싱을 기준으로 하면 배드민턴 공 속도를 훨씬 넘을걸."

"그렇게 가공할 스피드의 테니스공을 따라갈 수 있는 것은 인간의 본능이 있어 가능하고, 수많은 연습을 통해 얻어지는 '감' 덕분이지. 그걸 인간은 갖고 있어. 고도의 집중력과 체력을 바탕으로 한 끊임없는 풋웍, 스텝이 뒤따라야 공을 받아칠 수 있지. 로봇은 당장 절대로 할 수 없을 거야."

"영화에서 보면 로봇들 엄청 빠르잖아요. 테니스 선수용으로 만들어진다면 인간의 움직임 이상 재빠를 텐데요."

"물론, 맞는 말이겠지. 그렇다고 하더라도 인간의 서브를 잘 받아낼 수 있을지는 의문이야. 서브 넣는 것은 잘하겠지. 골프에서 로봇은 바람, 습도, 그린의 기울기 등을 종합 정리해서 샷을 날리고, 그러면 몇 번 중 한번은 홀인원이라는 뉴스를 본 적이 있어. 골프는 로봇에 따라잡혔다고 봐. 그런데 골프는 서서 샷을 날리는 게임이고, 테니스는 그렇지 않다는 데 차이점이 있는 것이지. 프로 테니스 선수들은 테크닉과 고도의 계산능력을 수없이 학습한 사람들이야. 서브를 넣을 때 플렛서브, 스핀서브, 슬라이스 서브 등을 자유자재로 구사하는 데 그 구

질과 각도에 따라 서브 종류는 수없이 많다고 보면 돼. 이 서브를 어느 땐 왼쪽, 어느 땐 오른쪽으로 날리는데 로봇이 받아내기 쉽지 않지. 게다가 프로들은 상대방이 서브를 받아내면 또 다른 막강한 무기를 선택하지. 홀짝 게임과 같아. 한번은 홀, 한번은 짝 이렇게 단순히 가다가 게임이 진행될수록 '홀짝홀홀짝홀홀', '짝짝홀짝홀짝짝짝' 등 수많은 패턴 변화로 상대방이 서브를 받지 못하게 연구하는 거야. 바둑으로 따지면 상대방 허점을 찌르기 위해 몇 수는 앞서 두는 것이지. 결국, 체력과 고도의 두뇌싸움이 반복되는 테니스에서 로봇은 아직 멀었다는 게 내 생각이야."

좀 장황했지만, 매우 설득력 있게 들린다.

사실 유 감독을 책에 끌어들인 것은 인공지능 하면 딱 떠오르는 로봇과 테니스 게임을 비교하는 것도 있지만, 또 다른 이유도 있다. 이세돌과 알파고 대결 이후 혜성처럼 등장한 하사비스와 같은 창의력 있는 인재를 키우는 게 당장의 숙제로 떠오른 시점에서 유 감독의 사례는 시사점이 크기 때문이다. 유 감독은 티니스 선수로서 행복했고 지금도 행복하지만, 아쉬운 대목도 있었다.

유 감독은 서천중학교에서 테니스를 시작했다. 서천은 시골이었지만, 학교에 테니스부가 있다는 것은 그에겐 행운이었다.

유진선은 내성적이었다. 순둥이였고, 격렬한 승부의 스포츠와는 어울리지 않았다. 근데 키가 컸고 힘이 구척 셌다.

"힘은 타고났던 것 같습니다. 부모님 체격이 좋았거든요."

힘 하나로 학생 테니스를 평정했다.

대전고 졸업을 거쳐, 울산대학교에 입학했다. 대학 때 국가대표 선수가 됐다.

"당시 86아시안게임, 88올림픽을 유치했던 게 제 인생에도 영향을 미쳤습니다."

당시 전두환 정권은 아시안게임과 올림픽 때 좋은 성적을 내기 위해 인재를 집중적으로 키웠다. 그중 하나가 테니스였다.

"국가대표 동료들과 함께 미국으로 가서 테니스를 배웠습니다. 거기서 테크닉과 기술, 고도의 심리전 등을 익혔습니다. 우직하게 힘으로 밀어부치던 제가 테니스에 눈을 뜬 계기가 됐습니다."

86아시안게임에서 4관왕에 오른 것은 그때 '테니스에 대한 재발견'과 무관치 않았다. 어느새 아시아에선 그를 대적할 만한 이가 없을 정도로, 무적함대가 됐다.

그를 후원을 하겠다는 곳이 넘쳐났다. 해외로 진출, 프로선수로 크고 싶다는 생각을 그때 했다.

"소니에서 엄청난 금액을 제시하며 프로로 뛰자고 권했습니다. 상상을 뛰어넘는 돈이었죠. 소니 스카우터가 저의 집에 머무르면서 계속 저를 설득했습니다."

소니는 유진선에 대해 연구했고, 후원을 하면 세계랭킹 50위권에 진입할 수 있고, 몇 년 내 세계 톱이 될 수 있다는 분석자료까지 내놨다고 한다. 하지만 응할 수 없었다.

"군은 면제받는 대신, 아마팀(대우)에서 5년간 뛰어야 한다는 규정이 있었거든요. 5년간은 해외로 나가기는커녕, 프로로 뛸 수 없었습니다. 그 사실을 나중에 안 스카우터도 포기를 하더군요."

기량이 절정에 달했을 때, 세계를 누빌 기회가 있었지만, 그는 그 찬스를 잡을 수 없었다.

개인 최고 기량은 1988년 6월 13일 기록한 세계 194위. 한국 선수로선 처음으로 200위권 안으로 들어가는 기염을 토했지만, 그것이 끝이었다.

"그렇다고 후회는 없습니다. 테니스 선수로는 더없는 영광으로 살아왔다고 생각합니다."

그래도 필자는 그가 좀 더 날개를 폈다면, 그 이상의 세계적인 선수가 됐을 것으로 확신한다.

그는 한때 스포츠계의 하사비스였음은 분명하다. 앞으로 한국 사회에서 나올 각 분야의 하사비스가 혹시라도 그의 전철을 밟게 된다면 불행한 일일 것이다. 시대가 달라졌으니 그럴 일은 없겠지만 말이다. 그런 뜻에서 유 감독의 스토리를 소개한 것이다.

이세돌과 알파고 바둑 대결 이후 시선을 사로잡는 이들이 있다면 미래학자들도 포함될 것이다. 정확히는 그들의 멘트일 것이다. 하사비스가 일군 알파고의 승리는 그들의 미래 전망과 예측에 또 다른 시각을 제공한 것은 사실이다.

인공지능에 대한 요란한 경고음은 늘 있었다.

영국의 물리학자 스티븐 호킹은 이런 주장의 선두주자였다.

"현재까지 개발된 인공지능 기술들은 상당히 유용했지만, 앞으로 인간을 넘어서는 인공지능이 개발될 경우 어떤 결과가 초래될지 알 수 없습니다. 완전한 인공지능의 개발이 인류의 종말을 불러올 수 있습니다."

더 섬뜩한 경계심도 표출했다. "향후 100년 안에 인공지능은 인간의 지능을 뛰어넘을 것입니다. 인공지능이 인간을 조작하고, 인간이 알지도 못하는 무기를 이용해 인간을 정복할 것입니다."

그만이 아니다. '인공지능 연구는 악마를 소환하는 것이나 마찬가지'(일론 머스크 테슬라 창업자)라는 주장은 인간을 뛰어넘는 인공지능에 대한 심각한 두려움을 표현한 것이다.

구글에서 고문으로 일하는 미래학자 레이 커즈와일은 인공지능이 인간을 뛰어넘는 순간을 '특이점(特異點)'으로 정의한 바 있다. 인공지능 스스로 자기 자신보다 더 똑똑한 인공지능을 만들며, 지능이 무한히 높은 존재가 출현하게 되는 시점, 그것이 특이점이다. 커즈와일은 그 특이점 시점을 2045년으로 봤다.

특이점까지는 아니더라도 인간 능력을 초월하는 인공지능은 속속 등장하고 있다.

"IBM의 슈퍼컴퓨터 '왓슨'이 인간 의사보다 더 빠르고 정확하게 질병을 진단해내는 등 기계가 인간을 대체할 수 있는 분야가 점점 늘어나고 있습니다."(김석원 소프트웨어 정책연구소 실장)

증권·금융 분야에서도 인공지능 위력은 무시무시하다. 인간 애널리스트보다 더 뛰어난 방대한 빅데이터, 위력적인 추론 능력, 수년간의 데이터 추출을 통한 과학적인 예측력을 겸비한 인공지능은 사람보다 우수한 수익률을 올리는 것은 이미 입증됐다.

예술 영역 일부분도 인공지능이 접수했다고 해도 과언이 아니다. 구글의 인공지능 프로그램 '딥드림'이 그린 추상화 29점은 인간 이상의 예술적 감각을 자랑했고, 총 9만7000달러에 팔렸다. 미국 예일대에서 만든 인공지능 '쿨리타'는 음계를 조합해 작곡까지 척척 해낸다. 인간 이상의 '음악 천재'다.

그런데도 지구촌 사회는 아직은 인공지능이 가져올 두려움보다는 공존을 통한 유용한 도구로서의 활용 가능성에 시선이 쏠린다. 인간이 인공지능에 모든 것을 빼앗길 것이라는 불편한 시각보다는, 공존의 대상으로 바라보면서 인간 지배력을 유지할 수 있다는 미래학자의 시각에 힘을 보태고 싶은 인간 심리가 작용한 게 분명하다.

"이번 대국이 인간과 기계가 맞서는 것처럼 묘사됐지만, 알파고는 결국 사람의 창조물이며 우리 모두 인공지능의 혜택을 볼 수 있습니다"(데미스 하사비스 CEO), "인공지능을 두려워하지 말고 새로운 변화를 사회와 경제 속에서 포용해야 합니다. 인공지능은 우리의 인지과정을 강화시켜 새로운 아이디어를 창출할 수 있는 능력을 주고, 의미 있는 일을 할 수 있도록 해줄 것입니다"(롭 하이 IBM 최고기술책임자) 등의 말에 필자 역시 솔깃해지는 것을 보면 그것은 확실해 보인다.

레이 커즈와일 역시 "인공지능은 화성에서 온 외계인이 아니라 인류가 만든 산물이다. 삶을 더 풍족하게 해줄 도구이므로 두려워할 필요가 없다"고 했다.

"인공지능을 비롯한 기술이 세상을 더 평화롭게 만들어 왔고 앞으로도 그럴 것입니다."

유엔 미래보고서 등을 통해 지난 20년 동안 미래 변화를 예측해 온 미국의 세계적 미래학자 제롬 글렌 밀레니엄 프로젝트 회장의 낙관론은 그래서 귀에 쏙 들어온다.

인공지능을 바라보는 눈은 이렇듯 미래학자들 사이에서도 유토피아(이상향)와 디스토피아(암흑세계)로 나뉜다.

보통 사람들은 이를 어떻게 받아들여야 할까.

영화 '터미네이터'에서 인류 문명의 심판자는 신도, 인간도 아닌 인공지능 스카이넷이었다. 처음에는 외부의 침공을 탐지해 반격을 펼치도록 설계된 방어망 인공지능이었지만, 스스로 학습하고 성장한 뒤 반란을 도모한다. 인간들도 저항군을 조직하고 반격에 나선다. 그러자 스카이넷은 인간 저항군 지도자인 존 코너를 제거하기 위해 과거로 기계 터미네이터를 보낸다. 하지만 어린 존 커너의 어머니인 사라 코너는 스카이넷을 개발한 인공지능 개발업체를 거꾸로 습격한다.

사라는 대결에 나서기 전에 탁자에 이렇게 새겼다.

"정해진 운명은 없다(No Fate)."

그렇다. 만들어가는 역사만이 있을 뿐이다. 인간과 인공지능 관계 역시 마찬가지일 것이다. 미래학자의 말에 너무 의존하지 말자.